» LA GAJA SCIENZA «

VOLUME 1323

IL GIOCO DEL SUGGERITORE

Romanzo di
DONATO CARRISI

LONGANESI

Longanesi & C. © 2018 – Milano
Gruppo editoriale Mauri Spagnol

www.longanesi.it

ISBN 978-88-304-4828-5

IL GIOCO DEL SUGGERITORE

Ad Antonio
mio figlio, mia continuità

A Luigi Bernabò, amico mio

La chiamata al numero della polizia fu registrata alle diciannove e quarantasette del 23 febbraio. Una voce di donna al cellulare chiedeva con tono concitato l'invio di una pattuglia presso una fattoria isolata, a una quindicina di chilometri dalla città.

In quel momento, sulla zona imperversava un violento temporale.

Alla domanda dell'operatore sul motivo dell'emergenza, la donna rispose che un uomo si era introdotto nella proprietà. Stazionava all'esterno, sotto la pioggia, al buio. Il marito era uscito per convincerlo ad andarsene, ma l'intruso non voleva saperne.

Se ne stava fermo a fissare la casa, muto.

La donna non poté fornire una descrizione dello sconosciuto perché da dove si trovava, anche a causa dello schermo di acqua scrosciante, riusciva a malapena a distinguerlo nel bagliore dei fulmini. Riferì che era arrivato a bordo di una vecchia station-wagon verde, e concluse dicendo che le sue due bambine erano spaventate.

L'operatore prese nota dell'indirizzo e assicurò che avrebbe mandato qualcuno a controllare ma informò la donna che, a causa delle avverse condizioni meteo, erano subissati di chiamate di soccorso per incidenti stradali e allagamenti. Perciò avrebbero dovuto pazientare.

La prima autopattuglia disponibile si liberò soltanto alle cinque del mattino successivo – ben nove ore dopo. Gli agenti impiegarono parecchio a raggiungere la fattoria, anche perché nella notte era tracimato un torrente che aveva invaso la carreggiata in più punti.

La scena che si presentò alla coppia di poliziotti, poco dopo l'alba, era tranquilla.

Una tipica casa colonica in legno dipinta di bianco con accanto un silos per la conservazione delle mele. Un gigantesco sicomoro proiettava la propria ombra sul piazzale. Un dondolo sotto la veranda e due bici rosa identiche alloggiate accanto alla rimessa degli attrezzi. Sulla cassetta della posta, pitturata di rosso vermiglio, c'era scritto FAMIGLIA ANDERSON.

Nulla che facesse presagire qualcosa di brutto. Tranne forse il silenzio, interrotto solo dall'abbaiare incessante di un cane meticcio, legato con un lungo guinzaglio a una cuccia.

Gli agenti chiamarono a gran voce gli abitanti, ma non ottennero risposta. Dato che in casa non c'era nessuno, pensarono che non ci fosse più bisogno di loro. Solo per scrupolo, prima di fare inversione e andarsene, uno dei due salì i gradini del portico per bussare alla porta d'ingresso. Si accorse che era solo accostata. Sbirciando l'interno, notò un gran disordine.

Dopo aver chiesto per radio l'autorizzazione della centrale, i poliziotti entrarono per controllare.

Trovarono tavoli e sedie rovesciati, suppellettili infrante e un tappeto di schegge di vetro per terra. Ma la situazione al piano superiore era anche peggio.

C'era sangue ovunque.

Il liquido rossastro, ormai rappreso, impregnava cuscini e lenzuola nelle camere da letto. Gli schizzi imbrattavano oggetti di vita quotidiana – una pantofola, una spazzola, il volto delle bambole nella stanza delle bambine. E c'erano lunghe scie sul pavimento e impronte di mani che strisciavano sui muri, segni di un disperato tentativo di fuga. Il teatro di una strage. Ma fu ciò che non trovarono a turbare particolarmente gli agenti.

Mancavano i corpi.

In quella casa, dei quattro componenti la famiglia – padre, madre e due gemelle di otto anni – restavano solo le foto incorniciate o appese alle pareti. Da quei ritratti sorridenti, probabilmente gli Anderson avevano assistito al proprio massacro.

Verso le otto del mattino, la polizia invase in forze quel remoto lembo di campagna.

Mentre squadre di esploratori, supportate dai cani da cadavere, perlustravano i terreni circostanti e ogni anfratto naturale in cerca di eventuali resti, la Scientifica analizzava il caos all'interno della fattoria nel tentativo di ricostruire l'accaduto.

Contemporaneamente, scattò un'imponente caccia all'uomo.

L'attenzione era rivolta allo sconosciuto cui aveva fatto riferimento in modo vago al telefono la signora Anderson. Di lui si sapeva solo il sesso. Non una descrizione, nemmeno sommaria, né un dettaglio che potesse condurre in qualche modo a un'identificazione.

L'unica informazione disponibile era la vecchia station-wagon verde menzionata dalla donna. Ma, in mancanza di una targa o del modello, non si poteva considerare una pista vera e propria.

Prima di mezzogiorno, una scarna notizia su ciò che era accaduto e stava ancora accadendo raggiunse i media. Fu sufficiente a far divampare la curiosità del pubblico.

Entro l'ora di cena, Karl, Frida e le piccole Eugenia e Carla smisero di essere solo un'anonima famigliola per trasformarsi nei protagonisti di una cronaca che già teneva col fiato sospeso milioni di persone in tutto il Paese.

Il mistero della famiglia scomparsa.

La storia era resa ancor più appetitosa dal fatto che gli Anderson si erano trasferiti in campagna, rinunciando alla tecnologia. Non avevano energia elettrica, internet, nemmeno il telefono. L'unica eccezione era un cellulare che doveva servire solo per le emergenze e che, infatti, era stato usato una volta sola per chiedere aiuto.

I pochi e macabri dettagli conosciuti della vicenda, accompagnati dalla certezza dell'esistenza di un mostro ancora a piede libero, furono sufficienti a diffondere nell'opinione pubblica una paura cieca e irrazionale. Nessuno era risparmiato dall'angoscia che l'accaduto potesse in qualche modo ripetersi. L'intera collettività pretendeva una rapida soluzione dell'indagine che contemplasse, ovviamente, la cattura del responsabile.

Ma la polizia non aveva risposte che andassero oltre la semplice evidenza. Nonostante i mezzi e gli uomini impiegati, l'unica conclusione a cui pervennero gli investigatori fu che l'assassino si era servito della station-wagon verde per portare via con sé i cadaveri – Dio solo sapeva per farne cosa.

Troppo poco per sperare in un rapido epilogo.

Gli inquirenti ritenevano probabile che l'autore dell'irruzione in casa degli Anderson si fosse già disfatto del mezzo, ma provarono comunque a rintracciare l'auto sospetta nelle registrazioni delle telecamere stradali effettuate nelle ore precedenti e successive alla chiamata della signora Anderson. Confidavano nel fatto che, trattandosi di un modello di vettura datato, non sarebbe sfuggito all'attenzione. Inoltre fu istituito un numero speciale per raccogliere eventuali avvistamenti di vecchie familiari di colore verde. Com'era immaginabile, ci furono moltissime chiamate da parte dei cittadini, perlopiù infondate.

Tranne una.

Nel tardo pomeriggio, un anonimo segnalò la presenza di una Volkswagen Passat verde del 1997 nella zona del vecchio mattatoio, parcheggiata all'interno di un magazzino in disuso. Quando gli agenti andarono a controllare il veicolo col supporto dell'unità cinofila, attraverso i finestrini notarono parecchio sangue che inzuppava la tappezzeria.

Spalancarono il portellone del capiente bagagliaio preparandosi a un'orribile scoperta, ma ancora una volta non c'era traccia dei cadaveri.

Mentre i poliziotti si apprestavano a isolare il perimetro per permettere alla Scientifica di intervenire sulla nuova scena del crimine, i cani si misero improvvisamente ad abbaiare.

Avevano fiutato una presenza nel mattatoio.

In meno di trenta minuti, l'intero quartiere fu blindato da un cordone di sicurezza. Poco dopo, le forze speciali fecero irruzione nel complesso. Fu un'operazione in grande stile con decine di uomini perfettamente equipaggiati. Le squadre si divisero, setacciando ogni ambiente, ogni possibile nascondiglio. Il pesante calpestio degli scarponi, l'abbaiare dei cani e le urla degli incursori riempirono di echi quel luogo abbandonato. Finché un agente non segnalò per radio che c'era « qualcosa al terzo piano ». Allora le unità conversero nel punto indicato.

In una stanza buia, in mezzo a carcasse di vecchi computer e altri componenti elettronici non più funzionanti, c'era un uomo.

In piedi, stranamente immobile e rivolto contro un muro di monitor neri. Era senza vestiti. Sollevò le mani in segno di resa e si girò lentamente verso gli agenti che gli puntavano addosso i fucili d'assalto e lo abbagliavano con le loro potenti torce.

Oltre la singolarità del covo in cui si rifugiava, due cose colpirono subito i poliziotti. La sua età era indefinibile. E aveva il corpo interamente ricoperto di tatuaggi, compreso il volto e il cranio glabro.

Numeri.

L'uomo non oppose resistenza, si lasciò ammanettare senza dire una parola. Accanto a lui, una piccola falce sporca di sangue. Presumibilmente, l'arma della strage.

La cattura del principale sospettato era giunta a poco più di quarantott'ore dalla telefonata con la richiesta d'aiuto della signora Anderson. Dopo l'iniziale smarrimento degli investigatori, era arrivata una rapida e insperata soluzione del caso – anche se scaturita da una soffiata.

Il capo della polizia ringraziò pubblicamente quel cittadino senza nome per aver reso un servizio alla giustizia e annunciò davanti a una selva di microfoni che era stata vinta un'altra partita contro il male. La terribile morte degli Anderson era ormai per tutti un fatto scontato, anche in assenza dei cadaveri. Ma con l'arresto dell'uomo tatuato, l'ordine e la sicurezza erano stati ripristinati e la popolazione poteva tirare un sospiro di sollievo.

Finalmente il tempo delle indagini era concluso e adesso, com'era giusto, sarebbe giunto il tempo della compassione e della preghiera per le vittime, ovunque fossero.

Nessuno poteva immaginare che, invece, era appena incominciato il tempo della paura.

ENIGMA

1

La lettera era arrivata puntuale come ogni febbraio.

Ogni volta, il contenuto era più o meno identico. La informavano che il quadro clinico era rimasto immutato e che, al momento, non c'erano segnali significativi per prevedere come si sarebbe evoluto. Chi redigeva la missiva concludeva sempre con la stessa espressione.

« Le condizioni generali del paziente rimangono irreversibili. »

La frase era un sottile invito a decidere se prolungare di un altro anno i trattamenti di respirazione assistita e alimentazione artificiale, o mettere fine una volta per tutte a quella vita vegetale.

Mila ripose la lettera in un cassetto e sollevò lo sguardo al panorama fuori dalla finestra della cucina. Il sole al tramonto assumeva strane tonalità di grigio nel riflesso sul lago e Alice rincorreva le foglie nel vento, sul prato alberato a pochi metri dal pontile. L'inverno aveva spogliato da tempo i due tigli che sovrastavano la casa. Chissà allora da dove venivano quelle foglie secche – forse erano arrivate dal fitto bosco che faceva da corolla al limpido specchio di acqua verde.

Alice indossava un pesante pullover e una sciarpa che svolazzava insieme ai capelli rossi. Il suo fiato si condensava per il freddo, ma sembrava felice. Intanto Mila si godeva il tepore della casa. Stava preparando lo stufato di verdure per la cena e in forno c'era una torta di mele che riempiva l'ambiente di un profumo dolce, di zucchero e cannella. Negli ultimi mesi aveva scoperto un'insospettabile attitudine. Lei che considerava i pasti solo un modo per fornire energie all'organismo, adesso era perfino capace di estrarre un sapore dai cibi. Sicuramente Alice era più stupita di lei, perché cucinare era una delle cose che facevano le altre madri, non la sua.

C'erano stati parecchi cambiamenti nell'ultimo anno. Non si era trattato semplicemente di introdurre nuove abitudini, bensì del principio di una nuova vita.

Nell'ultima indagine di cui si era occupata, Mila aveva corso un grave pericolo.

L'idea di morire in servizio non era mai stata un problema prima di allora. È un rischio che ogni poliziotto mette in conto. Ma dopo esserci andata vicino, aveva riconsiderato la questione. Improvvisamente era stata costretta a porsi una domanda banale, che però non si era mai fatta.

Se lei fosse morta, cosa ne sarebbe stato di Alice? Già era difficile per sua figlia crescere senza un padre.

Per questo aveva maturato la decisione di rinunciare alla divisa. Adesso sembrava passato un secolo da quando Mila Vasquez era stata completamente dedita alla propria missione: ritrovare le persone scomparse.

Non si era mai ritenuta uno sbirro comune. Soprattutto non era mai stata una persona comune, altrimenti non avrebbe scelto di dare la caccia alle ombre.

Verso i sedici anni, Mila si era accorta di essere diversa: a differenza di tutti quelli che conosceva, lei non riusciva a provare empatia. Per molto tempo era stato qualcosa di cui vergognarsi, che le impediva di avere relazioni e la metteva sotto una luce ambigua. Quando finalmente, attorno ai venticinque anni, era riuscita a trovare il coraggio di parlarne con uno psichiatra, questi aveva dato un nome al suo disturbo: *alessitimia*. Consisteva in una sorta di analfabetismo emotivo. In pratica, Mila non era capace di rapportarsi agli altri in maniera affettiva, e non era nemmeno in grado di identificare o descrivere i propri sentimenti. Perciò, era come non averne affatto.

Qualcuno lo chiamava «gelo dell'anima».

Col tempo, aveva compreso il motivo di quel dono oscuro. Mila si era resa conto di essere un portale, un accesso segreto verso una dimensione fatta di tenebra e malvagità. Quel passaggio, una volta aperto, non poteva più essere richiuso.

È dal buio che vengo. Ed è al buio che ogni tanto devo ritornare...

Da poliziotta, aveva considerato la propria condizione una preziosa alleata, perché le permetteva di trattare con lucido distacco i casi di cui si occupava. E ciò le tornava utile specie nelle scomparse di minori, dove l'elevato grado di coinvolgimento emotivo costituiva un ostacolo all'obiettività degli investigatori: spesso i colleghi avevano la tentazione di mollare per non dover scoprire la tremenda realtà che si celava quasi sempre alla fine di un'indagine.

Mila lo sapeva: cercare un bambino scomparso era come seguire un arcobaleno nero. Alla fine non c'era ad attenderti una pignatta d'oro, ma solo un mostro silenzioso, ingordo di sangue e d'innocenza.

L'alessitimia era la sua maledizione e anche la sua corazza. Però, c'era un prezzo da pagare.

La mancanza di empatia era una pericolosa affinità coi mostri che si nutrono della sofferenza delle proprie vittime senza riuscire a provare pietà per loro. Per differenziarsi, Mila era ricorsa spesso all'aiuto segreto di una lametta. Piccoli atti di autolesionismo che le servivano per ripristinare dentro di sé il senso del dolore altrui. In fondo, le cicatrici che disegnavano il suo corpo erano la testimonianza di come avesse sempre cercato di immedesimarsi con gli scomparsi su cui indagava, creando un contatto empatico con loro. Il male fisico rimpiazzava quello dell'anima, facendola sentire meno in colpa per la propria indifferenza.

L'unico periodo in cui aveva provato di nuovo qualcosa – qualcosa di umano – era stato mentre era incinta di Alice. Un'esperienza emotiva che, purtroppo per entrambe, si era conclusa con il parto.

In seguito Mila non era mai stata capace di essere una madre, né buona né cattiva. Semplicemente, non possedeva gli strumenti per esserlo. La sua premura nei confronti di Alice non era diversa da quella che si potrebbe avere per una pianta. Eppure si era occupata della figlia nel migliore dei modi possibili – possibili per lei, naturalmente.

Tutto questo, però, faceva ormai parte del passato.

All'incirca un anno prima, Mila aveva deciso che era giunto il momento di porre rimedio allo stallo del cuore e dell'anima. Aveva preso in affitto quella casa sul lago ed era fuggita dal mondo con Alice.

Non era stato facile. Dovevano ancora abituarsi ciascuna alla presenza dell'altra. Ma, poco a poco, stavano scoprendo di non essere delle perfette estranee. Anche se sovente Mila doveva fare i conti con la tentazione di rifugiarsi nel bagno di sopra, scartare una delle lamette celate in una confezione nello stipo dietro lo specchio e praticarsi una ferita in un punto del corpo già segnato. Un modo per far sgorgare da sé, insieme al sangue, uno spasimo che la facesse sentire ancora umana. Perché a volte ne dubitava.

Adesso, in una rigida serata di fine febbraio, Mila osservava la figlia divertirsi da sola nel prato e non poteva fare a meno di chiedersi quanto di sé ci fosse in Alice. Aveva compiuto dieci anni. Di lì a poco, gli ormoni avrebbero rivoluzionato la sua esistenza. I giochi innocenti sarebbero stati rinnegati senza rimpianti, con cosciente spietatezza. E anche lei, come tutti d'altronde, avrebbe dimenticato di colpo che cosa significa essere bambini. Però, come ben sanno gli adulti, avrebbe anche avuto nostalgia di quei giorni per il resto della vita.

Ma la preoccupazione di sua madre era ben altra.

Mila temeva che, com'era stato per lei, con l'adolescenza arrivasse anche il gelo dell'anima. Non esistevano prove scientifiche che l'alessitimia fosse ereditaria, ma la casistica sembrava evolvere in tal senso. L'alternativa era che Alice somigliasse al padre, e anche questo Mila non poteva accettarlo.

Non quell'uomo. Non lui, si disse ripensando alla lettera della clinica.

Non pronunciava mai il suo nome. Quel nome non meritava di essere neanche pensato. Nemmeno Alice lo diceva mai.

Come richiamata dallo sguardo della madre, la bambina si voltò verso di lei. Da dietro ai vetri, Mila le fece cenno di rientrare.

« Nell'albero c'è una tana di scoiattoli » annunciò infreddolita Alice, varcando la soglia.

Mila le mise un plaid sulle spalle perché l'umidità esterna le si era appiccicata addosso. Un'altra madre avrebbe accolto la figlia nel calore di un abbraccio. Ma Alice non aveva un'altra madre, aveva lei. « Nessuna traccia di Finz? » le domandò.

Alice sollevò le spalle.

Il disinteresse per la recente sparizione della gatta preoccupava Mila. Poteva essere un segnale dell'alessitimia?

« Cosa c'è per cena? » chiese la bambina, cambiando argomento.

« Stufato di verdure e poi torta di mele. »

Alice la osservò, incuriosita. « Se mangio lo stufato, posso portare la torta nel rifugio? »

Era così che definiva la capanna di coperte che si era costruita in cima alle scale. Trascorreva lì molto tempo, a leggere alla luce di una pila o ad ascoltare musica da un vecchio iPod – ultimamente, aveva una fissa per Elvis Presley.

« Vedremo » disse Mila, che non si sbilanciava mai

quando si trattava di concedere eccezioni alle regole della casa.

« Pensi che questo fine settimana lui verrà? »

La domanda la spiazzò. In passato glielo domandava di rado, ma nell'ultimo mese era già la terza volta che chiedeva di *lui*. Chissà perché Alice si era messa in testa che suo padre sarebbe venuto a trovarle. Mila le aveva spiegato che non sarebbe accaduto, che quell'uomo era in coma da anni e che non si sarebbe più risvegliato. Almeno non in questa vita. Forse solo all'inferno. Ma Alice si era fabbricata quella fantasia per cui lui sarebbe apparso prima o poi e avrebbero trascorso del tempo insieme, come una vera famiglia.

« Non succederà » disse Mila per l'ennesima volta, vedendo spegnersi un piccolo barlume nei suoi occhi.

Alice si strinse nel plaid e andò a sedersi sulla vecchia poltrona accanto al fuoco del camino. Non insisteva mai.

Mila sapeva cose che avrebbe preferito ignorare, cose che nessuno dovrebbe conoscere. Cose indicibili sugli esseri umani. Cose sul male che le persone fanno ai propri simili. E Alice non avrebbe dovuto scoprire che nella schiera dei sadici c'era anche suo padre, era troppo presto.

L'ex poliziotta aveva stabilito che la figlia sarebbe arrivata il più tardi possibile a conoscere il crimine che si nascondeva dietro la sua nascita, ma anche la crudeltà che albergava nel mondo.

Doveva proteggerla.

Non potendo chiudere il portale con la dimensione oscura, aveva tagliato i ponti col passato. Anche se teneva sempre la pistola nel cassetto accanto al letto, non doveva più dare la caccia a nessuno.

Si era convinta che se lei non cercava più il buio, allora il buio non sarebbe più venuto a cercarla.

Ma, proprio mentre formulava quei pensieri, il suo sguardo colse un leggero cambiamento nel paesaggio fuori dalla finestra. Il sole era quasi tramontato, ma Mila lo vide riflettersi debolmente sul parabrezza dell'anonima berlina scura che percorreva il lungolago.

Avvertì un familiare solletico alla base del collo. Nonché il presagio che quella visita inaspettata portasse in dono qualcosa di spiacevole.

La berlina coi vetri scuri si fermò nel piazzale davanti alla casa, accanto alla sua Hyundai. Rimase lì, col motore acceso.

Dalla portafinestra, Mila assisteva alla scena e per qualche secondo non accadde nulla. Poi, la portiera posteriore si aprì e vide scendere Joanna Shutton.

La donna fece segno all'autista che l'aveva accompagnata di restare in auto. Si sistemò i lunghi capelli biondi che ricadevano morbidi sulle spalle del cappotto color cammello. Quindi s'incamminò barcollando verso l'entrata perché i tacchi a stiletto affondavano nel terreno umido del prato.

Se il Giudice si era scomodata a venire fin lì di persona, allora la faccenda doveva essere proprio grossa, pensò Mila Vasquez.

Aveva con sé una cartelletta.

Una nuvola di profumo spinta dal vento la precedette quando Mila aprì la porta. Per un attimo, si sentì a disagio ad accoglierla in tuta e calzettoni di spugna.

La Shutton le riservò uno sguardo di biasimo e un sorriso stentato. « Non volevo essere inopportuna » si giustificò senza convinzione. « Ti avrei avvertita del mio arrivo, ma non siamo riusciti a trovare il tuo nuovo numero. »

« Non abbiamo il telefono. »

Il Giudice la guardò come se avesse appena bestemmiato, ma si astenne dal commentare.

Intanto, Mila non si smuoveva dalla porta. Voleva mettere subito in chiaro che esisteva un confine fra la vita di prima e quella di adesso, e che difficilmente qualcosa sarebbe riuscito a passare oltre quella linea.

La Shutton resse per pochi istanti il suo sguardo indurito. Il capo del dipartimento di polizia federale era una donna determinata, che non si faceva trattare con sufficienza. Ma era anche abbastanza intelligente da sapere quando conveniva patteggiare. In fondo, la chiamavano « il Giudice » anche per questo.

« Ho fatto un lungo viaggio, Vasquez. Perciò, prima di mandarmi via, ti chiederei di offrirmi almeno una tazza di tè. »

Mila la fissò. Decise che avrebbe ascoltato ciò che la Shutton era venuta a dirle, ma si ripromise solennemente che non si sarebbe lasciata coinvolgere e, terminato il tè, l'avrebbe rispedita da dov'era venuta.

Poco dopo, spense il gas sotto lo stufato di verdure e, dovendo rimandare la cena, coprì la pentola con un coperchio. Quindi tolse la torta di mele dal forno e la mise a raffreddare sul davanzale. Poi spedì Alice al piano di sopra.

« Perché non posso restare? » protestò lei. Non ricevevano mai visite e la presenza di un'estranea era una novità alquanto allettante.

« Perché voglio che ti prepari un bagno caldo » le intimò la madre. « Domani devi andare a scuola. »

« Prima posso ascoltare un po' di Elvis nel rifugio? »

« D'accordo » acconsentì, perché voleva soprattutto assicurarsi che Alice non sentisse ciò che la Shutton era venuta a dirle.

Quando ebbe terminato le piccole incombenze, Mila tornò dal Giudice con una tazza di tè bollente. Gliela porse, lei bevve un piccolo sorso e l'appoggiò subito sul tavolino di fronte al divano su cui era seduta. La misteriosa cartelletta che aveva portato con sé era riposta, ancora chiusa, accanto a lei.

« È molto bello qui » disse guardandosi intorno.

Il fuoco scoppiettava nel camino e conferiva all'ambiente rustico un colore ambrato, accogliente.

« Mio padre era appassionato di pesca, possedeva un capanno sul lago e, da piccole, costringeva me e mia sorella a passare interminabili fine settimana tra i boschi. »

Mila non riusciva proprio a figurarsi la Shutton con indosso pantaloni e scarponi da trekking. Forse la sua femminilità era così dirompente perché aveva avuto un padre che desiderava un figlio maschio.

« Non andiamo a pesca, io e mia figlia siamo vegetariane. »

Il Giudice incassò la risposta senza replicare. Mila la fissava in silenzio, domandandosi quando avrebbe finito di temporeggiare per chiederle il favore per cui era venuta fin lì.

«Mi ha molto stupito la tua decisione di mollare tutto, sai?» proseguì invece il Giudice. «Credevo che gli sbirri come te non riuscissero a stare lontani dalla strada.»

«Al dipartimento sentivate la mia mancanza?» la provocò Mila, che ormai poteva permettersi di essere impudente.

«A molti è dispiaciuto che tu sia dovuta andar via.»

«A lei no.»

«Infatti» riconobbe la Shutton senza problemi.

Ancora nessun cenno alla cartelletta, notò Mila. Se continuava a tergiversare era perché non poteva permettersi di andarsene da lì con un no. Era curiosa di scoprire il piano della sua ospite.

«Non vedo alcun televisore» disse il Giudice, indicando la mobilia.

Mila glielo confermò scuotendo il capo.

«Nemmeno una connessione internet?» domandò l'altra, stupita.

«Abbiamo i libri. E una radio.»

«Allora avrai ascoltato i notiziari degli ultimi due giorni.»

Prima che Mila dicesse qualcosa, la Shutton la precedette con un nome.

«Anderson... Ti dice qualcosa?»

«Avete l'uomo tatuato, pensavo fosse finita.»

Il Giudice sorrise debolmente e cambiò l'accavallatura delle gambe. « C'è abbastanza sangue sulla scena del crimine e nell'auto del sospettato da poter tranquillamente ipotizzare una strage » disse, ostentando sicurezza. « Il fatto che il soggetto fosse in possesso dell'arma del massacro ha reso il compito del procuratore molto più agevole: non ha avuto esitazioni a formulare l'accusa di omicidio plurimo. »

« A questo punto, credo che nessun avvocato potrebbe tirare fuori il vostro uomo dal casino in cui si è cacciato » affermò Mila, per liquidare la questione. « Quindi di cosa vi preoccupate? »

« Non è così semplice » affermò la Shutton. « Nel posto in cui l'abbiamo catturato c'erano una branda e qualche vestito, un fornello da campeggio e cibo in scatola. Viveva come un vagabondo in mezzo a carcasse di vecchi computer. Per questo e per via dei numeri i media hanno iniziato a chiamarlo 'Enigma'. »

« Dove li ha presi? »

La domanda di Mila spiazzò la Shutton. « Cosa? »

« I computer. »

« Che importa? Li avrà raccattati in giro, nei cassonetti o negli uffici abbandonati nella zona del vecchio mattatoio: quel posto sembra una specie di discarica di apparecchiature elettriche. » La Shutton sorseggiò di nuovo il tè, ma solo per calmare i nervi. « I media vogliono costruirci intorno una storia, ma io non permetterò che un pazzo qualsiasi, di quelli che vanno in giro con un cappello di stagnola per non farsi leggere nel pensiero dagli extraterrestri, diventi una celebrità. »

Mila percepì subito che la Shutton non stava affrontando il vero problema. C'era dell'altro che impensieriva realmente il capo della polizia. « Non sapete ancora chi è, vero? »

Il Giudice annuì. « Nessun riscontro nelle banche dati, niente nell'archivio delle impronte e nemmeno in quello del DNA. Ma il vero mistero è un altro: dopo che si è diffusa la storia dei tatuaggi, nessuno si è fatto avanti per identificarlo. Anzi, nessuno l'ha mai visto prima – ci crederesti? » La Shutton iniziò a infervorarsi. « Come fa un tale ricoperto di numeri dalla testa in giù – piante dei piedi e palmi delle mani compresi – a passare totalmente inosservato? » Quindi si mise a elencare: « Nessuno l'ha mai notato o fotografato, neanche per sbaglio. Le telecamere di sicurezza che ormai sono presenti in ogni angolo della città non l'hanno mai ripreso. Non c'è traccia di lui al di fuori del magazzino in cui l'abbiamo catturato dopo la chiamata anonima. Da dove è spuntato fuori? Perché si rifugiava lì? Dove prendeva le cose che gli servivano? Come accidenti si procurava da mangiare? E come ha fatto a rendersi invisibile per tutto questo tempo? »

« Lui naturalmente non parla » concluse Mila.

« Da quando lo abbiamo scovato, nemmeno una parola. »

« E così c'è il rischio che i corpi degli Anderson non vengano mai ritrovati... »

La Shutton tacque per qualche secondo. Il silenzio serviva a sottolineare che Mila aveva colto nel segno.

«I numeri sono l'unica risorsa che abbiamo» ammise il Giudice.

Finalmente prese la cartelletta, la aprì e cominciò a sparpagliare sul tavolino di fronte a Mila foto scattate al corpo dell'uomo, sempre più dettagliate.

«Sappiamo che se li è tatuati da solo. Dallo stato dell'inchiostro utilizzato, sappiamo anche che l'ha fatto gradualmente nel corso del tempo... In questo momento stiamo cercando di capire se in quelle sequenze si nasconda qualche significato o si tratti soltanto del frutto di un'assurda ossessione.»

Mila intuì che, nonostante stesse cercando di farlo passare per pazzo, la Shutton aveva paura di ciò che quell'uomo poteva essere realmente. «Qualcuno sta provando a tracciare un profilo psicologico?» L'ex poliziotta si sorprese ad ascoltare il suono della propria voce mentre formulava la domanda. Aveva giurato a se stessa che non si sarebbe fatta coinvolgere, invece l'istinto della cacciatrice per un attimo aveva prevalso.

La Shutton accolse quella piccola concessione come un punto a proprio favore e si affrettò a rispondere. «La quantità di tracce che ha lasciato dietro di sé, e che lo incriminano senza ombra di dubbio, farebbe pensare a un soggetto disorganizzato che ha agito d'impulso... Ma è così freddo, impassibile, *controllato*. Ed è talmente docile e tranquillo da far pensare che avesse previsto tutto quanto sin dall'inizio e che, mentre noi ci affanniamo a capire qualcosa di lui, lui ride di noi.»

Mila cominciò a studiare le foto sul tavolo, ma senza prenderle. I numeri, di una o due cifre al massimo, ricoprivano quasi ogni millimetro della pelle dell'uomo. Avevano dimensioni diverse. Alcuni erano più piccoli, altri più grandi o più marcati.

C'era del metodo in quell'operazione ripetuta negli anni, una meticolosità che la inquietava nel profondo. Non è semplicemente uno psicopatico, si disse. E per un attimo un brivido le attraversò la schiena.

« Perché è venuta da me? » domandò, distogliendo lo sguardo dalle foto sul ripiano, come a volersene sbarazzare. « Non capisco come posso esservi utile. »

« Ascolta, Vasquez... »

« No, non ascolterò » ribatté Mila bruscamente, interrompendo sul nascere qualsiasi trattativa. « Ho capito cos'ha in mente: le serve qualcuno che la aiuti a trovare i corpi degli Anderson. Magari una cercatrice di scomparsi che si è ritirata da tempo e non può nuocere troppo alla reputazione della polizia nel caso fallisse. » In fondo, la poliziotta sopravvissuta per miracolo all'ultima indagine della sua carriera era perfetta per distrarre l'attenzione dei media. Mila era nauseata. « Se non l'avesse ancora capito, signora Shutton, io non l'aiuterò. Perché ho chiuso per sempre con questa merda. »

« Non sono qui per chiederti di ritrovare gli Anderson » precisò il Giudice con tutta calma.

Mila rimase interdetta.

« Vasquez, sono venuta qui perché probabilmente tu sei l'unica che può rivelarci chi sia Enigma. »

Mila non sapeva che dire. Intanto la Shutton si mise a cercare tra le foto.

« In mezzo ai numeri tatuati abbiamo trovato una parola. Sul braccio sinistro, confuso fra le sequenze e ben celato nell'incavo del gomito, c'era scritto questo... »

Appena scovò la foto giusta, il Giudice gliela porse. Dopo una breve esitazione, Mila la prese e fu sopraffatta.

Quattro lettere. Un nome. Il suo.

2

Sapendo che non sarebbe riuscita a prendere sonno, Mila trascorse la notte rannicchiata sullo stesso divano su cui, qualche ora prima, Joanna Shutton le aveva sbattuto in faccia una verità che non avrebbe voluto conoscere.

« Probabilmente tu sei l'unica che può rivelarci chi sia Enigma. »

Le parole del Giudice risuonavano ancora nella stanza.

« Non dovrai incontrarlo » le aveva assicurato subito. « Basterà che ascolti il resoconto di ciò che sappiamo di lui e che ci dici se ti ricorda qualcosa oppure no, poi sarai libera di dimenticare questa storia. »

« Come fate a essere sicuri che si tratti proprio del mio nome? » aveva protestato lei. « 'Mila' può significare mille altre cose, come i numeri che ancora non sapete cosa simboleggiano. »

« Magari ci stiamo sbagliando, ma abbiamo l'obbligo di tentare. »

Appellandosi al suo senso del dovere, la Shutton aveva messo a segno il punto più importante.

Mila osservò il fuoco esaurirsi gradualmente nel camino, fino a spegnersi del tutto, lasciandola sola in un gelo che le era familiare.

Nel silenzio della casa, arrivavano attutiti i rumori del bosco. Il vento che scostava le fronde per farsi strada tra gli alberi e, in lontananza, la pigra cantilena delle onde che si alternavano sulla riva del lago.

Alice aveva intuito che qualcosa non andava e sembrava agitata. Mila si era sentita in colpa. Per questo le aveva concesso di dormire nel rifugio di coperte insieme alla torcia, ai libri preferiti, all'iPod con Elvis, circondata dai sorrisi rassicuranti dei peluche.

Il buio era venuto a cercarla. E Mila doveva prendere una decisione che riguardava anche la figlia. Una decisione da cui, eventualmente, poter tornare indietro.

Procedeva tutto così bene fino a quel momento, perché aveva aperto la porta al Giudice? Con lei aveva lasciato entrare in casa una presenza senza nome, che si cibava di rabbia e delle grida di vittime innocenti e che, com'era prevedibile, non voleva più andarsene. Mila poteva scorgerla anche adesso, come un'ombra fra le ombre della stanza. E non sapeva come scacciarla.

Lo sconosciuto che aveva massacrato gli Anderson si era tatuato il suo nome.

Il pensiero la tormentava. Non era tanto il significato del gesto a turbarla, quanto l'atto stesso di praticarsi un segno nella pelle. Quante volte Mila aveva scavato nella propria carne per cercare di far affiorare un sentimento umano, un dolore che imitasse la pietà e la compassione che non era in grado di provare? La somiglianza o, peggio ancora, l'affinità che legava lei e il mostro la terrorizzava.

Non può essere casuale. *Lui lo sa.* È per questo che sta cercando di coinvolgermi?

Dubbi e interrogativi si affastellavano nella mente. Una voce dentro di lei diceva di lasciar perdere, di dimenticare le parole della Shutton e quella storia, di tornare a immergersi nel completo isolamento che aveva scelto per sé e la figlia e continuare con la nuova vita. Tanto nessuno poteva costringerla ad andare a vedere cosa si nascondesse dietro l'indovinello di Enigma.

Perché Mila ne era sicura: quel tatuaggio era un invito.

Non mi lascerò fregare, si diceva. L'idea di avere a che fare con quell'uomo, anche senza doverlo incontrare, la inquietava enormemente.

Però c'era anche una parte di lei, profonda e irrazionale, che spingeva in direzione opposta e bramava di andare a scoprire l'inganno.

Voglio vedere cosa c'è dietro al sipario, guardare negli occhi il mago e smascherare il trucco.

C'era un oscuro richiamo, lo percepiva nitidamente ma, per quanto si sforzasse, non poteva ignorarlo. Perché, sebbene Mila riuscisse a tenere a bada la sua seconda natura, non era ancora in grado di domarla.

L'arrivo dell'alba disciolse, insieme alle tenebre, anche le ultime resistenze. Nonostante la lunga nottata, Mila era vigile e consapevole che, se avesse ignorato il messaggio di Enigma, quella storia avrebbe trovato comunque un modo per stanarla dal nido sicuro che aveva costruito in riva al lago con tanta fatica, protetto e confortevole come il rifugio di coperte di Alice. Allora tanto valeva affrontare la cosa.

Si disse che lo faceva anche per gli Anderson, per contribuire al ritrovamento dei loro corpi e perché ricevessero una degna sepoltura. Ma dentro di sé sapeva che non era vero. L'attraeva il pensiero di risolvere il mistero.

Non era brama di gloria. Era l'assurda convinzione che vincere la sfida con il buio avrebbe reso il mondo un posto più sicuro, anche per sua figlia.

Andò a svegliare Alice col profumo dei pancake appena fatti.

Il rifugio di coperte era una capanna costruita con corde e mollette da bucato sul piccolo ballatoio in cima alle scale, proprio davanti alla porta della soffitta. Mila scansò il tartan rosso e verde che fungeva da entrata e un raggio di luce penetrò nel piccolo antro caldo.

La bambina sollevò il capo arruffato dal tappeto di cuscini che coprivano il pavimento di rovere, aveva dormito ancora una volta con gli auricolari dell'iPod nelle orecchie. Si stropicciò gli occhi e fissò interdetta il vassoio fra le sue mani. « Non è sabato » disse, subodorando che una variazione della loro routine sottintendesse qualcosa.

Mila cambiò subito argomento. « Oggi dopo la scuola andrai a casa di Jane, avvertirò sua madre. »

« Perché? »

« Vado in città, ma tornerò entro sera. Va bene per te? »

Alice guardò di nuovo i pancake, senza dire nulla. Mila capì che la figlia sospettava che le avesse preparato la sua colazione preferita solo per farsi perdonare. E aveva ragione: in qualche modo, stava smentendo la sua scelta di lasciarsi alle spalle la vita di prima.

« Andrai da lui? »

Mila sospirò. « No, non andrò da tuo padre. »

« Ok. »

Come sempre Alice si accontentò della prima risposta

ma Mila pensò che, se quella fissazione non passava, avrebbe dovuto portare la figlia da uno psicologo. « Comunque, tornerò a casa in tempo per la cena. »

« Va bene, mamma. »

La parola la spiazzò, Alice non si rivolgeva quasi mai a lei chiamandola così. Quando lo faceva, Mila provava un brivido perché era sicura che ogni volta la figlia stesse cercando di comunicarle qualcosa d'importante e lei non sapeva se era in grado o meno di cogliere il significato del messaggio.

Le consegnò il vassoio con la colazione, lo sciroppo d'acero e un bicchiere di latte. « Finz non è tornata nemmeno stanotte » le annunciò. « Forse dovremmo andare a cercarla nel bosco. »

Alice addentò un pancake, limitandosi a registrare l'informazione.

« Quando hai finito di mangiare va' a prepararti, lo scuolabus passa fra mezz'ora » disse Mila, poi anche lei andò a prepararsi.

In un angolo dell'armadio a muro aveva riposto uno scatolone. Lo trascinò fuori e lo aprì. All'interno, anfibi, jeans neri, maglione a collo alto e giubbotto di pelle: i vestiti con cui un tempo si rendeva invisibile. Una macchia scura che si confondeva fra mille altre macchie, immersa nell'incessante brulicare di colori sulla terra.

Ma in fondo alla scatola c'era anche un oggetto che non adoperava da tempo.

Prese il suo vecchio cellulare – un modello antiquato, non certo uno smartphone – e lo collegò a una presa perché la batteria era scarica da un pezzo.

Doveva fare una serie di telefonate. La prima, però, fu per la Shutton. « Dodici ore » disse appena l'altra rispose. « Poi questa storia non mi riguarderà più. »

Andò in stazione con la vecchia Hyundai. Salì sul treno delle sette e trenta, mezz'ora dopo arrivò in città. Appena mise piede sulla banchina, la metropoli la accolse con il consueto frastuono, solo che Mila non c'era più abituata. Il lago le aveva fatto scordare cosa significasse vivere senza silenzio. Improvvisamente, si sentì assediata.

Sul piazzale esterno, riconobbe un vecchio amico che l'aspettava accanto al chiosco dei giornali, così come avevano concordato. Simon Berish non era cambiato, vestiva sempre come un impeccabile gentiluomo: intercettò il suo sguardo da lontano e sollevò un braccio.

« Non contavo di rivederti » le disse. Sembrava deluso.

« Nemmeno io » ammise Mila, anche se non le dispiaceva.

Si erano detti addio quando lei aveva preso la decisione di abbandonare la polizia. Rammentava ancora la loro ultima conversazione, quando gli aveva comunicato le sue intenzioni. Anche se Mila non l'aveva detto specificamente, l'idea di chiudere del tutto col passato comprendeva anche lui. Berish aveva accettato la cosa. Alla fine si erano salutati come sempre ma con la consapevolezza che non si sarebbero rivisti mai più.

« Hai tempo per un caffè? » le chiese.

« Non credo: il Giudice ha convocato un briefing in mio onore fra venti minuti. »

Simon non insistette e le indicò la direzione. S'incamminarono verso il parcheggio.

Nel cielo sopra la città si addensavano nubi grigie. Era già piovuto e l'asfalto era costellato di piccole pozzanghere. L'ex collega la precedeva di qualche passo, evitando di proposito il suo sguardo. Conoscendolo, Mila si chiese quanto avrebbe resistito prima di sbottare. Non dovette attendere molto.

« Non posso ancora credere che la Shutton sia riuscita a convincerti a tornare indietro » disse Berish, contrariato.

« Non sono tornata indietro » ribatté Mila. « Mi fermerò solo qualche ora. »

« Avevo cancellato anche il tuo numero dalla rubrica. Quando il telefono è squillato stamattina, non avevo idea che fossi tu, altrimenti non avrei risposto. »

Cercava di essere scontroso, ma Mila sapeva che in fondo faceva così per il suo bene. Per facilitarle le cose, un anno prima Berish aveva preso il suo posto al Limbo – così chiamavano l'ufficio persone scomparse. Non era certo la posizione più ambita in seno al dipartimento, ma lui aveva voluto mandarle un segnale rassicurante: il lavoro fatto fino ad allora non sarebbe andato sprecato e le persone nelle foto appese alle pareti della sala dei passi perduti non sarebbero state dimenticate.

Arrivarono nei pressi di un'utilitaria con i vetri leggermente abbassati per permettere il ricambio d'aria. Berish si frugò nelle tasche della giacca in cerca delle chiavi. Il muso di Hitch apparve nella fessura del finestrino posteriore.

« Ehi, bello » disse Mila.

Il cane di razza hovawart era invecchiato, ma l'aveva riconosciuta subito. Almeno lui sembrava felice di rivederla.

« Com'è la vita al lago? » chiese poco dopo Simon mentre guidava in mezzo al traffico del venerdì mattina. Erano diretti al dipartimento di polizia federale.

« Diversa, e questo mi basta. » Nell'abitacolo si avvertiva un profumo troppo dolce – mughetto e gelsomino. Non sembrava il tipico deodorante per auto: forse anche nella vita di Berish c'erano stati dei cambiamenti.

« E Alice come sta? Non vi sentite sole? »

« Alice cresce e non siamo sole: abbiamo anche una gatta, si chiama Finz. »

Alla parola « gatta », Hitch si lasciò scappare un brontolio.

« Fate bene a starvene lontane, questo posto è peggiorato » commentò Berish. « Non credere alle storie che sentirai sulla drastica riduzione dei reati, la nuova pace tra le gang o altre fesserie del genere. »

Lo chiamavano « metodo Shutton » e, da quando il Giudice era in carica, stava dando frutti insperati. Mila sapeva che in città negli ultimi anni si viveva decisamente meglio, ma ciò non aveva modificato l'intenzione di andar via.

Neanche Berish si fidava troppo di quel repentino cambiamento. « Adesso si può uscire la sera in centro quando invece, fino a qualche anno fa, c'era il deserto. Ma sarà tutto vero? »

In effetti, un tempo se mettevi il naso fuori di casa dopo le sei, nel migliore dei casi rischiavi di essere rapinato, ricordò Mila.

«Dove sono i criminali, i ladri, gli stupratori, gli spacciatori? Certo, adesso possiamo andare al cinema o a prendere un gelato senza preoccuparci se torneremo dai nostri cari sani e salvi. Ma nessuno si domanda che fine abbia fatto tutto l'odio che c'era prima...»

«Tu hai qualche idea?» domandò Mila, mentre osservava gli alti palazzi nella cornice del parabrezza, come impegnati in una gara a chi avrebbe toccato per primo il cielo.

«In superficie tutto sembra normale, lustro e luccicante... Ma prova a fare un giro sul web e ti accorgerai che non è normale per niente» affermò Berish. «Sono tutti pieni di rabbia, anche se non si capisce per cosa. Poi, ogni tanto, un po' di quella robaccia trova il modo per spurgare dal profondo della rete, ma noi derubrichiamo l'evento a semplice casualità... L'altro ieri un tale ha picchiato a sangue un ragazzino di undici anni solo perché era passato involontariamente davanti all'obiettivo del suo smartphone mentre scattava una foto da postare sui social.»

Berish non era solo uno sbirro disilluso, pensò Mila. Sapeva quel che diceva. Per anni era stato il miglior esperto d'interrogatori del dipartimento. «Tutti vogliono parlare con Simon Berish» asserivano i colleghi, riferendosi anche ai criminali più irriducibili. Simon conosceva gli abitanti della città meglio di chiunque altro.

«Ci mancava solo questa storia di Enigma» disse a un

certo punto il poliziotto, poi la guardò per un istante. « Lo so che sei qui per lui. »

Mila non gli aveva rivelato il motivo della visita in città. Si era limitata a raccontargli che il dipartimento le aveva chiesto una consulenza per un caso, senza entrare nei dettagli. « Tu che ne pensi? » gli domandò, senza confermare nulla.

« Non mi piace per niente » sentenziò lui preoccupato. « Al dipartimento c'è troppa agitazione, ho l'impressione che non ci abbiano detto tutto, che ci tengano nascosto qualcosa... »

Mila non replicò.

« Dopo la finta costernazione per la morte degli Anderson, su internet hanno iniziato a scatenarsi. I più civili si indignano con la polizia per aver mandato una pattuglia alla fattoria solo molte ore dopo la richiesta d'aiuto. Ma alcuni hanno già cominciato a prendersela con gli Anderson stessi per aver rinunciato alla civiltà tecnologica, perché vivevano in campagna con due bambine piccole senza nemmeno la corrente elettrica... I peggiori, però, sono quelli che inneggiano allo psicopatico tatuato. » Il tono di Berish si fece cupo. « Celebrano le sue gesta come invasati, e ti accorgi che la violenza non si è fermata all'altra notte, a quella casa isolata, ma continua a riverberarsi come un'onda sismica che porta solo altra distruzione. Tu pensi che tanto quei fanatici sono solo una sparuta minoranza, ma poi ti accorgi che nella massa ci sono l'impiegata, lo studente, il padre di famiglia. E quel che è peggio, appaiono con la loro faccia e il loro nome. »

« Come te lo spieghi? »

Simon Berish si grattò la tempia canuta. « Ho interrogato e fatto confessare decine di assassini: arrivava sempre il momento in cui anche i più duri si vergognavano per ciò che avevano commesso. Di solito, accadeva quando pronunciavo il nome della vittima. Era un attimo, ma glielo potevi leggere chiaro nello sguardo... Forse saremo anche diventati migliori e i crimini si saranno realmente ridotti come sostiene la Shutton, ma la gente comune non prova più pudore. »

Mentre ascoltava i discorsi di Berish, Mila non poté fare a meno di pensare che aveva fatto la scelta migliore a troncare ogni rapporto con lui. L'amicizia fra poliziotti non può funzionare se uno dei due lascia la divisa, è la regola. Infatti, l'ex collega riusciva solo a parlarle di crimini, gente morta ammazzata e sofferenze varie. Poteva permetterselo perché sapeva che era venuta lì per affari che riguardavano il dipartimento. Se l'avesse invitato al lago per un fine settimana, non avrebbero saputo di cosa chiacchierare.

Berish accostò l'auto a una ventina di metri dall'ingresso principale del comando di polizia. Mila fece una carezza al vecchio Hitch e scese.

« A che ora hai il treno stasera? » le domandò l'amico, determinato.

« Alle sette. »

« Bene, alle sei e mezzo passo a prenderti per riaccompagnarti in stazione. »

3

La sala dei briefing era un piccolo auditorio al quarto piano del dipartimento, arredato con poltroncine di plastica blu, una pedana per gli oratori e uno schermo. Le finestre davano sul cortile interno e le tende a bande verticali erano sempre tirate per motivi di riservatezza. Vi aleggiava un sentore di polvere e nicotina, malgrado il divieto di fumare negli edifici pubblici vigesse ormai da oltre trent'anni.

Mila riconobbe subito l'odore stantio appena entrata. L'aveva dimenticato, ma le bastò respirare per tornare indietro nel tempo, alla vecchia vita.

Immediatamente, gli sguardi dei presenti si spostarono su di lei.

Oltre la Shutton, con un impeccabile tailleur gessato, c'erano Bauer e Delacroix, gli agenti incaricati del caso. Il primo biondo e corpulento, baffi folti e aspetto sempre incazzato. Il secondo era di colore e sembrava il più sveglio della coppia.

Poi c'erano un uomo di mezza età con un camice bianco immacolato – che Mila identificò come il medico legale assegnato al caso – e una giovane collega con la divisa della Scientifica: aveva la faccia appuntita e severa di chi pensa che i poliziotti siano superiori al resto del genere umano. Infine c'era Corradini, il consigliere nonché portavoce del Giudice, col suo completo scuro che lo faceva somigliare più a un manager che a uno sbirro. Mila non l'aveva mai incontrato di persona, ma l'aveva visto apparire in tv ogni volta che il dipartimento rivendicava i meriti nella soluzione di un caso. Era lo stratega del « metodo Shutton ».

Nessuno dei presenti la salutò. Solo il Giudice le andò incontro per accoglierla. « Benvenuta, agente Vasquez » disse con un sorriso.

Mila si sentì in imbarazzo, visto che non era più un'agente e portava al collo un badge riservato ai « visitatori ». Riusciva anche a immaginare ciò che passava per la testa degli ex colleghi in quella stanza.

Ai loro occhi, il tatuaggio col suo nome la rendeva complice di Enigma.

Importava poco che fosse vero o meno, ciò che contava era che lei fosse comunque coinvolta. Inoltre, il fatto che avesse abbandonato la divisa aggravava ulteriormente il giudizio nei suoi confronti. Perché di solito gli sbirri non si ritirano: vanno in pensione oppure muoiono in servizio, rammentò.

Anche la Shutton avvertiva la tensione, ma preferiva fingere che fosse tutto sotto controllo. « Cominciamo. »

Il Giudice si mise al centro della prima fila e pretese che Mila le sedesse accanto. Non le piaceva essere così in vista, ma stavolta non poteva evitarlo.

Mentre anche gli altri prendevano posto, Corradini fece abbassare le luci e salì sulla pedana. Poi si rivolse a Mila. « Poco fa le abbiamo fatto firmare un atto con cui si impegna a non divulgare i contenuti di questo incontro, pena l'incriminazione per favoreggiamento e ostacolo alle indagini.»

Le diede fastidio. Non era il caso di ribadire l'avvertimento, ma adesso era una «civile» e doveva accettarlo.

«Le spiego come procederemo, signorina Vasquez. Prima gli agenti Bauer e Delacroix riepilogheranno il caso Anderson, poi lei ci darà le sue impressioni.»

Mila non era sicura di poter essere d'aiuto. Si accorse che correva il rischio di deluderli.

«Durante l'esposizione dei fatti, sarai libera di fare le domande che ritieni più opportune» intervenne la Shutton. «Lo scopo è comprendere il motivo per cui l'uomo tatuato ha deciso di chiamarti in causa.»

Il Giudice aveva proibito ai suoi uomini di riferirsi all'omicida col nome scelto dai media. Ma Mila non faceva più parte della polizia e avrebbe continuato a chiamarlo Enigma.

Prese la parola Bauer. «Allora, ricapitoliamo ciò che è accaduto alla fattoria degli Anderson l'altra notte.»

Anche se il riassunto valeva solo per Mila, l'agente si rivolgeva all'intero uditorio. La scelta rivelava un'evidente ostilità nei confronti dell'ex collega. Bauer si impadronì di un piccolo telecomando con cui azionò il videoproiettore piazzato sul soffitto della sala.

Sullo schermo cominciarono a scorrere le foto scattate sulla scena del crimine.

«In base alla telefonata della signora Anderson, possiamo affermare che l'omicida è arrivato alla fattoria intorno alle venti.»

Si erano accorti di lui nella tempesta di fulmini, si disse Mila. L'incubo era apparso come un miraggio. Qualcosa a cui, all'inizio, la mente si rifiuta di credere. Chi l'aveva visto per primo, Frida, Karl o una delle bambine?

« Ha avuto tutta la notte per compiere la strage, ma riteniamo che gli siano bastate poche ore. » Bauer schiacciò un pulsante sul telecomando. « Primo elemento: la falce. »

In dettaglio, l'arma della strage.

« Supponiamo che l'omicida non ne fosse già in possesso, probabilmente l'ha presa dalla rimessa degli attrezzi agricoli: forse l'intenzione iniziale non era uccidere, forse cercava solo qualcosa da rubare. »

La lama e l'impugnatura della falce erano imbrattate di macchie rosso scuro.

« Ci è stato impossibile rilevare impronte sull'arma » puntualizzò l'agente della Scientifica in modo zelante. « Troppo sangue. »

« Secondo elemento: il cellulare. »

Altra foto, il telefonino da cui era stata effettuata la chiamata al numero delle emergenze riposto su un pensile della cucina. Dalla finestra accanto al mobile si scorgevano il portico della fattoria e il cortile antistante.

« Da qui la signora Anderson ha chiamato la polizia: pur non riuscendo a descrivere l'intruso per via della pioggia, la donna ha affermato che il marito stava parlando con l'uomo fermo davanti alla casa. »

Mila immaginò il capofamiglia che si armava di coraggio per andare ad accertarsi delle intenzioni dello sconosciuto. Sicuramente, in cuor suo Karl Anderson già presagiva ciò che sarebbe potuto accadere. Ma doveva proteggere la moglie e le bambine, per questo non si era tirato indietro.

« L'idea che ci siamo fatti è che Karl Anderson, dopo aver sorpreso lo sconosciuto nella sua proprietà, l'abbia raggiunto per chiedergli di andarsene. »

Mila lo vide percorrere i metri che lo separavano dall'intruso, pensando a ciò che avrebbe potuto dirgli per convincerlo. Forse avrà pensato di offrirgli dei soldi, perché minacciarlo sarebbe stato un rischio troppo grosso per la sua famiglia. Ma quando ha intravisto per la prima volta il volto tatuato, deve esserglisi fermato il cuore, si disse Mila. Ogni paura, anche la più irrazionale, ha preso improvvisamente forma e consistenza davanti a lui.

« Quando ha visto che impugnava un'arma, Karl Anderson forse ha capito subito che era finita » affermò Bauer. « Qualunque cosa avesse detto o fatto non avrebbe modificato gli eventi. »

Ciononostante, si è mostrato gentile – si disse Mila, convinta. Sì, Karl ci ha provato lo stesso. Perché le vittime che sanno di non avere scampo non possono fare a meno di patteggiare con i propri carnefici. Prima si mostrano assurdamente comprensive. Quando scoprono che è inutile, invocano pietà.

Molti sadici psicopatici temporeggiavano fino a quel fatidico momento, non perché nutrissero degli scrupoli ma perché la supplica delle vittime era la loro fonte di massimo piacere.

Intanto, sullo schermo c'era una veduta dall'alto della fattoria.

« Terzo elemento: il sangue » disse Bauer. « È l'unica

prova che abbiamo per sostenere che in quel luogo siano avvenuti degli omicidi. Anche se i temporali della notte hanno cancellato le tracce ematiche all'esterno, secondo la nostra ricostruzione l'assassino ha colpito a morte Karl Anderson nel cortile.» Indicò il punto esatto nella foto. «Poi si è diretto verso la casa.»

Seguì un'immagine dell'interno dell'abitazione messa a soqquadro.

Mila si figurò la moglie che dalla finestra vedeva il marito crollare improvvisamente al suolo. Senza pensarci troppo, afferrava le bambine e le trascinava in fretta nell'unico posto che riteneva sicuro, il piano di sopra.

«L'omicida dapprima ha sfogato la rabbia su mobili e suppellettili, forse cercava le vittime o forse si è solo divertito a terrorizzarle.»

Poi è salito, pensò Mila, riuscendo perfino a udire i passi lenti e pesanti sulle scale.

Bauer mostrò le foto delle porte sfondate delle camere da letto, le manate insanguinate sui muri, le scie rosse sul pavimento su cui erano impresse le orme dell'assassino.

«In casa c'era solo il sangue della donna e delle gemelle» intervenne la giovane agente della Scientifica. «Ciò avvalora la tesi che Karl Anderson sia stato ucciso per primo, all'esterno della fattoria.»

«Sangue arterioso» specificò il medico legale che fino ad allora non aveva ancora parlato. «Questo ci fa dedurre che le vittime non abbiano avuto scampo.»

Bauer fissò Mila negli occhi. «Frida Anderson ha combattuto fino allo stremo per proteggere Eugenia e Carla, ce lo dicono i segni di lotta rinvenuti ovunque.

Ma l'omicida non ha voluto fermarsi nemmeno davanti al pianto disperato di due bambine di otto anni.»

L'agente fece una pausa, lasciando un silenzio sospeso nella sala.

«Il resto della storia è facilmente immaginabile» concluse Bauer. «L'assassino prende i cadaveri, li carica nella station-wagon verde e li porta chissà dove, per poi tornarsene tranquillamente nella sua tana.»

Esaurita l'analisi della dinamica del crimine, era il momento di occuparsi del profilo di Enigma.

Bauer e Delacroix si diedero il cambio sulla pedana come in una collaudata staffetta, usando il telecomando del proiettore come testimone.

A differenza del collega, l'altro poliziotto si rivolse direttamente a Mila.

«Primo elemento del profilo del killer è, ancora una volta, il sangue» disse riallacciandosi all'ultimo punto trattato. «Il sangue riveste un'importanza cruciale in questa storia. Prima di tutto, sulla scena del crimine secondaria – il mattatoio dove viveva l'uomo tatuato – c'era un'auto con all'interno il sangue degli Anderson, oltre all'arma dell'eccidio. Secondo, anche il sangue del nostro uomo è un mistero: dopo averlo esaminato, abbiamo riscontrato la presenza di un composto chimico.»

«LHFD» intervenne a supporto il medico legale. «Una miscela allucinogena conosciuta come 'Lacrima d'angelo'.»

Una droga sintetica, pensò Mila. Poteva essere stata la

causa della furia omicida? L'assassino aveva agito in preda alla sostanza?

« So cosa si sta domandando, signorina Vasquez » affermò Delacroix, indovinando i suoi pensieri. « Ma non permetteremo a quel bastardo di cavarsela dando la colpa agli stupefacenti. »

« Comunque per adesso il problema non si pone » intervenne la Shutton. « Il nostro uomo non solo si rifiuta di parlare con noi, ma anche con il difensore d'ufficio che gli ha assegnato la procura. »

« Secondo elemento: l'identità » riprese Delacroix. « Non avendo ancora un nome per l'omicida, abbiamo provato a formulare un quadro psicologico... Il fornello da campeggio, i viveri, i vestiti e gli altri oggetti rinvenuti nel posto in cui viveva ci dicono che è capace di provvedere a se stesso. L'abitudine di circondarsi di computer obsoleti o fuori uso non ha ancora un significato preciso. Forse per mantenersi ne rivendeva i componenti oppure il tutto può essere classificato come un semplice comportamento compulsivo-maniacale. »

Mila sapeva che a volte gli psicopatici collezionano oggetti per placare il proprio bisogno di possesso. Lo stesso processo riguarderà poi le loro vittime: una volta disumanizzate, saranno degradate da « persone » a « cose ». Così diventa più facile annientarle.

Delacroix mostrò alcuni scatti relativi alla tana di Enigma.

Una stanza dalle pareti annerite dalla muffa, col pavimento rialzato in più punti, in cui erano accatastati residuati di epoche digitali ormai superate. I monitor al fosforo o dotati di tubo catodico erano impilati l'uno sull'altro a formare un muro su cui colava umidità dal soffitto. Le unità centrali, coi floppy disk e i masterizzatori, erano ammassate in un angolo – sventrate, con i circuiti a vista mangiati dalla ruggine, di alcune rimaneva soltanto l'involucro.

Era come fare un viaggio all'indietro nel tempo, pensò Mila. Sembravano passati secoli, eppure quella tecnologia era uscita dall'uso quotidiano da poco più di un decennio.

« Una squadra di esperti sta verificando se funziona ancora qualcosa » proseguì Delacroix. « O se magari nella memoria di uno di quei computer c'è qualche traccia che possa farci risalire all'identità del nostro uomo. »

Era proprio quello il punto. Sembrava che Enigma non avesse un passato.

« E tutto questo ci porta all'interrogativo su come riuscisse a muoversi indisturbato senza essere notato. »

Ha imparato a sottrarsi agli sguardi dei passanti e all'occhio elettronico delle telecamere, pensò Mila. Probabilmente si spostava solo di notte. Ha sfruttato la nostra indifferenza nei confronti di poveri e reietti per diventare invisibile, e ci ha ingannati. Un comportamento che richiede una notevole disciplina, portato avanti nel tempo con abnegazione. Anche se le costava ammetterlo, era segretamente ammirata da una simile forza di volontà.

« Che mi dite della telefonata anonima che l'ha incastrato? » chiese l'ex poliziotta.

Delacroix sembrava spiazzato. « La normale segnalazione di un privato cittadino che preferisce non lasciare le proprie generalità. Cosa c'è di strano? »

« Trovo strano che il nostro uomo si sia reso invisibile per tanto tempo e poi all'improvviso sia stato rintracciato così facilmente, tutto qui. »

« Hanno segnalato la macchina verde, non lui » le ricordò la Shutton, sbrigativamente. « Ora andiamo avanti, per favore. »

Mila non insistette.

« Il terzo elemento è il corpo tatuato con i numeri. » Delacroix fece comparire sullo schermo i primi piani che il Giudice aveva già mostrato a Mila durante la visita della sera prima. « Vanno da zero a novantanove e a volte si ripetono. Proprio in base alle ripetizioni, siamo stati in grado di distinguere quattro insiemi: lato sinistro, lato destro, bacino e arti inferiori, busto e testa. »

Mila ci aveva riflettuto tutta la notte: l'ossessione numerica è tipica di alcune categorie di psicopatici. Le peggiori. Certi serial killer, per esempio, per decidere quando, dove e chi colpire si affidavano a complicati calcoli o schemi di loro invenzione. Ovviamente, non avendo alcun fondamento matematico, la logica che li guidava era comprensibile soltanto a loro e, perciò, risultava indecifrabile per gli investigatori. Per questo, la maggior parte dei profiler riteneva che i numeri costituissero un ostacolo alle indagini e che fosse meglio non considerarli uno strumento utile alla comprensione del modus operandi.

« Tutto chiaro fin qui, signorina Vasquez? » domandò Delacroix.

« Sì » rispose Mila, lasciando intendere che quanto

aveva ascoltato fino a quel momento non l'aiutava ancora a identificare l'uomo tatuato.

Delacroix puntò nuovamente il telecomando sul proiettore. Apparve il volto di Enigma. Impassibile nella foto segnaletica scattata dopo l'arresto.

Guardandola, Mila si ritrasse sulla poltroncina di plastica senza accorgersene. Gli occhi scuri dell'uomo, incastonati in un intrico di numeri, erano talmente penetranti che sembravano uscire dallo schermo e infilarsi nella sua testa. Il potere di quello sguardo faceva paura.

« Lo osservi bene, signorina Vasquez: le sembra di riconoscerlo? »

Mila raccolse l'invito di Delacroix e fissò attentamente la fotografia. Dopo qualche secondo, scosse il capo.

L'agente non si scoraggiò. « Abbiamo rielaborato al computer l'aspetto dell'omicida, cancellando i tatuaggi. »

Il risultato comparve sullo schermo: *la faccia di un uomo normale.*

Un volto glabro, dai tratti assolutamente comuni. Poteva essere chiunque. Solo gli occhi avevano conservato l'energia oscura che aveva turbato Mila poco prima. Ma, di nuovo, fu costretta a fornire una risposta negativa.

« Non lo conosco, mai visto » disse.

Nella sala si diffuse un mormorio di frustrazione. Anche la Shutton era delusa.

« Ne sei assolutamente certa? » domandò il Giudice.

« Sì, ne sono certa » confermò. « E ciò che ho ascoltato finora non mi dice nulla. »

Altri borbottii di disappunto. La Shutton rifletteva e

intanto giocherellava col pesante bracciale dorato che portava al polso.

« Perché non avete ancora divulgato al pubblico questo fotoritocco? » domandò Mila. Qualcuno avrebbe potuto riconoscere Enigma senza i tatuaggi.

« Ci manca solo che alimentiamo il mito del mostro » obiettò il Giudice. « In rete ci sono già fin troppi esaltati che inneggiano a lui. »

Poco prima, anche Berish aveva accennato a quei fenomeni di fanatismo. Ma Mila riteneva che non diffondere il vero aspetto di Enigma fosse un errore: esibirlo come un banale essere umano avrebbe aiutato a depotenziarne l'alone mistico.

« Ho bisogno di parlarvi » disse la Shutton, alzandosi e convocando gli agenti e il medico legale intorno a sé, in disparte.

Mila era tagliata fuori: probabilmente la sua presenza non serviva più, quindi si comportavano come se non ci fosse. Provò a isolarsi mentalmente dalla loro discussione, concentrandosi invece su ciò che aveva ascoltato fino ad allora.

In definitiva, la tesi della polizia era che Enigma fosse un vagabondo dipendente dagli acidi, che probabilmente si manteneva rivendendo componenti di vecchi computer, una sorta di psicopatico ossessionato dai numeri che una sera era capitato per caso nei pressi della fattoria degli Anderson e aveva consumato un eccidio efferato esaltandosi con l'effetto della Lacrima d'angelo.

Tutto filava alla perfezione.

Allora perché sono qui?, si domandò di nuovo Mila.

Sono qui perché Enigma si è tatuato il mio nome sul braccio, rammentò. Il motivo è semplice: lui voleva che io fossi qui. E la ragione non può che essere una sola.

La risposta all'indovinello di Enigma sono io.

Aveva ascoltato la ricostruzione della dinamica della strage e del profilo dell'omicida, ma mancava ancora un elemento.

Le vittime.

« La sottrazione dei cadaveri è importante per lui » si ritrovò a dire, quasi senza accorgersene, attirando l'attenzione del capannello riunito intorno alla Shutton. « Cosa sappiamo degli Anderson? » continuò, incurante d'averli interrotti.

I presenti la guardavano senza capire.

« Che c'entra questo? » ringhiò Bauer, indisponente.

« Io credo che l'uomo tatuato sia molto furbo. Forse ha previsto che ci sarebbe stata una riunione come questa » affermò Mila indicandoli. « Ha immaginato che ne avrebbero fatto parte gli agenti incaricati del caso, ma anche un medico legale e un tecnico della Scientifica. Mettiamo che mi abbia voluto qui con uno scopo: portarvi il mio punto di vista. »

« Non ne sarei così sicuro, Vasquez » ribatté Bauer, sprezzante.

Mila si sentì costretta a spiegare. « Quando ero al Limbo non sapevo mai se dietro una sparizione si nascondesse una fuga volontaria, un incidente oppure la mano di qualcuno. Ma a differenza dei casi di omicidio dove ci sono un cadavere e un'arma nonché un possibile movente, l'unica risorsa che avevo era proprio lo scomparso... Perciò ho imparato che l'analisi del comportamento di un soggetto prima che sparisca nel nulla ha un'importanza determinante... Allora mi ponevo una serie d'interrogativi: la persona che sto cercando era a basso o ad alto rischio? Ha detto o fatto qualcosa che l'ha messa in pericolo o ne ha fatto una vittima potenziale? Un suo atteggiamento può aver scatenato la reazione di qualcuno? »

Spostare l'attenzione dai possibili colpevoli alle vittime era un metodo che aveva sperimentato molte volte.

« Tempo fa un criminologo mi ha detto che non si può entrare nella mente di un serial killer, perché i suoi comportamenti sono il frutto di pulsioni, istinti e fantasie che si sono sedimentati negli anni, fin da quando era bambino. Però mi rivelò che si può entrare nella mente delle vittime. »

Omise che il criminologo in questione era anche il padre di sua figlia, ma dai loro sguardi capì di averli quasi convinti.

« Anche se è difficile da accettare, a volte vittime e carnefici si cercano. Perché hanno delle cose in comune: si somigliano senza saperlo. »

A ognuno di noi è destinato un assassino. Come con l'anima gemella, a volte lo incontriamo e a volte no.

« Va' avanti » la incoraggiò la Shutton.

« Come dicevo, la sottrazione dei cadaveri è importante per l'uomo tatuato » ripeté Mila, proseguendo col ragionamento iniziale. « L'assassino lascia il sangue e prende i corpi, perché? In fondo, con quel sangue ci fa già sapere che gli Anderson sono morti. Non vuole cancellare le tracce di ciò che ha fatto, anzi le esibisce. Ma ci dice anche

che non dobbiamo fermarci alle apparenze, che dobbiamo continuare a indagare... Forse non dobbiamo semplicemente cercare dei cadaveri. Forse, per trovarli, dobbiamo scoprire ancora qualcosa: qualcosa su di loro... Non 'dove sono', ma 'perché proprio gli Anderson'.»

Delacroix scambiò un'occhiata con la Shutton, poi andò a recuperare dei fogli da un fascicolo poggiato su una poltroncina vuota. Iniziò a consultarli. «Come sappiamo, gli Anderson vivevano in campagna e avevano rinunciato alla tecnologia.»

La loro scelta era stata molto criticata, rammentò Mila. Se non si fossero trovati in un luogo isolato, magari la polizia sarebbe arrivata in tempo. O forse Enigma non sarebbe apparso affatto.

«Qualcuno li ha paragonati agli Amish, ma non è così» proseguì Delacroix. «Si curavano con le medicine e vestivano normalmente, solo che non avevano elettricità. Nessun elettrodomestico, niente tv, computer o internet. Unica eccezione un cellulare con cui chiedere aiuto in caso di emergenza.»

Mila era al corrente che esistevano diversi movimenti di persone che rifiutavano la civiltà tecnologica – «luddisti», *laggards*. Alcuni avevano motivi etici o religiosi, altri politici.

Intanto, sul proiettore fu caricata un'immagine della famiglia: padre, madre e le due gemelle sorridevano felici davanti all'obiettivo indossando lo stesso maglione rosso in una vecchia foto di Natale.

Mila si sorprese a guardarla: gli Anderson in una vita precedente.

« Prima di mettersi a fare l'agricoltore, Karl Anderson lavorava come broker per una banca d'affari, la SPL&T. Poteva vantare un reddito di tutto rispetto. »

Inizialmente Mila aveva immaginato che gli Anderson vivessero da sempre alla fattoria. Si era sbagliata. Ma davvero erano così abbienti? E davvero avevano rinunciato all'agiatezza per andare ad abitare insieme alle figlie all'aria aperta?

« Appartamento di proprietà in un prestigioso condominio in centro. Assicurazione sulla vita con premi elevati, investimenti in titoli e obbligazioni. Barca a vela. In garage, auto di lusso. Scuola privata per le gemelle, vacanze in luoghi esotici e costosi. »

Come si poteva passare da un'esistenza del genere a una diametralmente opposta? Vittime e carnefici a volte si somigliano, si ripeté. Forse anche Enigma, prima di diventare un vagabondo, era stato un cittadino esemplare, con una famiglia, un lavoro e delle proprietà.

« Secondo le nostre informazioni, gli Anderson hanno acquistato la fattoria all'incirca un anno fa. »

Mila guardò nuovamente la foto natalizia sullo schermo e provò una strana sensazione – il solletico alla base del collo che, quasi sempre, era una premonizione.

« L'hanno pagata in contanti. Il resto dei loro beni è stato accantonato in un trust a favore delle bambine, ma ne avrebbero beneficiato solo una volta raggiunta la maggiore età. » Delacroix fece una pausa per leggere meglio ciò che aveva davanti agli occhi, come se non ci credesse. « I parenti più stretti riferiscono che è stato il marito a prendere la decisione e a trascinare moglie e figlie in quel posto sperduto. A quanto pare, da un giorno all'altro Karl Anderson ha mollato il lavoro, chiuso i conti in banca e disdetto ogni contratto a suo nome: dalla pay-tv a internet, fino alle forniture di acqua ed energia elettrica. »

Così era stato Karl a scegliere per tutti; Mila non se ne capacitava. *Perché l'ha fatto?*

In quel momento, nella testa dell'ex poliziotta risuonarono le parole del Giudice quando era andata in visita a casa sua, sul lago.

« Non vedo alcun televisore » aveva detto la Shutton. « Nemmeno una connessione internet? » aveva domandato poi, stupita.

« Abbiamo i libri. E una radio » era stata la sua risposta.

Come gli Anderson, si disse, e la cosa la turbò moltissimo. *La somiglianza non è con Enigma, è con me.* Anche Mila, come Karl Anderson, aveva abbandonato tutto e aveva scelto di isolarsi, portandosi dietro la figlia senza considerare il suo parere. Benché la sua decisione non fosse stata così radicale, la motivazione era lampante: aveva paura per Alice, aveva paura che il buio la trovasse.

Altro che scelta di vita in mezzo alla natura: gli Anderson stavano scappando. Karl aveva paura per la sua famiglia, per questo erano andati a vivere lontano.

Fu in quel momento che vide qualcosa e scattò in piedi. Si avvicinò allo schermo.

« Che succede? » domandò la Shutton.

Mila rimase in silenzio per un lungo istante. « Enigma

e Karl Anderson si conoscevano » affermò poi, senza esitazione.

Gli altri la fissarono, interdetti.

« E tu come cazzo fai a saperlo? » domandò Bauer.

Mila sollevò il braccio, indicando l'immagine che aveva davanti. « L'orologio dell'uomo » disse soltanto.

Tutti guardarono. E capirono.

Sul polso di Karl Anderson, fra il maglione rosso e un cronografo sportivo, s'intravedeva un tatuaggio.

Un numero.

4

Si era sbagliata sul conto di Karl Anderson.

Quando Enigma era giunto alla fattoria, lui era uscito per parlargli. Ma di cosa? Forse conosceva già le sue intenzioni e voleva fermarlo?

E la moglie? Frida sapeva chi fosse? Dalla telefonata alla polizia non si evinceva. Ma era sera, non c'era energia elettrica, pioveva a dirotto e l'uomo tatuato era distante dalla casa. Però Mila nutriva la sensazione che la donna fosse all'oscuro di tutto.

Invece Karl aveva paura di Enigma. Per questo aveva portato via la famiglia dalla città, rinunciando a un lavoro remunerativo e a un'esistenza agiata. Dove gli altri vedevano solo una scelta incomprensibile, l'ex poliziotta scorgeva con chiarezza le prove di una fuga.

Nella storia della famiglia Anderson c'era un'eco sinistra della vita di Mila, delle sue scelte. La cosa non le piaceva. Naturalmente, non si aspettava che gli ex colleghi del dipartimento la pensassero come lei. E mentre faceva queste considerazioni in corridoio, poteva ascoltare l'animata conversazione che si teneva oltre la porta chiusa dell'ufficio della Shutton.

Il Giudice e Corradini, insieme a Bauer e Delacroix, stavano discutendo sull'opportunità di accogliere la sua tesi. Comportava accettare anche che dietro la strage ci fosse un movente, quando invece potevano facilmente cavarsela attribuendo la ferocia perpetrata alla psiche malata di un mostro e chiuderla così.

Ma il tatuaggio sul polso di Karl Anderson complicava la faccenda.

La porta dell'ufficio si spalancò e, con un cenno del capo, Corradini le indicò di entrare. Erano tutti contrariati.

«Trasferirsi a quindici chilometri dalla città non significa scappare» obiettò subito la Shutton. «Se gli Anderson avessero mollato tutto per espatriare, potrei anche crederci.»

«Non ritengo fosse una questione di *distanza*, ma di rinuncia alla tecnologia.» Mila ne era convinta, sebbene il collegamento fosse ancora troppo vago. «Enigma si circonda di computer rotti e gli Anderson rifiutano il progresso: non vi sembra ci sia un legame?»

«Sono solo congetture, signorina Vasquez» asserì Corradini, poi aggiunse: «Rischiose congetture».

«Per sostenere una tesi del genere, abbiamo bisogno di prove materiali» intervenne Delacroix.

«Il tatuaggio sul polso di Karl Anderson non lo è?»

«L'immagine è poco chiara» ribatté Bauer. «Potrebbe essere un abbaglio. Io non vedo alcun numero, solo una macchia indistinta.»

Mila era incredula. «Sono stata convocata qui con uno scopo» gli fece presente. «E non siete stati voi a chiamarmi, ma l'uomo che è in carcere.» Come potevano non capire una cosa tanto semplice? «Forse sono io la chiave del mistero, non vi pare?»

Nessuno replicò, era già un buon segno.

« Io non conosco l'uomo tatuato, e questo è un fatto. Ma forse so qualcosa e non so di saperla » proseguì l'ex poliziotta. « Di certo c'è che Enigma ha dimostrato di conoscermi bene. »

La Shutton sembrava perplessa. Mila non poteva dire se in quella stanza ci fosse davvero qualcuno disposto a darle credito.

« Se mi sbrigo, c'è un treno fra mezz'ora: potrei tornarmene a casa prima. Scelga lei, Giudice. »

La donna ci pensò un momento, poi si rivolse a Corradini. « Cosa suggerisci? »

Il consigliere fece spallucce.

« Va bene » disse la Shutton, risoluta. « Facciamole incontrare il detenuto. »

Nessuno aveva parlato di un incontro. Anzi, il Giudice aveva proprio escluso l'eventualità quando si era presentata a casa sua per convincerla a darle una mano col caso.

Mila non aveva alcuna intenzione di trovarsi faccia a faccia con Enigma. Era già pentita di aver accettato di ascoltare il resoconto delle indagini condotte fino a quel momento. Ma con le sue conclusioni aveva generato una serie di dubbi. Per fugarli non c'era altro modo che metterla di fronte all'uomo che l'aveva coinvolta in quella faccenda.

Non poteva tirarsi indietro.

Il carcere di massima sicurezza distava appena tre isolati dalla sede del dipartimento. Era un grattacielo in cemento armato, simile a una torre cava. Anche se si sviluppava verso l'alto, lo chiamavano «la fossa» perché chi vi entrava non sarebbe più uscito.

Le facciate esterne erano totalmente prive di aperture. Le finestre delle celle erano rivolte verso un cavedio centrale. Ad acuire nei detenuti la sensazione di essere sepolti vivi contribuiva il fatto che la luce del sole riusciva a penetrare in quel pozzo angusto solo per pochi minuti, esattamente a mezzogiorno.

Proprio verso quell'ora, Bauer e Delacroix scortarono in macchina Mila fino all'edificio sotto il quale stazionava un capannello di inviati in collegamento con i telegiornali e i siti internet che si occupavano d'informazione. Erano lì in onore dell'ultimo arrivato, pensò lei, guardandoli dal finestrino.

La festa era appena iniziata ed era tutta per Enigma.

Mentre superavano con l'auto il primo di tre cancelli che blindavano l'unico ingresso al supercarcere, Mila sollevò un'ultima volta lo sguardo verso il cielo e scrutò l'imponente monolite grigio che sembrava ingoiasse il sole che in quel momento era quasi a perpendicolo. Chissà cosa provavano i condannati che varcavano quella soglia per la prima e unica volta, sapendo che non sarebbero mai tornati indietro.

Parcheggiarono all'interno di un garage. L'auto fu presa in consegna per essere controllata dagli addetti del penitenziario. Anche se si trattava di un veicolo in dotazione alla polizia, era una procedura standard basata sul timore che, all'insaputa degli occupanti, qualcuno riuscisse a introdurre un ordigno. Fra i prigionieri c'erano mafiosi di spicco e terroristi che forse qualcuno là fuori aveva interesse a eliminare prima che il duro regime di reclusione facesse insorgere propositi di pentimento.

« Benvenuta alla fossa, signora Vasquez » l'accolse una delle guardie dietro al bancone di una modernissima reception composta da monitor e sofisticate attrezzature elettroniche. « Sono il tenente Rajabian, sarò la vostra guida. »

Le consegnò subito un badge con un codice a barre.

« Lo indossi e non se lo tolga per nessun motivo, altrimenti le telecamere a infrarossi la percepiranno come 'intrusa' e i nostri agenti saranno autorizzati a spararle a vista. »

Mila si mise il badge al collo.

« Ora è necessario che si spogli per l'ispezione corporale. »

Lei, Bauer e Delacroix subirono lo stesso trattamento da parte di cinque guardie in appositi camerini separati. A frugare Mila provvidero due donne. Al termine della perquisizione, consegnarono ai visitatori delle divise blu, simili a quelle dei carcerati, che però erano di colori diversi a seconda del braccio di appartenenza.

Mila ebbe la sensazione di trovarsi in un mondo a parte, in cui ogni cosa veniva misurata in base a regole proprie e in cui il tempo non aveva senso.

Rajabian li condusse lungo una serie infinita di corridoi tutti uguali, illuminati da fredde lampade a led. Il ricambio d'aria era artificiale. Al pensiero di essere circondata da mura spesse più di tre metri, Mila avvertì i primi sentori di un attacco di claustrofobia. Trasse dei profondi respiri, ripensò alla luce del lago, al vento che attraversava i rami dei due tigli davanti a casa sua e, per il momento, riuscì a tenere a bada il malessere.

Arrivarono a un ascensore.

« È già stata qui da noi, signora Vasquez? » domandò la loro guida dopo aver premuto il pulsante di chiamata. « So che fino a poco tempo fa era una poliziotta. »

« Non penso, lavorava al Limbo » rispose Bauer per lei, con un risolino.

« Allora lasci che le illustri un po' di cose » proseguì la guardia. « La fossa consta di ventitré piani. I primi cinque sono occupati da uffici, magazzini e dai locali degli impianti. Dal sesto in poi iniziano i bracci veri e propri: ognuno è contraddistinto da un colore. I detenuti sono divisi a seconda del reato commesso. Ai piani più bassi teniamo colletti bianchi, detenuti per reati politici, assassini occasionali. Man mano che si sale aumenta la pericolosità e, di conseguenza, il grado di sicurezza. »

Come in un inferno dantesco, pensò Mila. Solo che questo si sviluppava verso l'alto.

L'ascensore finalmente arrivò. Rajabian cedette il passo ai visitatori. Entrati in cabina, il tenente usò una chiave magnetica per sbloccare la pulsantiera, poi schiacciò il bottone del piano. Quando vide il numero, Mila ripensò a ciò che aveva detto il tenente poco prima e provò una stretta allo stomaco.

Erano diretti all'ultimo, il ventitreesimo.

Impiegarono meno di trenta secondi a giungere a destinazione, ma le sembrarono un'eternità. Poi le porte automatiche si riaprirono su un corridoio rosa. L'effetto fu subito straniante. Ogni cosa era dipinta di quel colore – dal pavimento alle lampade appese al soffitto.

« Secondo alcuni psicologi, il rosa placa la rabbia » disse subito Rajabian, immaginando il suo stupore. Mila invece ricordava che un esperimento simile era stato compiuto negli anni Ottanta in un altro penitenziario. I detenuti avevano mangiato l'intonaco prima di assalire i secondini.

Il tenente li condusse verso l'ala delle celle.

« Qui teniamo gli psicopatici » disse. « Serial killer, mass murderer, piromani, pedofili assassini: tutto il campionario del peggio di cui è capace la natura umana. Abbiamo perfino un cannibale. »

Mentre camminavano, Delacroix si rivolse a Mila. « Incontrerai l'uomo tatuato nella sua cella. Spostarlo avrebbe potuto creargli agitazione, invece così valuteremo meglio le sue reazioni. »

Mila stava per replicare ma l'altro la precedette.

« Non avrete alcun contatto perché a separarvi ci sarà un vetro spesso dieci centimetri. »

« Ma lui potrà vedermi, giusto? »

« Sì, certo » ribadì Delacroix. « Te l'ho appena detto. »

Mila si pentì della domanda stupida, ma era nervosa. Arrivarono nei pressi di una porta blindata.

« Starai da sola nella stanza attigua alla cella » le comunicò Delacroix prendendola da parte. « La nostra presenza potrebbe inibirlo o indispettirlo, forse con te si deciderà ad aprirsi. »

Mila annuì. « Va bene. »

« Vi osserveremo tutto il tempo tramite le telecamere » le garantì l'agente.

« Non devi rassicurarmi, ne ho conosciuti di peggiori » ci tenne a informarlo lei. Ed era vero. Ma si rese anche conto che non era più allenata a quel genere di cose.

« Lo so » rispose Delacroix, ma il suo atteggiamento lasciava comunque intendere che il passato era passato e non doveva fare troppo affidamento sull'esperienza. « Se vuoi interrompere l'incontro, basterà che ti tocchi i capelli. »

Il tenente Rajabian compose un codice su una tastiera accanto alla porta blindata. Su un display iniziò un breve conto alla rovescia di cinque secondi scanditi da un suono elettronico, che precedeva lo sblocco della serratura.

Delacroix fissò Mila. « Pronta? »

Lei inspirò ed espirò profondamente. « Pronta. »

« Ancora una cosa » intervenne Bauer. « Lui non sa che sei qui. »

Ti sbagli, pensò Mila. *Lo sa.*

La porta si aprì e lei s'introdusse in un antro buio.

Ogni psicopatico è già di per sé una prigione, rammentò. Dentro di lui alberga un demone che trascorre la sua inquieta esistenza cercando in tutti i modi di uscire. Gli assassini più feroci apparivano sempre docili e gentili agli osservatori esterni. Ma la violenza poteva manifestarsi in qualunque momento. Con essa il demone vuole far sapere al mondo esterno che lui esiste e che controlla totalmente il proprio ospite.

La porta blindata si richiuse alle sue spalle. Mila si ritrovò in un'angusta stanzetta debolmente illuminata. Mentre abituava gli occhi alla nuova condizione, davanti a lei iniziò a sollevarsi una paratia.

Dall'altra parte irruppe una luce bianchissima, accecante.

La barriera saliva rivelando gradualmente la figura oltre il vetro di sicurezza, in piedi al centro della cella.

Enigma se ne stava immobile con indosso la tuta rosa, come una parodia del bene e del male. Era inondato dalla luce del sole di mezzogiorno che filtrava da una stretta feritoia. In quel bagliore, sembrava un angelo cattivo. Teneva le braccia chiuse in grembo, le dita intrecciate e la fissava.

Lui lo sa, si disse Mila ripensando alle ultime parole di Bauer. Ha avvertito la mia presenza. Mi stava aspettando.

L'ex poliziotta fece un passo verso il divisorio, per permettergli di riconoscerla ma anche per guardarlo meglio. Ebbe l'impressione che i tatuaggi che ricoprivano le porzioni di pelle visibili sotto la divisa non fossero semplicemente dei disegni. I numeri si muovevano, come strisciando su di lui – vivi.

Ovviamente era solo un prodotto della sua immaginazione, doveva stare attenta a non lasciarsi sopraffare dalla fantasia. È solo un uomo, si disse. Non è un mostro. È fatto di carne e ossa. Non è invulnerabile. Può essere ucciso. E può soffrire.

«Immagino che tu sappia chi sono» esordì Mila.

L'uomo non rispose.

«Eccomi, sono qui. Non era questo che volevi?»

Il silenzio la disarmava. Cercava un appiglio per stimolare la conversazione, intanto studiava l'ambiente in cui era recluso il prigioniero. Oltre a una branda fissata al pavimento e un water di metallo, la cella era spoglia. Nessun segno sulle pareti, nessun oggetto personale. Quattro telecamere erano puntate costantemente su di lui, nulla poteva sfuggire agli occhi elettronici.

Mila lasciò trascorrere ancora alcuni secondi prima di parlare di nuovo. « Se hai cambiato idea, se non mi vuoi qui, posso anche andarmene. »

In quel momento, l'uomo sciolse le mani e sollevò la destra per grattarsi il collo e poi la tempia. Si muoveva a scatti, come se avesse una specie di tic nervoso.

« Parlami di Karl Anderson » disse lei. « Ho visto il numero tatuato sul suo polso, presumo che vi conosceste. »

Oltre quei primi movimenti, non ci fu alcuna reazione.

« Forse mi sbaglio, ma ho l'impressione che tu non sia capitato alla fattoria per caso. Secondo me, ci sei andato di proposito. Cosa stavi cercando? »

Enigma lo fece di nuovo: stavolta si mosse per stirare con il palmo di una mano una piega sulla divisa all'altezza dello sterno e poi per scrollarsi della polvere immaginaria dalla spalla sinistra.

Quei gesti erano rapidi ma calibrati, ipnotici. Quasi eleganti.

« Io credo che tu mi abbia fatto venire perché hai una storia da raccontarmi. Mi sbaglio? Forse vuoi spiegarmi cosa è successo veramente l'altra sera, sono curiosa di conoscere la tua versione. »

Il detenuto non dava l'impressione di essere interessato

a ciò che diceva. Continuava a tenere gli occhi nerissimi puntati su di lei. Mila provò la sgradevole sensazione che quello sguardo cercasse un varco per entrarle dentro.

« Non sono sicura che questo colloquio stia dando dei frutti » provò a ironizzare. In realtà si sentiva a disagio ma voleva dissimularlo. « Se non mi dici qualcosa non mi faranno più tornare, lo sai, vero? »

Enigma pareva indifferente a ogni sua parola. La verità era che Mila non aveva alcuna intenzione di rimettere piede in quel posto. Ancora poche ore e poi prenderò un treno per tornarmene a casa, si disse. Ma niente sarebbe stato più lo stesso, lo sapeva. Anche se quell'uomo non aveva alcuna possibilità di uscire da lì, solo il pensiero che esistesse davvero un essere simile la turbava.

Chi sei? Cosa sono i numeri che ti sei scritto addosso? Perché mi hai voluta qui?

Decise di rompere gli indugi: si frugò in tasca e prese l'unica cosa che le era stato consentito di portarsi appresso. Una copia della rielaborazione al computer dell'aspetto di Enigma che le era stata mostrata durante il briefing di quella mattina, dove il suo volto appariva com'era in origine, senza tatuaggi.

La faccia di un uomo normale.

Mila la appoggiò al vetro divisorio, in modo che lui potesse vederla bene. « È da questo che stai cercando di scappare, vero? » lo provocò, mettendo da parte la prudenza. « Magari con l'aspetto che hai adesso speri di incutere timore nel prossimo. Sono convinta che sei riuscito a terrorizzare a morte Frida Anderson e le sue bambine mentre le inseguivi prima di ucciderle – bravo, hai reso reali i mostri delle loro fiabe... Ma voglio darti una notizia: non sei meno banale di chiunque altro. Sei soltanto un altro piccolo uomo che ha compiuto qualcosa di crudele, stupido e osceno. La storia è piena di gente come te, non sei speciale. Le tue gesta vanno bene per gli sponsor che riempiono gli spazi pubblicitari durante i telegiornali: gli farai vendere qualche detersivo in più, ma questo non ti renderà immortale. Ora tutti parlano di te, ma presto troveranno un altro scoop, un altro orrore che li intrattenga. E tu sarai dimenticato... Sei già morto, anche se ancora non te ne rendi conto. Te ne accorgerai fra qualche anno, quando avrai perso l'abitudine di contare il tempo e all'improvviso comprenderai che qui dentro non ti è concesso nemmeno di toglierti la vita. »

Dopo che Mila ebbe finito di mettergli davanti agli occhi la cruda verità, l'uomo tatuato reagì con un nuovo tic: si portò una mano sul gomito sinistro e poi la fece scivolare sull'avambraccio fino a fermarsi sul polso.

Quindi si sporse verso di lei e Mila si ritrasse.

Il prigioniero pronunciò a bassa voce, sibilando: « *Liiissscaaa...* »

Le provocò un fremito di puro terrore. Mila non avrebbe più scordato quel suono. Avrebbe varcato insieme a lei il confine di quelle mura, l'avrebbe seguita fino al lago, si sarebbe insinuato nelle storie della buonanotte che raccontava ad Alice per farla addormentare.

Mentre l'ex poliziotta era paralizzata, Enigma tornò nella posizione iniziale, con le braccia chiuse in grembo e le dita intrecciate. Il sole di mezzogiorno sparì in una frazione di secondo e nella cella calò una pesante penombra.

A quel punto, il prigioniero si voltò, dandole le spalle.

Lei capì che aveva sancito la fine dell'incontro. Attese ancora un po', nella speranza che mutasse qualcosa. Ma poi sollevò la mano per accarezzarsi i capelli. Gli uomini che la osservavano dall'esterno colsero il segnale, perché la paratia iniziò a scendere davanti al vetro e, dopo cinque secondi, scattò anche la serratura elettronica della porta blindata.

« Vaffanculo, Vasquez, avresti dovuto restare lì e insistere » la aggredì Bauer appena varcò la soglia.

Mila lo superò e si rivolse al tenente Rajabian. « C'è un bagno qui? » Non si sentiva bene, temeva di vomitare da un momento all'altro.

« Nel gabbiotto delle guardie ce n'è uno di servizio » rispose l'altro.

Bauer, furioso per essere stato ignorato, le si parò davanti. « Abbiamo una parola che non serve a niente. 'Lisca'? Che vuol dire 'lisca'? Lo sapevo che non dovevamo coinvolgerti, non ci serviva un'ex poliziotta del Limbo. »

Delacroix cercava di trattenerlo. « Lascia perdere, non è colpa sua, troveremo un'altra pista. »

Ma Mila dimenticò la nausea, si voltò e lo affrontò direttamente. « Io credo che mi abbia detto tutto, invece. »

« Che cazzo stai farneticando, Vasquez? »

« Quella specie di tic nervoso... Si è grattato il collo, poi la tempia. Quindi con il palmo ha stirato una piega sulla divisa, all'altezza dello sterno, e ha finto di scrollarsi della polvere dalla spalla sinistra. Infine, prima di voltarsi, si è toccato il gomito e il polso, sempre sul lato sinistro. »

Bauer non ci arrivava, ma Delacroix sì.

« Rivediamo la registrazione e scopriamo quali sono i numeri in corrispondenza dei punti del corpo che ha indicato... Forse quel bastardo ci ha mandato un messaggio. »

5

Tornarono al dipartimento per analizzare il filmato.

Non fu difficile individuare i numeri che il prigioniero aveva indicato coi gesti in quella specie di muto colloquio avuto con Mila.

In tutto, erano sei.

Senza alcun legame apparente. Un'unica sequenza di cifre casuali.

Invece «lisca», l'unica parola pronunciata dall'uomo tatuato, non aveva ancora alcuna implicazione plausibile.

La Shutton aveva chiesto la soluzione del rompicapo al miglior crittografo in circolazione.

Lo chiamavano Surf perché gli piaceva surfare nella vita e in internet. Era un tipo corpulento ma con la testa esageratamente piccola rispetto al resto del corpo, come se l'avessero assemblato male. Indossava bermuda cargo e camicie hawaiane, anche d'inverno.

Nel suo campo non aveva concorrenti.

Il laboratorio di Surf era situato nel sotterraneo del dipartimento, l'unico locale dell'edificio senza riscaldamento. Non sembrava un ufficio governativo. C'erano computer con sofisticati programmi di decrittazione, libri accatastati ovunque ma anche tavole da surf, flaconi di integratori muscolari e tanta polvere. Le pareti erano tappezzate da poster di spiagge esotiche e lontane, e c'erano quattro scrivanie colme di carte.

Ma il disordine sembrava avere un senso per Surf.

La sua specialità era decrittare i codici sempre più complessi attraverso cui avvenivano le transazioni finanziarie della criminalità organizzata. Ma, qualche anno prima, Mila l'aveva visto in azione nel « caso del cruciverba ». Un serial killer ne lasciava uno, sempre diverso sulla scena del crimine ogni volta che colpiva. Dalle informazioni contenute nei quesiti, Surf era riuscito a prevedere le sue mosse consentendo alla polizia di fermarlo poco prima che tornasse a uccidere.

« Libro della Genesi: 'Poi finirono i sette anni di abbondanza nel paese d'Egitto' » lesse Surf, poi guardò i presenti. « Vi dice nulla? »

Nessuno rispose.

« Vangelo secondo Matteo: 'Per il dilagare dell'iniquità, l'amore di molti si raffredderà' » recitò Delacroix.

Mila e Bauer scossero il capo. Anche alla Shutton quelle parole non dicevano niente. Corradini si era allontanato dal gruppetto per fumare la sua sigaretta elettronica, ma continuava a seguire la discussione che si protraeva da circa un'ora e mezzo.

Avevano provato decine di combinazioni, senza alcun esito soddisfacente. Però l'idea che quei numeri potessero riferirsi ai versetti della Bibbia non era così campata in aria.

Fra le principali categorie in cui venivano divisi gli assassini sadici c'era quella dei « missionari », che uccidevano pensando di essere stati investiti del compito di mondare i peccati dell'umanità, colpendo tutti quelli che, ai loro occhi, apparivano impuri. Di solito sceglievano le vittime fra i gay e le prostitute, ma anche tra fedifraghi e avvocati. E si firmavano con le sacre scritture.

« Forse dovremmo cambiare approccio » suggerì Mila. « Il nostro uomo non sembra un predicatore. »

« E tu come lo sai? » ribatté Bauer. « Forse l'omicida si circondava di computer rotti perché è un pazzo fanatico di tecnologia e ha voluto punire gli Anderson per aver deciso di abbandonare il progresso. »

Mila si meravigliava che in quella stanza ci fosse ancora qualcuno disposto a considerare Enigma alla stregua di un semplice malato di mente. Secondo lei, nonostante le stranezze, l'assassino degli Anderson aveva un quoziente intellettivo superiore e, soprattutto, non agiva sulla base di meri impulsi.

Aveva in testa un preciso disegno.

« Continuo a sostenere che la chiave di tutto sia 'lisca' » affermò il Giudice. « Se scopriamo il ruolo della parola rispetto ai numeri, avremo anche la soluzione. »

« Ci abbiamo già provato » ribatté Surf. « E il computer non ha rilevato un incastro fra l'una e gli altri. »

« I computer a volte sbagliano » replicò Bauer.

« Non il mio. » Poi si avvicinò alla lavagna su cui aveva preso molti appunti e la fissò come inebetito, con le spalle ingobbite dalla massa muscolare e le braccia possenti appese lungo i fianchi. « D'accordo, in fondo siamo solo all'inizio: c'è ancora molta strada da fare » affermò e, di colpo, cominciò a cancellare freneticamente le scritte con il palmo della mano.

Forse voleva evitare di avere un ripensamento, considerò Mila.

« Dimentichiamoci la Bibbia e supponiamo che il nostro tatuato sia più raffinato » rifletté l'esperto, tirando fuori da una tasca dei bermuda cargo l'occorrente per farsi uno spinello.

La Shutton scosse il capo e fissò gli altri, per condividere la propria incredulità. Ma nessuno intervenne.

« Forse sta usando un linguaggio numerico segreto di qualche tipo » azzardò il crittografo mentre sistemava l'erba dentro la cartina. « Magari l'amico in passato è stato nell'esercito o nei servizi segreti. »

Ma Delacroix lo escluse. « Se così fosse, avremmo negli archivi le sue impronte e il DNA. »

« E se si trattasse semplicemente di un matematico? » ipotizzò allora l'altro, poi si dimenticò dello spinello, attraversò la stanza e si mise a rovistare fra i manuali stipati in una scatola di cartone, lanciando per aria quelli che non gli servivano. « Ricordo che una volta mi sono imbattuto in sistemi di numeri complessi alquanto interessanti... »

« In che cosa? » domandò Corradini, scettico.

« Un numero complesso è formato da una parte reale e da una immaginaria » spiegò Surf, come fosse la cosa più ovvia del mondo. « Perciò può essere rappresentato dalla combinazione di entrambe. »

« Parla facile » disse Bauer, indisponente come al solito.

Surf lo osservò, serio. « Hai presente quando scrivi una lunga sequenza di cifre su una calcolatrice, poi guardi il risultato al contrario e viene fuori qualche oscenità? Magari il nostro tatuato vuole soltanto mandarti a fare in culo, Bauer.»

L'agente diventò paonazzo, stava per replicare ma intervenne Mila.

«Ci disprezza, non ci crede all'altezza, ma non userebbe mai un codice troppo complicato: vuole umiliarci ma, nello stesso tempo, vuole essere compreso. Altrimenti ciò che ha fatto – la sua 'opera', il suo 'capolavoro' – non sarà servito a nulla.»

«Ha ragione» convenne Delacroix. «Deve trattarsi per forza di qualcosa di semplice.»

Surf ci pensò su. «Ok, allora guardiamoci di nuovo la registrazione.»

Andò a prendere il carrello col televisore su cui avevano visto e rivisto il filmato con Enigma girato alla fossa e lo trascinò al centro della sala. Si munì anche delle foto dei tatuaggi. La speranza era che, rianalizzando tutto ciò che avevano, potessero carpire una sfumatura che gli era sfuggita o essere colti da un qualche tipo d'epifania.

Surf attivò il lettore dvd e la registrazione scorse nuovamente sullo schermo priva di audio.

Nonostante si trattasse dell'ennesima visione, Mila riprovò le stesse sensazioni di quando era lì dal vivo. Avrebbe voluto distogliere lo sguardo, ma non lo fece. *È troppo importante*, si disse, sforzandosi ancora una volta di resistere.

Enigma era al centro della cella, immerso nella luce di mezzogiorno come in un alone mistico. Nell'inquadratura dall'alto, appariva ancora più inquietante.

«I numeri sul suo corpo vanno da zero a novantanove

e si ripetono» disse Surf, più a se stesso che ai presenti. «Sulla base delle ripetizioni, siamo in grado di distinguere quattro insiemi o raggruppamenti.»

Stava ripetendo ciò che Mila aveva già sentito dalla voce di Delacroix nel briefing di quella mattina e poi almeno altre dieci volte da quando erano chiusi lì dentro.

«Lato sinistro, lato destro, bacino e arti inferiori, busto e testa» affermò Surf, riguardando le foto con i dettagli dei tatuaggi che aveva in mano.

Mila colse nei presenti una scarsa fiducia in una rapida soluzione del rompicapo. Intanto l'esperto riepilogava i gesti di Enigma: «Si è grattato il collo, poi la tempia. Quindi sterno e spalla sinistra. Alla fine, gomito e polso del braccio sinistro».

«Forse dovremmo chiedere una consulenza esterna» propose Corradini, il primo a perdere le speranze. «Potremmo coinvolgere qualcuno dei servizi.»

La Shutton tacque, riflettendo sulla proposta.

«Sono dell'idea che non si debba lasciare nulla d'intentato» proseguì il consigliere del Giudice.

In quel momento, l'esperto puntò il telecomando del lettore dvd per riportare il filmato all'inizio. Mentre le immagini scorrevano velocemente sullo schermo, Mila colse un cambiamento nell'espressione del crittografo. Surf aveva visto qualcosa.

«Guardate» disse infatti, con gli occhi che brillavano.

Si sporsero tutti verso il televisore.

«Cosa? Io non vedo niente» protestò la Shutton.

«Aspetti, glielo mostro daccapo...»

Surf rimandò di nuovo indietro le immagini, sempre a

velocità accelerata. Nella scena che a Mila era sempre sembrata piuttosto statica, in effetti si notava un cambiamento.

L'ombra di Enigma si spostava sulla parete laterale della cella per effetto del movimento della luce solare che filtrava dalla feritoia. Un fenomeno che a velocità normale si percepiva appena.

Nessuno capiva ancora perché fosse così importante, ma a quanto pareva Surf aveva un'idea in proposito perché scattò in piedi e andò subito a cercare qualcosa su una delle scrivanie ingombre di carte. Quando la trovò, tornò da loro.

Reggeva davanti a sé una piantina della città e la scorreva freneticamente con lo sguardo in cerca di qualcosa.

« La fossa è situata a nord-ovest: le finestre delle celle sono interne all'edificio e ricevono luce solo a mezzogiorno esatto. »

« Surf, ci spieghi cosa sta succedendo? » chiese Delacroix, che come gli altri era sulle spine.

Solo Mila ci arrivò. « Conoscendo la posizione del sole in quel momento, Enigma indica i numeri toccandosi prima busto e testa, poi il lato sinistro del corpo: *nord ed est.* » Poi aggiunse: « Come una bussola... Una bussola umana ».

« Gesù, quei numeri sono coordinate geografiche » disse la Shutton.

« Latitudine e longitudine » le confermò Surf mentre, eccitato, si piazzava davanti a uno dei terminali. Quindi andò alla ricerca di un programma di localizzazione. Tutti gli si fecero intorno, trepidanti.

« Proverò a seguire il metodo sessagesimale » li informò. « Gradi, minuti e secondi. »

Poco dopo inserì i numeri in un'apposita griglia della schermata del computer. Li suddivise in due gruppi da tre: *Nord* e poi *Est*.

Il calcolatore impiegò meno di un secondo a elaborare il risultato.

« Ce l'abbiamo » annunciò Surf guardando la mappa. « È la vecchia raffineria sulla baia. »

6

Erano convinti che Enigma avesse indicato il luogo in cui aveva nascosto i cadaveri degli Anderson.

In verità, nessuno poteva avere la sicurezza di ciò che avrebbero trovato. E se si fosse trattato di un altro inganno? In fondo, non sapevano perché l'omicida avesse deciso di portarsi appresso i resti delle vittime dopo la strage. E se li stava attirando in una trappola?

La Shutton non voleva correre rischi: dispose che fossero i corpi speciali a ispezionare per primi il sito dell'ex raffineria per consentire successivamente ai colleghi di operare in sicurezza.

Bauer e Delacroix si sarebbero aggregati alla squadra d'intervento per coordinare l'operazione.

Il dipartimento era in fermento. Fra agenti sul campo e gruppi di supporto, sarebbero state impiegate più di duecento unità.

In quanto civile, Mila non era coinvolta ma assistette al rito della preparazione.

I poliziotti si equipaggiavano con giubbetti antiproiettile, elmetti e armi d'assalto. Siccome gli spogliatoi non erano sufficienti a contenere tutti, la vestizione avveniva ovunque: nelle toilette ma anche negli uffici e nei corridoi.

Mentre gli uomini controllavano l'attrezzatura e si

stringevano a vicenda le cinte dei corpetti in kevlar, aleggiava un silenzio febbrile. Mila riassaporò l'elettricità che riempiva sempre l'aria nei momenti di calma che precedevano l'azione. Provò un'inaspettata nostalgia dei giorni in cui faceva ancora parte di quel consesso di uomini e donne in divisa: grazie al senso d'appartenenza a un distintivo, scacciavano insieme la paura della morte.

Il Giudice le si avvicinò. « Devo chiederti un favore » disse. « Per il momento, teniamoci per noi la storia che probabilmente Enigma e Karl Anderson si conoscevano. »

Mila si stupì nel sentire che la Shutton si serviva del nome che aveva bandito, ma non del fatto che cercasse d'insabbiare il dettaglio più insidioso del caso. In qualche modo, si aspettava una mossa del genere da parte sua: se quell'informazione fosse arrivata all'orecchio dei media, le si sarebbe potuta ritorcere contro.

« La coincidenza del tatuaggio col numero sul polso di quell'uomo getterebbe solo un'ombra sulla tragedia di una povera famiglia, sporcando inutilmente la loro memoria, non credi? »

Odiava ammetterlo, ma il suo ex superiore aveva ragione. Le ragioni dei morti dovevano restare coi morti. Tanto non scopriranno mai chi è Enigma, si disse. E poi fra meno di un paio d'ore sarò già sul treno che mi riporta a casa e potrò dimenticarmi per sempre di tutto. « D'accordo » acconsentì.

« Ho la tua parola? »

« Ce l'ha. »

La Shutton sembrava soddisfatta. « Vuoi venire nella

sala operativa?» le propose. «Manca ancora un po' alla scadenza delle dodici ore che mi hai concesso» ironizzò. «E poi penso che tu te lo sia guadagnato.»

Mila avrebbe voluto dirle che non ci teneva affatto, ma non sarebbe stata la verità. Accettò.

Appena entrata nella sala, l'ex poliziotta del Limbo si guardò intorno. C'erano tutti i capi divisione, i loro vice e gli assistenti, nonché una nutrita rappresentanza di funzionari governativi. Avrebbero seguito il blitz in diretta su una parete di monitor, attraverso le immagini trasmesse dalle telecamere montate sugli elmetti degli uomini sul campo.

Joanna Shutton era l'unica donna con un grado elevato di comando, considerò Mila. Perciò era comprensibile che ci tenesse a dare sfoggio dell'efficienza della polizia e, soprattutto, dell'efficacia del metodo che portava il suo nome.

Mila si accomodò su una delle poltroncine in fondo, proprio mentre il Giudice iniziava un breve discorso introduttivo.

«Quest'anno abbiamo registrato importanti successi nella lotta al crimine» esordì rivolgendosi agli ospiti ancora in piedi. «Gli omicidi sono diminuiti dell'ottantasette per cento, gli stupri addirittura del novantatré. Le gang sono state sgominate e in giro si vedono sempre meno drogati e spacciatori. Ma – cosa più importante – è aumentato il senso di sicurezza dei cittadini. Perciò mi sento di dire che ciò che è accaduto in queste ore è da considerarsi un'eccezione. Ma sono fiera di poter affermare che io e i miei uomini siamo stati in grado di gestirla al meglio: il colpevole è stato assicurato prontamente alla giustizia e ci rimangono solo da chiarire gli ultimi aspetti della vicenda. Se, come tutti ci auguriamo, fra poco troveremo la famiglia Anderson, potremo ritenere chiuso il caso... Purtroppo non possiamo più fare nulla per quelle povere persone. Ma nella preghiera che reciteremo sulle loro tombe sarà contenuta la promessa che non le dimenticheremo.»

Seguì un silenzio solenne tanto finto che Mila temeva potesse concludersi con un applauso. Invece fu Corradini a interromperlo, rivolgendosi alla Shutton.

«Giudice, ci siamo quasi» le comunicò.

Tutti presero posto.

I blindati e le auto della polizia impiegarono meno di quindici minuti ad attraversare la città e a raggiungere la raffineria abbandonata che Enigma aveva indicato nel suo ultimo indovinello. Una specie di parata militare in grande stile che costrinse l'intera metropoli a fermarsi. I cittadini non poterono ignorare l'esibizione muscolare: assistevano basiti nelle strade, dalle finestre o attraverso le vetrine dei negozi, al passaggio di quell'esercito di poliziotti. Il tutto, ovviamente, era trasmesso dalle tv.

Un simile spiegamento di forze era giustificabile solo in un modo, pensò Mila. Comunque fosse finita alla vecchia raffineria, qualunque cosa avessero trovato, quello sarebbe stato anche l'epilogo dell'intera vicenda. La Shutton non avrebbe permesso che se ne parlasse oltre, offuscando quanto di buono aveva fatto il dipartimento sotto la sua direzione. Enigma era in carcere e la gente l'avrebbe presto dimenticato. Lo show e i fuochi d'artificio servivano per il gran finale.

Ecco perché il Giudice non vuole che si menzioni il tatuaggio sul polso di Karl Anderson, si disse. Nonostante avesse accettato di tacere, Mila non era più sicura che fosse una buona idea.

Intanto gli uomini delle squadre speciali si disposero in formazione intorno al perimetro della raffineria, in attesa.

La zona era vasta come almeno sei campi di calcio, con un corpo centrale e capannoni che si diramavano da esso e che un tempo ospitavano gli impianti industriali ormai in disuso. Sul molo antistante c'erano le grandi cisterne collegate all'oleodotto, giganti di ruggine addormentati lungo la riva della baia. Degli undici imponenti camini – le torri di sfogo dei fumi di raffinazione – ne rimanevano in piedi solo sette e facevano somigliare il luogo a una cattedrale fantasma.

Di solito quella era una terra di nessuno, scelta da senzatetto e tossicodipendenti per accamparsi. Le regole d'ingaggio delle forze speciali prevedevano di sparare a vista e, prima dell'irruzione, fu diffuso un messaggio con i megafoni per dare modo a quanti si trovavano nell'area di uscire e consegnarsi spontaneamente alle autorità.

Nella sala operativa arrivò la comunicazione radio che erano stati fermati ottantasei individui che sarebbero stati sottoposti a un rigoroso controllo.

Non c'erano motivi per attendere oltre. Alle diciassette in punto, la Shutton impartì l'ordine di dare inizio all'operazione.

Dalle immagini sui monitor, Mila poté vivere quei momenti concitati come se fosse sul campo. Il suono cupo degli scarponi sul terreno accidentato o sulle scale di metallo, il tintinnio dei fucili d'assalto e delle granate flash-bang fissate sui corpetti, il respiro affannoso dei cani, quello allenato degli uomini, denso di adrenalina.

Il segnale ogni tanto spariva, insieme alle voci di Bauer e Delacroix che riportavano costanti aggiornamenti su come procedeva il blitz.

«Abbiamo setacciato circa il sessanta per cento della struttura» annunciò il primo dei due dopo venti minuti. «Le apparecchiature degli artificieri non rilevano la presenza di C4 o altri esplosivi.»

Si trattava di sofisticati nasi elettronici capaci d'individuare nell'aria sostanze chimiche sospette. Era una buona notizia, pensò Mila che temeva un attentato. Magari con una bomba sporca fabbricata con roba che potevi acquistare facilmente su internet o perfino al supermercato. In fondo, Enigma non aveva niente da perdere: si era già guadagnato il carcere a vita e anche l'inferno, portarsi appresso l'anima di una decina di poliziotti non gli cambiava nulla.

La Shutton non si era seduta in platea in mezzo agli altri. Da buon comandante in capo, si era sfilata la giacca del tailleur, che adesso era appoggiata sulla spalliera di una sedia, si era tirata su le maniche della camicetta di seta e seguiva attentamente gli sviluppi del blitz standosene in piedi e con le mani sui fianchi.

Mila notò che, per la tensione, si mordicchiava il labbro inferiore. In fondo, si stava giocando un bel po' della propria credibilità.

« I cani non fiutano cadaveri nell'area e gli uomini non segnalano nulla di particolare. Andiamo avanti » annunciò Delacroix.

Dal tono traspariva chiaramente la delusione, che si diffuse nella sala insieme alla sua voce.

Mila si accorse che Corradini si avvicinava al Giudice per dirle qualcosa in un orecchio. Forse stavano già pensando a come affrontare la disfatta.

« Un momento... che cazzo è questo? » si fece scappare Bauer per radio.

Gli sguardi nella sala si accesero, tutti cercavano un riscontro sui monitor. La Shutton scansò il consigliere, mossa da una nuova speranza. Ma quando finalmente una delle telecamere inquadrò la scena, nella sala operativa calò il gelo.

« Che significa? È una presa in giro? » domandò un alto funzionario, alzandosi dal proprio posto.

Nell'inquadratura, gli uomini delle squadre speciali erano confluiti in una specie di vasto hangar, totalmente vuoto. Avevano anche abbassato le armi e si guardavano a vicenda, interrogandosi sul senso di ciò che avevano trovato.

Davanti a loro, su una parete di una decina di metri quadri, c'era una scritta fatta con lo spray e sbiadita dal tempo, l'opera di un writer che stava lì da chissà quanti anni.

Una parola.

Lisca.

7

« Cosa vorresti per cena? »

« Non lo so » rispose Alice.

« Visto che sono in città, potrei prendere una specialità che al lago non si trova. »

« Per esempio? »

« Pensavo a qualcosa di indiano a base di verdure. »

« L'indiano mi piace » acconsentì la bambina.

Erano quasi le diciotto e Mila aveva voluto assicurarsi che, come d'accordo, la madre di Jane avesse preso Alice da scuola insieme alla figlia. Di lì a mezz'ora Simon Berish sarebbe passato dal dipartimento per accompagnarla alla stazione.

« Mamma... »

Detestava essere chiamata così, pensava sempre di non meritarlo abbastanza. « Sì? »

« Posso chiederti una cosa? »

Dio, fa' che non nomini di nuovo suo padre. « Certo... »

« Possiamo prendere un altro gatto? »

Mila rimase sorpresa dalla richiesta. « Cos'ha Finz che non va? »

« Mi odia. »

« Finz non ti odia affatto. E poi la troveremo. »

« Va bene, allora posso avere un iPhone? Jane ne riceverà uno per il suo compleanno. »

Era incredibile la mente dei bambini, il modo in cui riuscivano a passare da un argomento irritante all'altro.

« Sai come la penso » affermò Mila, ancora incredula.

Avevano già affrontato la questione, ma Alice tornava periodicamente alla carica perché le compagne di scuola avevano uno smartphone e lei si sentiva tagliata fuori. Mila non era convinta che la bambina fosse abbastanza matura per possederne uno proprio. Le vennero in mente gli Anderson, la loro scelta di sbarazzarsi degli oggetti elettronici. Crediamo di possederli, invece ci posseggono.

« Oggi ho rivisto lo zio Simon » disse per cambiare discorso.

« E c'era anche Hitch? »

Sapeva che l'argomento « cane » l'avrebbe distratta.

« Certo. Magari li inviterò a venire da noi uno di questi fine settimana, che ne dici? »

Non sapeva se fosse giusto o meno contravvenire alla regola di non rivedere più gli ex colleghi, ma pensava che Alice in quel momento avesse bisogno di confrontarsi con una figura maschile, visto che continuava a nominare il padre. E Simon Berish era l'amico più generoso che avesse.

« Lo zio Simon è ok » affermò la figlia. « Però digli di portare anche Hitch. »

« Glielo dirò » assicurò prima di riattaccare.

Si incamminò lungo il corridoio del dipartimento che adesso era deserto, la frenesia di qualche ora prima era solo un ricordo e aleggiava un sottile sentore di sconfitta.

Il suo compito lì era finito, così come le dodici ore d'impegno che aveva accordato alla Shutton.

Il Giudice si era asserragliata in ufficio insieme al proprio staff per studiare come reagire alla magra figura rimediata poco prima a opera di Enigma.

Un impiego di uomini e mezzi senza precedenti per ritrovarsi in uno spazio vuoto. La scritta sul muro, che stava lì chissà da quanto, pesava come una beffa insopportabile.

Lisca.

Nella testa di Mila, la parola risuonava con l'intonazione sibilante e sinistra usata dall'uomo tatuato durante il loro colloquio in carcere.

« *Liiissscaaa...* »

Si era sporto verso di lei, avvicinandosi al vetro di sicurezza con i suoi occhi penetranti. E Mila aveva avuto l'impressione che sarebbe bastato quel sussurro a infrangere la barriera che li separava.

Decise di non pensarci più, perché aveva paura che quella voce le avesse infilato qualcosa nella testa – un virus sonoro, oppure un parassita capace di scavarsi la tana nei pensieri.

Mentre si dirigeva all'uscita, passò davanti alla porta aperta di un laboratorio. Una cinquantina di tecnici informatici seduti alle proprie postazioni stava analizzando i vecchi computer portati via dalla discarica di Enigma.

Le vetuste unità centrali dei PC erano allineate sul pavimento come lapidi di un cimitero.

Erano collegate con dei cavi a modelli più moderni ed evoluti che ne scandagliavano i residui di memoria, trasmettendo l'esito su sofisticati monitor a cristalli liquidi. Ogni tecnico era intento a controllare il proprio.

Spinta dalla curiosità, Mila mosse un passo oltre la soglia.

Sugli schermi scorreva di tutto. Mail, documenti di testo, fotografie. Apparivano i volti di persone sorridenti e sconosciute, paesaggi ignoti, immagini di vacanze o di vita quotidiana. Felicità e tristezza, mischiate insieme. C'erano lettere d'amore o d'affari, contratti, polizze assicurative, liste di regali di nozze o per un compleanno, biglietti aerei o ferroviari, rubriche d'indirizzi e numeri di telefono.

« È incredibile quanta vita gettiamo via. »

Mila si voltò e vide Delacroix.

« Compriamo un computer, ci infiliamo dentro ogni cosa che ci riguarda e poi, quando si rompe, ce ne disfiamo senza pensare che lì dentro, insieme ai circuiti, c'è una parte di noi. »

« Trovato qualcosa d'interessante? » domandò l'ex poliziotta.

« Stanno ricontrollando per l'ennesima volta, ma a quanto pare nelle memorie non c'è nulla che riguardi Enigma. »

Per un attimo, Mila si era illusa che potessero scovare qualcosa di utile in quell'ammasso di rifiuti tecnologici.

« Allora te ne vai » disse lo sbirro.

« Sembra di sì » confermò lei con un'alzata di spalle.

« Probabilmente non sapremo nient'altro di questa storia » affermò amaramente l'altro. « E l'uomo tatuato rimarrà per sempre senza un nome. »

Capitava più spesso di quanto si potesse immaginare: un fatto di sangue, pochi elementi e il tempo che, inesorabile, cancella le prove. Gli sbirri dicevano che se la soluzione non arrivava nella prima settimana d'indagine, allora il destino del caso era segnato.

« Almeno c'è un colpevole in galera » provò a consolarsi Mila.

Nessuno dei due menzionò i cadaveri degli Anderson, perché entrambi temevano che probabilmente non sarebbero stati più ritrovati.

« È stato un piacere collaborare, Vasquez. »

Era sicura che Delacroix fosse sincero, in fondo era stato l'unico fra gli ex colleghi a non farla sentire un'estranea quel giorno.

« La prossima volta, però, tieni acceso il cellulare o fatti un indirizzo mail » la rimproverò bonariamente. « Il Giudice ieri era incazzata nera perché non riuscivamo a trovarti. »

« Non ci sarà un'altra volta » assicurò. « E vaffanculo la Shutton: se vuole parlarmi, dovrà tornare da me di persona. »

Delacroix sorrise, divertito. « Piove a dirotto » la avvertì, poi tornò a occuparsi del proprio lavoro insieme ai tecnici.

Mila si riavviò e, poco dopo, riconsegnò all'ingresso il badge con la scritta « visitatore ». Fu come riprendersi la libertà.

Percorse il lungo atrio dell'edificio. Dalle porte a vetri s'intravedeva il temporale che si stava abbattendo sulla città. Una volta uscita, individuò subito l'utilitaria di Berish che l'attendeva all'angolo col motore acceso.

«Allora, com'è andata la giornata?» le domandò il vecchio amico appena Mila salì in macchina.

«Non vedevo l'ora che finisse» affermò, perché era esattamente ciò che Berish voleva sentirsi dire.

La pioggia scrosciava sul parabrezza e i tergicristalli non ce la facevano a liberare la visuale. Al chiuso dell'abitacolo c'era un bel calduccio, ma il pelo bagnato di Hitch emanava un odore pungente che, mischiato al profumo da donna che Mila aveva già avvertito quella mattina, non produceva un bell'effetto.

Berish si immise nel caotico traffico del venerdì sera. Gli uffici avevano chiuso da poco, un sacco di gente si era riversata per strada e adesso cercavano tutti di tornarsene presto a casa per iniziare il weekend.

«Ti hanno coinvolta nel caso di Enigma, vero? Ormai puoi dirmelo...»

«Meno ne sai, meglio è per te» affermò l'ex poliziotta, che non aveva voglia di parlarne e infatti cambiò subito argomento. «Ho promesso ad Alice che le avrei portato del cibo indiano per cena, ma di questo passo rischio perfino di perdere il prossimo treno. Non potresti accelerare?»

Berish ignorò la richiesta e tornò all'attacco. «Il sofisticato piano del vostro avversario si è concluso con uno sberleffo» disse per avere comunque l'ultima parola.

Aveva ragione. Per un momento, dopo la faccenda

delle coordinate geografiche, Mila aveva pensato che Enigma fosse un antagonista dalla mente raffinata. Aveva dimenticato che si trattava solo di un crudele assassino di innocenti. O forse non voleva accettarlo. Come tutti, anche lei aveva difficoltà ad ammettere che il male fosse banale.

« Chissà perché ci immaginiamo sempre il diavolo come un essere astuto » diceva il padre di sua figlia, il miglior criminologo che avesse conosciuto. « Forse perché altrimenti ci rimane il cruccio di non averlo saputo fermare. »

Intanto davanti alla loro auto si era formata una coda di veicoli.

« Merda, non dovevo prendere per il centro » si maledisse Berish. Poi trovò un varco e s'infilò per accostare al lato della carreggiata.

« Che fai? » domandò Mila, sorpresa dalla manovra.

« Qui vicino c'è un ristorante indiano, sono sicuro che facciano anche asporto » e, prima di scendere, si voltò verso di lei e le fece l'occhiolino. « Non vorrai deludere la mia nipotina. »

« Scegli roba vegetariana » si raccomandò Mila, poi lo vide allontanarsi sotto il temporale, saltellando fra le pozzanghere con le spalle incurvate come fossero gravate dal peso della pioggia.

Rimasta sola, azionò le doppie frecce per segnalare agli altri automobilisti che il veicolo era fermo. Hitch dormiva sul sedile posteriore, russando debolmente. Il mantice di quel respiro, accompagnato dal ticchettio delle frecce e dalle gocce che picchiettavano sulla carrozzeria, ebbe il potere di calmarle i nervi. Nella quiete interiore cominciò a farsi strada un ragionamento. Mila si assentò da ciò che la circondava e si immerse nel silenzio della propria mente.

Il caso Anderson era ingarbugliato. Nessuno dei dati a disposizione, nessun elemento, prova o indizio combaciava con gli altri. Non c'era modo di intuire il « disegno » che si celava dietro la strage.

Vigeva il *caos*.

Eppure i numeri sono ordine, precisione, pulizia, si disse. L'uomo dei numeri non può essersi affidato solo all'istinto di uccidere, alle coincidenze, alla fatalità. Lui disprezza il caos. Altrimenti non avrebbe deciso di incidersi la pelle in quel modo.

Allora, dov'è il disegno?

Senza accorgersene stava facendo una cosa che non le capitava da tempo: Mila si era messa a triangolare le informazioni in suo possesso alla ricerca di simmetrie.

Si riscosse per un attimo perché sentì l'improvviso bisogno di prendere appunti. Si guardò intorno, poi d'istinto aprì il cassetto del cruscotto perché era sicura che Berish, da buon poliziotto, tenesse in auto un notes e una penna. Infatti, era così.

Mila scartabellò il taccuino alla ricerca della prima pagina bianca disponibile. Quando la trovò, cominciò a buttare giù un elenco.

– *Sangue*
– *Corpi*

Sappiamo che c'è stata una strage, ma non sappiamo dove sono le vittime. Ergo, c'è una parte di questa storia che non conosciamo. Però che senso ha per l'omicida nascondere i cadaveri quando tutto il sangue versato alla fattoria rivela comunque che è avvenuto un eccidio? Perciò, o l'assassino cerca di negare a se stesso di aver commesso qualcosa di grave – e molti psicopatici dopo aver ucciso venivano colti da tremendi sensi di colpa –, oppure l'atto di rimuovere i corpi per lui è determinante. Il comportamento di Enigma faceva propendere per la seconda ipotesi.

– *Lacrima d'angelo*

Dal sangue delle vittime si passa a quello di Enigma in cui sono presenti tracce di una droga sintetica, un allucinogeno.

– *Tatuaggi*
– *Numeri*

Sul corpo di Enigma e sul polso di Karl Anderson sono tatuati dei numeri. La prima conseguenza che si poteva trarre era che i due si conoscevano.

Ma a che servivano le cifre tatuate?

Enigma le ha usate per indicarci delle coordinate geografiche, che però ci hanno condotto a un luogo in cui non c'era nulla, tranne un graffito con una parola senza alcun significato.

– *Lisca*

Che vuol dire? Ha davvero un senso o è solo uno scherzo? Enigma aveva pronunciato la parola anche nel loro breve incontro alla fossa, mettendole addosso una profonda inquietudine.

Allora Mila scrisse:

– *Paura*

Karl Anderson aveva paura di Enigma, per questo ha portato i suoi a vivere alla fattoria. Ma, a ben guardare, gli Anderson si erano resi irreperibili, non irraggiungibili. Come me, si disse Mila, quando mi sono trasferita al lago.

E questo portava a un altro punto controverso.

– *Rinuncia alla tecnologia*

Mila aveva rifiutato di possedere un cellulare e un computer con internet per evitare che qualcuno cercasse di contattarla dal passato, vanificando così la sua scelta di cambiare. Però non era servito a molto visto che la Shutton era andata di persona fino al lago.

Enigma aveva fatto lo stesso. Era andato a trovare gli Anderson. Un brivido la percorse a quel pensiero.

Infine annotò:

– *Vecchi computer*

Gli Anderson avevano rinunciato alla tecnologia, Enigma si circondava di vecchi computer. Era una simmetria, ma non aveva una logica.

Mila sollevò la penna dal foglio e osservò l'esito. Non affiorava nulla di nuovo, solo un vago riepilogo. Fu colta da un'improvvisa frustrazione. Staccò la carta dal blocco e l'appallottolò in una mano, con un gesto di stizza.

Cosa sto facendo? Dovrei lasciar perdere tutto. Perché invece continuo a pensarci?

Ma il motivo era fin troppo evidente.

Perché quel bastardo si è tatuato addosso il mio nome.

L'idea che fosse scritto in maniera indelebile sulla pelle di un mostro la faceva impazzire. Era come essere rinchiusa con lui nella cella della fossa per il resto dei suoi giorni.

Com'è possibile che mi sia fatta coinvolgere? Temeva seriamente che quella storia diventasse un'ossessione. Lei non era come gli altri sbirri, non riusciva a lasciarsi alle spalle i casi di cui si occupava. Era il vero problema, il suo maggior difetto quando era al Limbo.

Gli scomparsi la seguivano ovunque.

Li cercava nei volti dei passanti quando camminava per strada, pensava continuamente alle loro esistenze interrotte e non riusciva a vivere pienamente la propria.

Ora i fantasmi erano tornati.

Eppure era sicura di averli lasciati al Limbo, nei meandri dell'ufficio persone scomparse insieme... *alla sua vecchia vita.*

Mila si bloccò. Aveva avvertito qualcosa – solletico alla base del collo. Un'idea le era balenata davanti, ma era durato troppo poco perché se ne rendesse conto.

Riaprì il foglio appallottolato e rilesse l'ultima riga.

– *Vecchi computer*

Le era tornata in mente la scena di poco prima al dipartimento, coi tecnici informatici impegnati a estrarre i dati dalla memoria delle unità operative ormai in disuso raccolte in giro da Enigma.

« È incredibile quanta vita gettiamo via » aveva commentato Delacroix.

Per questo aggiunse una voce all'elenco:

– *Vecchia vita*

Il motivo per cui Karl Anderson conosceva Enigma era rimasto nel passato, nella vita precedente. E dov'è che la gente racchiude la propria esistenza? Negli oggetti tecnologici. È lì che riversiamo tutto.

Sarebbe stato interessante poter guardare nei vecchi computer o nei cellulari degli Anderson per capire se c'era qualche riferimento al loro carnefice. Purtroppo non era possibile, perché si erano disfatti della tecnologia.

Enigma si è tatuato il mio nome, si ripeté. Lui conosce me, ma io non conosco lui.

E se non fosse così? E se invece ci fosse un collegamento fra noi?

L'unico modo per scoprirlo...

« ... è andare a guardare nel mio passato » disse ad alta voce senza nemmeno accorgersene, dando corpo all'ultima parte di quella rivelazione.

« Ho fatto prima che potevo » si scusò Berish rientrando in auto zuppo di pioggia, mentre le porgeva orgoglioso un sacchetto con impresso un ritratto rimaneggiato di Ganesh con gli occhiali da sole.

Mila non riuscì a nascondere il turbamento.

« Che succede? » domandò l'altro, allarmato dopo averla guardata in faccia.

« Dobbiamo tornare indietro » gli disse l'ex cacciatrice di scomparsi. « La risposta è al Limbo. »

8

La sala dei passi perduti.

Il luogo, simile a un santuario, in cui venivano conservate le foto coi volti degli scomparsi. L'ultimo scatto prima che la loro esistenza si disperdesse nel nulla. Un ritratto sorridente, perché raccolto durante un momento di gioia o di spensieratezza: una festa di compleanno o una gita, un diploma, un battesimo o un matrimonio.

Perché ci fotografiamo nei momenti felici, rammentò Mila. E nessuno immaginerebbe mai di finire su una di queste pareti.

Mentre si guardava intorno, pensò che trascorso un anno non era cambiato niente. L'ufficio era deserto perché nessun poliziotto voleva lavorare su quei casi. Troppi misteri e poche chance di successo.

« Allora, cosa dobbiamo cercare? » le domandò un recalcitrante Berish.

Mila gli si avvicinò. « Ascolta: voglio che te ne vai a casa. »

« Stai scherzando, vero? »

« No » disse. « Non sono autorizzata a condividere con te le informazioni in mio possesso: sono solo una civile, adesso. »

La verità era che non voleva coinvolgerlo perché temeva per lui. Era convinta che Joanna Shutton stesse cercando di scaricare la responsabilità del proprio fallimento e presto nel dipartimento sarebbe partita una caccia al capro espiatorio. Molte teste sarebbero cadute e Mila non voleva che Berish finisse nel tritacarne per colpa sua.

« Ti stai cacciando in qualche casino, vero? » domandò il vecchio amico, leggendole nel pensiero.

« Non ho alcuna autorità per svolgere delle indagini » ammise lei. « Ma devo togliermi un dubbio: sai come sono fatta. »

« E se qualcuno ti trova qui? Sono io il responsabile adesso, sarei coinvolto comunque. »

« Posso sempre affermare che avevo ancora le chiavi dell'ufficio. » Sorrise. « Una botta di nostalgia. »

« È un reato. » Berish era serio.

Si guardarono per un po', senza dire nulla.

« E Alice? La cena col cibo indiano? »

L'aveva dimenticato. « Cazzo » disse, e si sentì tremendamente in colpa.

Berish, però, non aveva intenzione di infierire. « Come si chiama la sua compagna di scuola? »

« Jane. »

« Chiamo io sua madre e le dico che sei in ritardo. »

Mila gli passò il numero. « Chiedi di parlare con Alice, le farà piacere. »

L'amico poliziotto scosse il capo in segno di biasimo. « Hitch odia le verdure, dovrò mangiarmele da solo » disse prima di andare.

Rimasta sola, Mila si diresse verso quella che un tempo era la sua scrivania. Da lì veniva l'unica luce che illuminava la sala.

Si sedette davanti al vecchio terminale. Le risorse del Limbo erano sempre risicate. Non c'era gloria nei casi di scomparsa poiché, il più delle volte, restavano senza soluzione. Allora perché sprecare denaro?, si chiedevano i burocrati.

Mila avviò il computer e attese che caricasse il sistema operativo. Ci volle un po', ma poi andò subito all'elenco dei casi in archivio.

Pensò a cosa inserire nel motore di ricerca. Toccò prima alla parola « tatuaggio ».

Come c'era da aspettarsi, le apparvero davanti centinaia di collegamenti. Si trattava perlopiù di scomparsi che si erano tatuati qualcosa nel corso della vita. Un tatuaggio era una traccia preziosa per un cacciatore, specie nei casi di rapimento: un dettaglio immutabile risultava più utile di una vecchia fotografia per individuare la vittima dopo molti anni, mentre l'aspetto fisico poteva sempre cambiare.

Passò a scremare i risultati con una seconda parola: « numeri ».

Così ridusse di tre quarti i casi, ma erano comunque tanti. Visionò alcune foto presenti nei fascicoli, ma i tatuaggi di cifre erano piuttosto comuni poiché la gente s'imprimeva spesso qualche data importante sulla pelle.

Aveva bisogno di un altro elemento per filtrare i risultati. « Lacrima d'angelo » le permise di ridurre ulteriormente la selezione, ma aveva anche paura che il dettaglio la portasse fuori strada. Apparvero casi di scomparsa che riguardavano spacciatori o tossicodipendenti.

Fu allora che le venne in mente d'inserire «lisca». Il motore di ricerca diede come risultato un unico caso.

Eccoti qua, si disse. Adesso vediamo chi sei.

Quando aprì il file, le apparve davanti il volto smunto e brufoloso di un diciassettenne. Era stato cerchiato in rosso in una foto scattata durante una festa scolastica: il ballo di primavera.

Timmy Jackson aveva un bicchiere di carta in mano ed era l'unico che non sorrideva. A Mila fece una certa impressione.

Per via del suo aspetto smagrito, per l'altezza e la postura ricurva, veniva chiamato «Lisca».

Nel rapporto di polizia, redatto dopo la denuncia presentata da Vita Jackson a inizio marzo di sette anni prima, si diceva che l'adolescente era scomparso inspiegabilmente un mercoledì mattina: la madre era andata a svegliarlo e non l'aveva trovato nel letto.

Mila ebbe la conferma che quella storia fosse davvero ciò che stava cercando quando lesse quel che era scritto qualche riga dopo: Timmy aveva un precedente per atti vandalici e danneggiamento di pubblica proprietà per delle scritte realizzate con la vernice spray su un vagone della metropolitana.

Un writer, si disse ripensando a ciò che avevano trovato alla raffineria abbandonata.

Secondo la testimonianza della madre, prima dell'arresto Timmy era un ragazzo tranquillo. Nessuno poteva immaginare che si trasformasse in un vandalo. Passava le giornate chiuso nella sua stanza, stando sempre su internet a giocare a un non meglio specificato «videogame».

Sempre secondo la donna, il figlio si era trasformato in un teppista a causa dell'influenza negativa di qualcuno conosciuto in rete.

Quell'incontro poteva essere all'origine della sua scomparsa, rifletté l'ex cacciatrice. Capitava spesso che i minori fossero adescati da adulti malintenzionati che si servivano dell'anonimato offerto da internet.

Mila pensò subito a Enigma.

Ecco perché Karl Anderson aveva eliminato la tecnologia dalla propria esistenza.

Aveva conosciuto il suo assassino in rete.

Ma la decisione non era bastata a salvare la vita a lui e alla sua famiglia. Timmy Jackson aveva subito la stessa sorte degli Anderson? Mila proseguì la lettura.

Perlustrando la stanza di Timmy dopo la scomparsa, la madre aveva rinvenuto pillole azzurre che poi si erano rivelate essere LHFD o « Lacrima d'angelo ». Inoltre la donna aveva raccontato che il figlio si era tatuato un numero sul polpaccio servendosi di una biro e un accendino. La cosa era stata motivo di violente discussioni in famiglia.

« Sette anni dalla scomparsa » si ripeté Mila, ripensando anche alla probabile età della scritta sul muro nella raffineria abbandonata. Era trascorso tanto tempo, e all'epoca lei non era l'unica a lavorare al Limbo, altrimenti si sarebbe ricordata di Timmy.

In una nota in calce al fascicolo era indicato che, su insistenza di una tenace Vita Jackson, la polizia aveva sequestrato il computer del figlio per analizzarlo e risalire alle sue frequentazioni su internet.

Se fosse emerso qualcosa, sarebbe stato sicuramente riportato nel rapporto, considerò l'ex poliziotta. Ma il documento terminava con un codice alfanumerico. Mila sapeva cosa significava.

Il computer di Lisca era ancora in custodia nel deposito del Limbo.

Il sotterraneo era un posto lugubre.

Il soffitto era basso e non c'erano finestre, solo una fila di bocche di lupo sulla parete a ovest che però erano oscurate con pannelli di compensato. Bisognava stare attenti a scendere le scale perché qualche genio aveva pensato bene di piazzare l'interruttore delle luci accanto all'ultimo gradino.

Mila allungò una mano per premere il pulsante, i lampadari al neon si attivarono ammiccando e rivelarono il labirinto di scaffali.

L'archivio del Limbo era diviso in due aree. Nella prima erano conservati i fascicoli dei casi più vecchi, che per questo non erano mai stati inseriti nel database. In quella in fondo c'era il deposito dei reperti. Non si trattava di prove ma semplicemente di oggetti appartenuti agli scomparsi che potevano fornire qualche spunto per far partire un'indagine. Ci si attaccava a tutto pur di scoprire qualcosa, perché capitava spesso che le ricerche si arenassero ancor prima di cominciare.

Beati gli sbirri che lavoravano alla Omicidi, pensava sempre Mila. Perché avevano a disposizione armi del delitto, sangue, DNA e altri reperti organici ma, soprattutto, cadaveri. Chi indagava sulle persone scomparse spesso non aveva un bel niente.

Si diresse verso il fondo della grande sala.

Lo scatolone contenente la roba di Timmy Jackson era in cima a uno scaffale, seminascosto dietro altri simili. L'ex poliziotta dovette arrampicarsi per recuperarlo, stando attenta che non le crollasse tutto addosso.

Dopo averlo preso, si accorse che il cartone era ammorbidito per l'umidità e rischiava di sfondarsi. Perciò decise che non l'avrebbe portato di sopra. L'avrebbe aperto lì, sulla scrivania che veniva usata per consultare i fascicoli cartacei.

Lo posò ma, prima di controllarne il contenuto, si tolse il giubbotto di pelle perché con tutto quel movimento aveva caldo e stava sudando. Si servì di un tagliacarte per spezzare il nastro isolante e aprì le alette del coperchio.

Nella scatola erano custoditi un vecchio notebook su cui erano attaccati adesivi di gruppi punk-rock, un joystick e uno dei primi modelli di visore per la realtà virtuale.

Mila estrasse gli oggetti e, dopo essersi disfatta del cartone, li sistemò davanti a sé sul tavolo. Li osservò standosene in piedi con le mani appoggiate sul ripiano.

Poi aprì il portatile, lo collegò a una presa di corrente risvegliandolo dal suo lungo letargo.

La prima schermata che apparve conteneva un messaggio dei tecnici del dipartimento che la informò che il computer era originariamente protetto da una password ma che questa era stata decrittata. Perciò poteva accedere liberamente ai contenuti.

Sul desktop c'era la foto di Joe Strummer dei Clash

che fumava. Le icone che lo costellavano riguardavano vecchi programmi ormai in disuso, come quelli di grafica per writer in cui si potevano creare scritte e disegni prima di riprodurli su scala più grande, oppure videogame che in confronto con quelli moderni facevano quasi tenerezza per la loro banalità.

In definitiva, il portatile di Lisca non rivelava niente di straordinario: era il computer di un teenager dell'ultima generazione prima dell'avvento dei *Millennials*.

In un angolo, una cartella con il logo del dipartimento contenente il rapporto dei tecnici su ciò che avevano trovato nella memoria. Mila la aprì, ma solo per scoprire che Timmy Jackson prima di sparire aveva trascorso gran parte del proprio tempo su un videogioco senza nome.

Non capiva cosa fosse. Andò in cerca dell'icona corrispondente e la trovò.

Era un semplice anello azzurro.

Cliccò per aprirlo. Le apparve subito un avvertimento: per entrare bisognava connettersi a internet e collegare joystick e visore.

Mila fece come era prescritto e, infine, cercò la rete wireless del dipartimento, sperando che il segnale arrivasse anche nel sotterraneo. La trovò e digitò la password, pregando che non fosse cambiata. Finalmente riuscì a connettersi.

Sullo schermo apparve un globo stilizzato che ruotava su se stesso.

Allora è qui che ti sei perso, Timmy Jackson? C'era un solo modo per verificarlo: *ripetere ciò che aveva fatto lui.*

Mila si mise a sedere, sistemò il joystick e stava per infilarsi il visore quando il programma finì di caricarsi e comparve una nuova schermata.

Sotto il globo roteante lampeggiava una casella in cui digitare due dati.

Latitudine e longitudine.

Mila si sentì mozzare il respiro, perché le vennero subito in mente i numeri con le coordinate geografiche che le aveva fornito Enigma, indicandole sul proprio corpo.

Sollevò le mani sulla tastiera. Esitando appena, le inserì.

Il visore accanto a lei si illuminò. Mila lo prese con l'intenzione d'indossarlo, ma lentamente, perché non sapeva cosa avrebbe visto e aveva timore di scoprirlo.

Se lo infilò in testa e fu proiettata in un antiquato videogame.

Immagini e suoni provenivano da un ambiente vuoto e in rovina. I muri e i pilastri cadevano a pezzi e il pavimento era un tappeto di calcinacci. Non si vedeva molto perché era notte e c'era solo la luce della luna che filtrava dalle crepe sul soffitto. Si percepivano i rumori del vento e qualche suono metallico, ma in lontananza.

Nonostante le tre dimensioni la grafica era piuttosto piatta e la risoluzione tutt'altro che alta, valutò Mila. Nulla a che vedere con i moderni videogiochi. Chissà a quanti anni prima risaliva quel programma.

Provò a spostare la leva del joystick che aveva in mano e anche l'immagine davanti a lei si mosse di conseguenza.

Sono un avatar, si disse.

In pratica, un duplicato di lei si muoveva in quell'ambiente virtuale. Ne approfittò per perlustrare il posto in cui si trovava. Avanzò, si aggirò per l'area circostante e provò una strana sensazione di déjà-vu. Le sembrava di esserci già stata. È assurdo, si disse. Ma poi si voltò verso un punto della sala e riconobbe un graffito sul muro.

Una scritta. *Lisca.*

Sono nella raffineria abbandonata. Com'è possibile? Che ci faccio qui? Non ebbe il tempo di sconvolgersi, perché avvertì dei passi intorno a sé. Si girò nella direzione da cui le era sembrato che venissero.

Un'ombra avanzava verso di lei. La figura camminava lentamente, silenziosa. Quando entrò nel primo cono di luce lunare, la riconobbe.

Enigma le sorrise.

Mila si sentì gelare. L'uomo tatuato era nudo come quando lo avevano arrestato. Non disse nulla. Per alcuni secondi non si mosse. Poi, con gesti eleganti e ipnotici, iniziò a indicare una serie di numeri sul proprio corpo, come aveva fatto alla fossa.

Quando terminò, le sorrise di nuovo. Svanì.

Mila si tolse il visore. Il ritorno alla realtà fu brusco e dovette guardarsi intorno per qualche istante per riprendere confidenza con l'ambiente circostante. Era sempre nell'archivio del Limbo, ma qualcosa le diceva che non era al sicuro.

Era ancora stordita dall'incontro con Enigma. *Che cosa voleva da me? Perché insiste nel trascinarmi in questa storia?*

Davanti a lei c'era la schermata con il globo che ruotava. Mila aveva fatto in tempo a memorizzare le nuove coordinate. Ma aveva un presentimento: se avesse inserito la nuova posizione nel computer, non si sarebbe più potuta tirare indietro. Quello era un punto di non ritorno. Ma se non fosse andata a controllare, il dubbio l'avrebbe perseguitata per il resto della vita.

Cosa vuoi che veda, brutto bastardo?

Con le dita che tremavano impercettibilmente, inserì le coordinate nell'apposita casella. E tornò a immergersi nella realtà virtuale.

Era ancora notte. Oltre la vetrata davanti a lei, riconobbe il panorama della città. Ma c'era qualcosa di diverso. Era spettrale.

Dove sono? Mi trovo in un appartamento, ai piani alti di un grattacielo. Si guardò intorno, l'effetto grafico era imperfetto: il profilo delle cose era sfocato, i pixel non ce la facevano a stare dietro ai movimenti e per questo l'immagine era tremula, oppure si creavano come dei buchi neri. L'arredamento sembrava elegante, lussuoso. Mila capì di essere in un ampio living con un grande televisore al plasma, un camino a gas incassato in una parete, divani bianchi e un mobile bar.

Da qualche parte nella casa, qualcuno canticchiava. Una voce femminile.

Il suono la attirò in un lungo corridoio, c'era una porta semiaperta da cui filtrava una lama di luce. Arrivò vicino all'uscio e la spinse, ritrovandosi in una bella cucina coi mobili laccati di nero. C'era una donna di spalle, intenta a preparare da mangiare. Quella si voltò appena, la figura era indefinita e i contorni del viso vibravano, ma lei riconobbe l'esatta replica di Frida Anderson.

Risate cristalline. Due piccole ombre sfuggenti entrarono nella stanza da un altro ingresso. Le gemelle, pensò subito Mila. Eugenia e Carla giocavano a rincorrersi, fecero un paio di giri intorno alla tavola imbandita per la cena, poi uscirono di nuovo.

Né la madre né le figlie si erano accorte di Mila. Che cosa sta succedendo?, si chiese. Anche se si trattava solo di una replica digitale della realtà, la disturbava l'idea di vederle ancora vive sapendo ciò che gli era capitato.

In quel momento, abbassò lo sguardo e, inavvertitamente, vide che impugnava una lunga lama affilata.

Mio Dio, sono Enigma.

Inaspettatamente, una forza esterna s'impossessò dell'avatar, togliendole il controllo. Mila si ritrovò senza volerlo a impersonare l'assassino. Prima di riuscire a capire esattamente cosa stava succedendo, vide il proprio braccio che si sollevava, brandendo l'arma.

Scattò verso l'ignara Frida e iniziò a colpirla con una serie violentissima di fendenti. Sulle sue mani protese inutilmente per ripararsi. Poi al busto – sui seni, nel ventre. E anche al volto, fin quasi a scarnificarlo, rendendola irriconoscibile.

La donna crollò al suolo, esanime. Ma l'avatar di Mila continuava a infierire. Un colpo dopo l'altro, col sangue che sgorgava copioso dalle ferite, schizzando su ogni cosa e su di lei. L'ex poliziotta sapeva che era tutto finto, che ciò che aveva davanti era la rappresentazione imperfetta del programma di un computer. Ciononostante, avrebbe voluto finirla lì, sfilarsi il visore, ma non poteva. Doveva vedere. Doveva sapere. Era sicura che Enigma volesse mostrarle ciò che aveva fatto.

Al momento, non si chiese perché non fossero alla fattoria o perché nella casa in cui si trovavano ci fossero ancora gli oggetti tecnologici di cui gli Anderson si erano privati. Non ebbe il tempo di ragionare, perché Enigma si staccò da Frida e si mosse.

Mila sapeva dove era diretto. Andava in cerca delle gemelline.

Stavano giocando a nascondino e non si erano accorte di nulla. Una si era accucciata dietro una poltrona della camera da letto dei genitori. Quando vide spuntare il mostro, lo fissò terrorizzata. Non fece in tempo a urlare, invece compì un gesto così naturale che a Mila sembrò davvero di avere davanti una bambina: si coprì gli occhi con le mani, come se bastasse quello a cancellare l'orrore dal mondo.

Ancora una volta, la lama si levò impietosa e cominciò ad abbattersi sulla carne innocente. Altro sangue, nessuna lacrima. Quando fu sazio dello spettacolo, Enigma si mosse per andare dalla sorellina.

Era nella cameretta, nascosta fra i peluche. Lo accolse con uno sguardo immobile. Ma nei suoi occhi c'era qualcosa di incomprensibile e di discordante con la situazione.

Non era spavento, semmai *stupore*. È come se mi conoscesse, si disse Mila.

La bambina stava per dire qualcosa, ma una sciabolata le tranciò di netto la testa. Mila mosse il joystick, provando l'istinto di fermarsi, di salvarla. Fu inutile. Il capo mozzato rotolò ai suoi piedi, gli occhi svuotati incrociarono di nuovo il suo sguardo.

L'ho uccisa io, si disse Mila. No, è stato Enigma. Ma impersonare il mostro lo rendeva così assurdamente vivido.

Nel silenzio della stanza, si sentiva soltanto il respiro affannoso dell'assassino. La fatica appagante dopo la carneficina.

Accadde un evento inaspettato. Un'ombra le passò accanto.

« *Guardati.* »

C'era qualcun altro lì con lei.

Sfiorando il joystick, Mila scoprì anche di poter controllare nuovamente l'avatar. Subito distolse la vista dallo scempio. Ma voltandosi notò una specchiera rosa cipria, di quelle in cui tutte le bambine, nel segreto della cameretta, giocano a sembrare adulte.

Guardati.

Mila decise di seguire l'indicazione del sussurro e cominciò ad avvicinarsi allo specchio, incerta. Fece come le era stato detto: si guardò. Per la prima volta incontrò il proprio alter ego. E rimase impietrita.

Non c'era Enigma a fissarla nel riflesso, bensì Karl Anderson.

All'improvviso la scena sparì davanti ai suoi occhi e un velo nero calò senza preavviso. E mentre veniva disconnessa dal mondo virtuale, Mila riuscì a dirlo.

« È stato il padre. »

9

Aveva fame. Da quanto non mangiava? Aveva consumato una colazione frugale e frettolosa, poi solo un paio di caffè durante il resto della giornata. E, in più, aveva l'impressione di essersi presa un raffreddore.

Si frugò nella tasca del giubbotto di pelle in cerca di un fazzoletto di carta, ma si ritrovò in mano qualcos'altro. La foto del volto di Enigma, rielaborata per eliminare i tatuaggi. La faccia di un uomo normale.

Per la prima volta, Mila si rese conto di conoscerlo. *Dimmi che non sei ciò che temo tu sia.*

Se ne stava seduta su una scomodissima sedia di plastica, nel corridoio degli uffici dell'Unità crimini violenti, l'UCV. Era in attesa di un responso. Non le avevano riconsegnato il badge con su scritto « visitatore » perché la sua attuale posizione era in bilico. Avrebbero dovuto valutare il suo comportamento e decidere se c'erano gli estremi per incriminarla per aver condotto un'indagine senza averne l'autorità, oltretutto servendosi di risorse del dipartimento.

Il suo destino dipendeva da ciò che stava accadendo in un altro luogo, lontano. E da ciò che avrebbero trovato lì.

Aveva indicato al Giudice dove avrebbero potuto rinvenire i cadaveri degli Anderson.

Ma adesso pregava di essersi sbagliata. Non perché

coltivasse la speranza che Frida, Eugenia e Carla fossero ancora vive – sapeva bene che era impossibile. Ma per se stessa. Anche se questo le sarebbe costato un'incriminazione.

Dimmi che non sei ciò che temo tu sia, si ripeté.

Capì che l'attesa era finita quando vide Delacroix andarle incontro dal fondo del corridoio. Man mano che si avvicinava, Mila poteva già leggergli chiaramente in faccia le risposte ai suoi peggiori interrogativi.

« Era come dicevi tu » confermò il poliziotto.

Sì, l'incubo era reale. Avevano trovato i corpi degli Anderson nell'appartamento dove vivevano prima di trasferirsi in campagna.

« Karl le ha portate lì dopo averle uccise alla fattoria » proseguì Delacroix. « Ha coricato le figlie nei lettini, rimboccando le coperte come se dormissero. Poi è andato a stendersi accanto al cadavere della moglie nella camera matrimoniale, si è tagliato le vene dei polsi ed è morto abbracciato a lei. »

Il resoconto non era freddo e distaccato, come di solito facevano gli sbirri per dimostrare di non essere coinvolti emotivamente.

« Il fatto di non aver trovato subito il sangue di Karl Anderson alla fattoria avrebbe dovuto insospettirci » ammise l'agente, scuotendo il capo.

Avevano pensato che il capofamiglia fosse stato ucciso per primo nel cortile antistante, e che poi Enigma si fosse diretto verso la casa per finire il lavoro. Avevano attribuito la mancanza di tracce ematiche per terra ai temporali che si erano abbattuti sulla zona per gran parte della notte.

« Ora saremo costretti a rivedere il ruolo dell'uomo tatuato » affermò infine il poliziotto, sconfortato. « Dobbiamo capire se ha partecipato attivamente alla strage o se ha soltanto portato Karl con i cadaveri fino alla casa in città, proseguendo poi con l'auto verso il mattatoio in cui l'abbiamo arrestato grazie alla segnalazione anonima. »

Questo comportava anche un ridimensionamento della pena a cui poteva essere condannato, considerò Mila.

Poi Delacroix si portò una mano alla fronte. « Tutto questo è folle » commentò.

« Non lo è, credimi » disse, per rinfrancarlo.

Il poliziotto si accorse della foto di Enigma che lei teneva in mano, e la sua espressione s'indurì. « E tu che ne sai? » la attaccò. « Non dovresti essere qui. » E poi aggiunse, per ferirla: « Non sei più una di noi ».

Fino ad allora era sempre stato gentile con lei. Dopo gli ultimi sviluppi era comprensibile che avesse cambiato atteggiamento, ma Mila non poteva accettare che la realtà fosse travisata. « Io non volevo essere coinvolta, non lo voglio il vostro maledetto caso » obiettò, con veemenza. « Ho fatto una scelta un anno fa: chiudere per sempre con questa merda. Siete stati voi a trascinarmi qui. »

Delacroix le puntò un dito in faccia. « È stata la Shutton. Noi non ti volevamo. »

Mila reagì sorridendo. « Pensavo fosse Bauer lo stronzo della coppia. »

L'altro non commentò.

« Sarò felice di spiegarvi cosa è successo e poi vi lascerò per sempre, così potrete dedicarvi da soli al vostro prezioso caso. »

« Qualunque cosa tu abbia da dire, ormai due bambine e una donna sono morte, uccise per mano di chi doveva proteggerle » ribatté lo sbirro. « L'unico che potrà beneficiare del tuo contributo è Enigma, che forse si vedrà derubricare il capo d'accusa, passando da omicida a complice. »

« Non credo » ribatté Mila, spiazzandolo. « Perché io so chi è. »

Nell'ufficio della Shutton, oltre al Giudice c'erano ovviamente Corradini, Bauer e Delacroix. Mila era seduta al centro della stanza, mentre gli altri le orbitavano intorno in attesa di risposte.

« Quella a cui ho assistito attraverso il computer di Timmy Jackson era una specie di... *simulazione.* »

« Non capisco » disse il Giudice. « Era reale oppure no? »

« Lo era... O meglio: lo è diventata in seguito. »

Mila si sforzava di spiegare ciò che aveva visto. Anzi, vissuto. Non era per niente facile perché, subito dopo essere stata disconnessa contro la propria volontà, non era più riuscita ad accedere a quello strano programma.

« Karl Anderson era entrato in una sorta di realtà virtuale: una copia fedele del mondo che abbiamo intorno » ma più lugubre e spettrale, ricordò Mila, però non lo disse. « Non ho ancora capito come funziona esattamente, è una specie di videogame on line. »

« Un videogame? » commentò Bauer, alzando gli occhi al cielo.

« Un gioco senza nome in cui attuare i propri desideri proibiti, testare se stessi, la propria natura. »

Timmy Jackson, per esempio, vi aveva trovato il coraggio per diventare un writer e vandalizzare un vagone della metropolitana.

« Un gioco dove si può provare a essere qualcun altro: un assassino, magari » proseguì Mila. « Ma credo che, col tempo, Karl Anderson sia diventato veramente il personaggio che interpretava. »

Chissà quante volte Karl aveva sperimentato nel videogioco la fantasia di sterminare la propria famiglia.

« Quando se n'è accorto, era già troppo tardi. »

Non era servito a nulla trasferirsi lontano dalla città, abbandonare tutto. Il demone a cui stava cercando di sfuggire era dentro di lui.

« Non ho ancora capito quale sia il ruolo di Enigma » obiettò la Shutton, usando di nuovo il nome che lei stessa aveva bandito.

« Karl Anderson ha incontrato Enigma all'interno di quel videogame. »

« Perché, si può giocare anche in più d'uno? » chiese uno smarrito Corradini.

C'era grande scetticismo intorno a lei. Delacroix la osservava con le braccia incrociate e non parlava.

« Suppongo di sì. Mentre ero lì ho percepito una presenza » provò a chiarire Mila.

Guardati.

« Una presenza? » domandò la Shutton.

« Sì, è arrivata prima che mi disconnettessero: non so

descriverla diversamente, ma ho avuto la sensazione che qualcuno mi stesse osservando... »

« Sensazione? » la irrise Bauer. « Ma veramente abbiamo intenzione di ascoltare queste puttanate? »

Delacroix lo placò con un gesto della mano perché voleva ascoltare il resto, poi tornò a incrociare le braccia.

« Enigma e Karl Anderson si sono conosciuti dentro il gioco » ribadì Mila. « Forse all'inizio per Karl è veramente soltanto un passatempo. Però comincia a fare cose che non sa spiegare. »

« Come massacrare la propria famiglia? » domandò una sempre più perplessa Shutton.

« Esatto » affermò Mila. « Quando Karl si rende conto che sta per varcare un confine pericoloso, che sta per sfogare nella realtà ciò che fino a quel momento ha fatto solo nel mondo virtuale, taglia di colpo i contatti con il gioco. Però capisce anche che non basterà disconnettersi: qualcosa si è insinuato dentro di lui. Una specie di *tentazione*. E allora convince la moglie a rinunciare alla loro vita dorata e, soprattutto, alla tecnologia che, secondo il suo ragionamento ormai disturbato, potrebbe indurlo a rientrare nella realtà parallela. »

« Questa cosa è senza senso » commentò Bauer.

Mila lo ignorò. « Enigma però riesce a scovarlo e, stavolta, va da lui di persona. Mentre la moglie chiama la polizia, Karl va fuori a parlargli. Forse gli chiede di lasciarlo in pace, o forse non discutono nemmeno. Enigma, però, lo convince a portare a termine ciò che ha cominciato nel gioco: gli affida la falce che ha preso dalla rimessa degli attrezzi e lo guarda rientrare in casa... Il resto lo conosciamo.»

«Allora, secondo te Enigma è una specie di istigatore» intervenne finalmente Delacroix.

Mila lo fissò. «Enigma cerca le persone fragili come Karl Anderson.»

«Fragili?» protestò la Shutton.

«I mostri non sanno di essere mostri» asserì l'ex poliziotta, con convinzione. «Covano dentro di sé un'insoddisfazione, una debolezza. Enigma sa riconoscerli, li intercetta, li avvicina. È capace di blandirli, sa come conquistare la loro fiducia. E li convince con la sua menzogna...»

«Sarebbe?» domandò uno scettico Corradini.

«Che possono essere tutto ciò che desiderano. Che le loro fantasie, anche le più malate, non sono un errore. Che anche se coltivano in se stessi un bolo segreto di violenza, non c'è niente di sbagliato in loro.»

«Ci stai dicendo che l'uomo tatuato è innocente?» le si avventò contro Bauer, furioso.

«No, vi sto dicendo che Enigma è un *suggeritore.*»

10

Si chiamavano « suggeritori » o « killer subliminali », il più famoso era stato Charles Manson.

Si circondavano di adepti e costituivano « famiglie ».

Uccidevano attraverso gli altri. Sceglievano un tramite, lo plagiavano e infine lo convincevano ad assecondare i propri istinti più oscuri.

I suggeritori non avevano alcun rapporto con la vittima, non avevano nessun contatto con lei, non la toccavano. Spesso nemmeno la conoscevano perché non erano loro a designarla. Lasciavano che fosse l'adepto a sceglierla, scavando nel proprio desiderio o nella propria rabbia. Loro non assistevano quasi mai all'uccisione. A volte, si trovavano in tutt'altro luogo, lontano.

Sovente, tutto ciò li rendeva immuni da qualsiasi accusa. Non erano imputabili, non erano punibili. Ma, soprattutto, rendeva difficile – se non impossibile – identificarli.

Il loro scopo non era la morte e, paradossalmente, nemmeno fare del male. Anzi, quest'ultima era una conseguenza del tutto secondaria rispetto alla vera ragione che li muoveva.

Il potere di cambiare le persone, di trasformare innocui individui in sadici assassini.

Mila lo sapeva bene, perché nella vita ne aveva già incontrato uno.

Era anche il motivo per cui non voleva più sentir parlare di Enigma e di quella storia. Ora poteva anche ammetterlo, era terrorizzata.

Alle undici di sera lasciò il dipartimento con l'intenzione di non rimetterci più piede. Dal pomeriggio, non aveva mai smesso di piovere. Intercettò un taxi e si fece accompagnare alla stazione ferroviaria. L'ultimo treno partiva a mezzanotte e non aveva alcuna intenzione di perderlo.

Voleva tornare al lago, voleva riprendersi la figlia.

La madre di Jane le aveva detto al telefono che Alice aveva sonno e poteva sistemarla sul divano. Mila l'aveva ringraziata, informandola che sarebbe passata lo stesso per portarla a casa, tanto l'indomani era sabato e la figlia avrebbe potuto starsene a letto quanto voleva

Giunse in stazione con un certo anticipo. Aveva tempo per l'ennesimo caffè della giornata. Nell'unico bistrò aperto, c'erano appena tre avventori. Tutti maschi.

Le servirono un caffè lungo in un bicchiere di cartone, Mila lo portò con sé a uno dei tavolini accanto alla vetrata. La bevanda era insapore ma almeno era calda e lei era infreddolita. Temeva di avere la febbre. Sarebbe stato bello accucciarsi nel rifugio di coperte di Alice e cercare di dormire al riparo dai brutti sogni.

Avrebbe dovuto chiamare Simon Berish e scusarsi per averlo messo nei guai con la sua incursione al Limbo. Ma non gli avrebbe raccontato nulla. Era sempre convinta che fosse meglio tenerlo fuori da quella faccenda.

Per quanto la riguardava, avrebbe dimenticato quella giornata. Voleva tornare alla routine del lago, anche se significava dover fare i conti con la lettera conservata nel cassetto della cucina.

Le condizioni generali del paziente rimangono irreversibili.

Mentre portava il bicchiere alle labbra per un altro sorso di brodaglia scura, Mila si accorse che uno degli avventori la stava fissando.

L'uomo era poggiato al bancone e distolse subito lo sguardo. Indossava un impermeabile nero, pantaloni grigi e scarpe marroni consumate. Con una mano si sistemò i capelli lisci e unti dietro le orecchie.

Fu un attimo, ma Mila intravide una macchia scura affiorare di poco dal colletto liso della camicia.

Sussultò e le mancò il respiro. Era una voglia o un tatuaggio sul collo? Sembrava un numero o se l'era solo immaginato?

Continuò a tenere d'occhio lo sconosciuto aspettando che si voltasse nuovamente a guardarla. Non accadde, ma l'altro nemmeno se ne andava. Allora si alzò, decisa a raggiungere il binario.

Chioschi e negozi avevano le saracinesche abbassate e non c'era nessuno. Mila camminava senza voltarsi, ma con le orecchie tese e pronte a cogliere ogni movimento alle proprie spalle. Sentiva solo l'eco dei propri passi che si perdevano nella grande campata dell'ala est della stazione insieme al motore di una macchina spazzatrice intenta a ripulire i pavimenti chissà dove.

Avvistò il convoglio che era già fermo in banchina e

salì sull'ultimo vagone. Rimase accanto alle porte automatiche per controllare se arrivava anche l'uomo del bar. Sarebbe stato plausibile, visto che il treno era uno degli ultimi in partenza quella sera.

Ma lo sconosciuto con l'impermeabile non arrivò.

Le porte si chiusero e Mila si scoprì a provare un inatteso senso di sollievo. Adesso poteva anche cercarsi un posto. C'era solo l'imbarazzo della scelta, la carrozza era vuota.

Meno di mezz'ora e sarò arrivata a destinazione, si disse. Voleva togliersi gli abiti bagnati, ma soprattutto voleva rimetterli nella scatola di cartone e richiuderli nel ripostiglio.

Non sono più una cacciatrice. Sono una madre.

Anche se non lavorava da un anno, aveva ancora da parte una discreta somma per rilevare la gestione di un piccolo chiosco sul lago, accanto a un negozietto di esche e attrezzature per la pesca. Se gli affari fossero andati bene, poteva prendere anche una barca e accompagnare i turisti a catturare meravigliose trote iridee da esporre imbalsamate sopra al camino.

Sì, ci si vedeva proprio in quel ruolo.

Ripensò per un attimo a ciò che era accaduto poco prima, quando aveva avuto paura dello sconosciuto con l'impermeabile e se ne vergognò. In passato non avrebbe provato nulla di simile. Ma forse era un buon segno, significava che l'antico istinto d'inseguire le ombre se n'era quasi andato. Che forse ciò che l'aveva spinta ad accettare l'invito della Shutton era solo curiosità e che, in qualche modo, era stato un bene perché aveva avuto una conferma: stava tornando « umana ».

È dal buio che vengo...

Mentre pensava a tutto questo, sentiva le spalle e il collo che finalmente si rilassavano dopo ore di tensione. L'andatura del treno la cullava, il ritmo delle ruote sui binari era quasi ipnotico. Socchiuse gli occhi senza nemmeno accorgersene.

Un rumore imprevisto, le palpebre si sollevarono all'istante. Nella toilette in fondo alla carrozza, qualcuno aveva tirato lo sciacquone.

Dentro lo scarico, insieme al resto, erano finiti il chiosco sul lago, la barca e tutti i pensieri positivi. Aspettò trepidante che la porta del bagno si aprisse, ma l'occupante se la prendeva comoda.

Mila iniziò a contare a mente i secondi che ci metteva a uscire. Sapeva che quando si è in tensione il tempo tende a non passare. Ma arrivata a calcolare ben quattro minuti, comprese che quell'attesa non era normale.

Riconobbe il suono della serratura che scattava. Nell'istante in cui la porta del bagno si spalancò, per un attimo le sembrò di vedere l'uomo con l'impermeabile nero. Ma non si trattava di lui, bensì di un ragazzo coi capelli e l'incarnato bianchissimi.

L'albino indossava una giacca a vento e portava una borsa a tracolla, sembrava uno studente. Agganciò il suo sguardo per un attimo, quindi andò ad accomodarsi a una decina di sedili di distanza, con le spalle rivolte alla direzione di marcia ma esattamente di fronte a lei.

Il treno correva veloce nella notte e, ogni tanto, sobbalzava rumorosamente sugli scambi delle rotaie. Mila non perdeva d'occhio l'altro passeggero, temendo di cogliere qualcosa che la facesse ripiombare nel terrore.

Lo stantuffo delle ruote, che prima era distensivo, adesso rendeva insopportabile il silenzio fra loro.

Il ragazzo aprì la borsa e cominciò a frugarci dentro. In quel frangente, Mila avrebbe voluto avere con sé la pistola. Ma era un'idea sciocca perché comunque non avrebbe potuto portarla con sé al dipartimento.

Alla fine, l'albino estrasse un'agenda, se la piazzò davanti alla faccia e cominciò ad annotare qualcosa su una pagina con una biro. Era molto concentrato sulla scrittura. O forse era soltanto miope.

Dopo un paio di minuti, il treno cominciò a rallentare. Il ragazzo distolse lo sguardo dal foglio e guardò fuori dal finestrino. Una voce registrata dall'altoparlante annunciò l'arrivo a una fermata intermedia.

L'ex poliziotta studiò attentamente i movimenti dell'altro passeggero, sperando che scendesse lì. Lo vide alzarsi di nuovo, richiudersi la giacca a vento e sistemarsi per bene la tracolla. Per uscire scelse la porta automatica alle spalle di Mila, quindi si diresse verso di lei.

Quando le passò accanto, l'ex poliziotta poté cogliere un profumo familiare provenire dai suoi vestiti. Mughetto e gelsomino – lo stesso dell'auto di Berish.

Com'è possibile?, si domandò, sconvolta.

Il convoglio ripartì quasi subito.

Mila era confusa. Il profumo era un parto della sua fantasia, una strana coincidenza, oppure qualcuno le stava mandando un sottile avvertimento?

Sappiamo chi sei, conosciamo tutto di te, non puoi sfuggirci...

Sono un'idiota, si disse. Che le stava succedendo? Perché era diventata paranoica? Era perfettamente consapevole dell'assurdità del proprio comportamento, ma non riusciva lo stesso a domare l'ansia.

Decise di cambiare posto, perché voleva una visuale migliore della sua stazione d'arrivo. Non sapeva il perché, ma adesso temeva che là ci fosse qualcuno ad aspettarla. Qualcuno di inatteso.

L'avrebbe scoperto a breve: l'altoparlante comunicò che era giunta a destinazione.

Non pioveva e a quell'ora la stazione era deserta. Mila fu l'unica a scendere. Si guardò intorno: doveva servirsi del sottopassaggio per raggiungere il parcheggio dove aveva lasciato la Hyundai quella mattina.

Guardò le scale che sprofondavano sottoterra. Una luce gialla emergeva dall'abisso. Cercò di capire se ci fosse qualche pericolo. Era in balia della propria immaginazione e non sapeva più se fidarsi o meno di se stessa.

Le porte del treno si richiusero alle sue spalle, il convoglio ripartì. A quel punto, non aveva molte alternative: se non voleva trascorrere la notte su quella banchina, doveva affrontare il demone della paura.

Scese lentamente. Arrivata in fondo ai gradini, si guardò subito intorno. Il tunnel si sviluppava alla sua destra per un centinaio di metri. Era dritto, tranne una curva in fondo.

S'incamminò a passo veloce.

Il rumore degli anfibi risuonava nell'eco metallica, come un martello su un'incudine. Percorse il tragitto sforzandosi di non pensare a ciò che avrebbe potuto trovare alla fine, ma la sua mente era brava ad aggirare i buoni propositi e a proporle scenari inquietanti. Arrivata in prossimità della curva cieca, rallentò cercando di cogliere anche il più piccolo suono. Svoltò a sinistra e intravide l'uscita nel parcheggio.

Varcato il confine con l'esterno, individuò subito la sua auto – l'unica rimasta.

L'umidità gelata della notte le saltò addosso come una fata dispettosa, le prese la faccia tra le mani e la strinse in una morsa che non lasciava scampo. Mentre si dirigeva al veicolo, sentiva le proprie labbra tremare, gli occhi le lacrimavano e il respiro si condensava in piccole nuvole di vapore che fuggivano via da lei rapidamente.

Si cacciò una mano in tasca e recuperò le chiavi che, ovviamente, rischiarono di caderle. Aprì la Hyundai al primo tentativo, poi si infilò nell'abitacolo ghiacciato che le fece pensare subito a una tomba.

Richiuse in fretta lo sportello e mise in moto.

Percorse il tragitto fino alla casa di Jane con una sola idea in mente: abbracciare Alice. Era sicura che fosse l'unico modo per riscaldarsi, perché altrimenti sarebbe morta congelata.

Il freddo che sentiva non veniva da fuori, ma da dentro di lei. Era l'alito dei morti.

Si diceva che gli sbirri che si occupavano di omicidi dopo un po' avessero il fiato cattivo. Per anni Mila aveva inalato quell'aria putrida, gravida di morte. Ancora adesso avvertiva un sapore amaro in bocca ed era certa che l'odore non se ne sarebbe più andato.

Anche per questo non baciava mai sua figlia. Nutriva il timore che lei se ne accorgesse.

Nonostante ciò che si era ripromessa, quando vide Alice non l'abbracciò per farsi riscaldare. D'altronde, neanche la figlia ormai se l'aspettava.

« Oggi ho parlato al telefono con lo zio Simon » le disse la piccola, insonnolita, appena la riconobbe nell'ingresso della villetta in cui abitavano Jane e i suoi.

Non le chiese dove fosse stata tutto il giorno e nemmeno perché avesse tardato. Ma Alice era fatta così. Indossava ancora gli abiti con cui era andata a scuola e la madre dell'amica era rimasta alzata apposta per aspettare insieme l'arrivo di Mila. La donna non sembrava contenta, notò l'ex poliziotta. Ma fu gentile e non glielo fece pesare.

« Andiamo a casa? » domandò Alice.

« Certo » rispose Mila, dove altro potevano andare a quell'ora?

Il viaggio in macchina dalla stazione fin lì era stato agitato, ma alla fine non era accaduto nulla. Nessun incontro sospetto, nessuna auto che si metteva all'inseguimento. Però il pensiero che lo sconosciuto col tatuaggio del bar e il profumo dell'albino fossero un messaggio non abbandonava Mila.

Accompagnò Alice a sedersi sul sedile posteriore e le

allacciò la cintura, sicura che si sarebbe addormentata al primo chilometro. Poi si rimise alla guida.

Come previsto, la figlia crollò dal sonno quasi subito: con la testa all'indietro, appoggiata al finestrino, la bocca spalancata e i capelli rossi che le ricadevano sul volto.

Mila era stanca, ma l'adrenalina accumulata durante la giornata la teneva sveglia. I suoi occhi facevano la spola fra la strada che aveva davanti e il retrovisore, scrutando intorno in cerca di qualche cambiamento.

Il cielo schioccò un fulmine alle sue spalle, che illuminò per un istante gli alberi e la montagna. Fu così che Mila si accorse della motocicletta che la seguiva a fari spenti.

La presenza del veicolo fu la conferma di ogni peggior presentimento. Stavolta non l'aveva immaginato. Era reale.

Infilò una mano nella tasca del giubbotto e prese il cellulare per chiamare la polizia locale, ma già sapeva che in quella zona disabitata non c'era campo. Allora pensò rapidamente al da farsi. Non aveva molta scelta. La strada per il lago si perdeva in mezzo ai boschi, non c'erano vie laterali da imboccare per tentare di eludere l'inseguitore. A meno di tentare un'inversione azzardata e andare incontro al motociclista misterioso sperando di coglierlo di sorpresa, la direzione era obbligata.

Che vuoi da me? Chi ti manda? Conosceva la risposta, ma non voleva ammetterlo.

C'era un unico modo. Proseguire fino a casa e cercare di arrivare per prima per barricarsi all'interno.

Lì almeno c'era la pistola.

Mila scalò la marcia e accelerò di colpo, schiacciando

il pedale a tavoletta. La Hyundai rinculò un istante, poi il motore le impresse uno scossone in avanti. Alice si lamentò nel sonno, ma non si accorse di nulla.

L'asfalto scorreva veloce sotto i fari dell'auto. Mila teneva entrambe le mani ben salde sullo sterzo: c'erano alcune curve impegnative prima d'imboccare il lungolago, a quella velocità rischiava di perdere aderenza. Infilò il primo tornante troppo forte, azzardò una leggera derapata, ma riuscì a recuperare la traiettoria prima di finire fuori strada. Le curve successive le vennero meglio, perché ormai aveva preso le misure.

Controllò un paio di volte lo specchietto, cercando di capire se la moto fosse ancora lì, ma non la vide. Spero che tu vada a schiantarti contro un albero, bastardo figlio di puttana.

Dentro di lei si alternavano paura e rabbia. Temeva per la figlia ma era anche furiosa per ciò che le sarebbe potuto accadere.

Finalmente, riconobbe casa loro.

Le luci del portico si erano accese automaticamente, come tutte le sere. Non era in grado di sapere se fosse davvero sicuro andare lì, perché poteva esserci qualsiasi pericolo ad attenderle.

Ma non c'erano altre possibilità.

La Hyundai giunse nel piazzale antistante sollevando una nuvola di polvere. Mila inchiodò. Per fortuna Alice aveva la cintura, però neanche lo strattone bastò a svegliarla. L'ex poliziotta scese dall'auto e, mentre andava a prenderla, controllò che dietro di loro non arrivasse nessuno. Non sentì il rombo di alcuna moto e almeno ciò fu rassicurante.

«Avanti, dobbiamo entrare» disse alla figlia che non voleva saperne di camminare. «Alice, mi senti? Devi darti una mossa.»

Riuscì a condurla a spalla, mezza addormentata, fino all'ingresso. Mentre apriva con le chiavi, scrutò l'interno della casa attraverso le vetrate. Sembrava tutto in ordine: non c'erano tracce di intrusione.

Varcata la soglia, si richiuse subito la porta alle spalle. Accese le luci e lasciò che Alice si accasciasse su una sedia. Le diede un paio di schiaffetti per svegliarla. «Alice, ascolta: devi aiutarmi, d'accordo?»

La figlia sgranò gli occhi. «Che succede?»

«Dobbiamo controllare che porte e finestre siano chiuse.»

Dal tono della madre, la bambina si accorse che qualcosa non andava. «Che succede?» ripeté, confusa.

Mila non aveva tempo di spiegarle. «Stammi appresso e andrà tutto bene.»

Si impossessò dell'attizzatoio del camino e fecero un rapido giro della casa. La porta sul retro e le finestre del piano inferiore erano serrate dall'interno, nessun segno di effrazione. Poi salirono di sopra, dove c'erano le camere da letto. Mila accese le luci: sembrava tutto come l'aveva lasciato quella mattina. Si precipitò al comodino in cui teneva la pistola: si assicurò che fosse carica e si sentì già molto meglio con quella fra le mani al posto dell'attizzatoio.

Intanto, fuori non c'era traccia del motociclista. Mila controllò il perimetro intorno alla casa dalle finestre. I due tigli ondeggiavano tranquilli – come mani ossute che danzavano nel cielo nero. Il lago e la notte erano una cosa sola e il pontile sembrava sospeso sul nulla. Le ombre fra gli alberi del bosco erano ingannevoli, Mila aveva paura che una di loro si muovesse da un momento all'altro svelando una figura umana.

In casa il vecchio cellulare aveva campo: Mila pensò d'informare subito la polizia. Prima di chiamare, si rivolse ad Alice: « Voglio che tu vada di sopra ».

« Perché? » protestò la bambina.

Era più sicuro, ma non poteva dirglielo. Per un attimo ripensò a Frida Anderson e al disperato tentativo di mettere in salvo le gemelle portandole al piano superiore della fattoria. Non era servito a impedire al marito di salire le scale per dare inizio alla carneficina.

Ma nel caso di Mila c'era una pistola. Anni di esperienza le avevano insegnato che nessun malintenzionato sarebbe stato disposto ad affrontare in campo aperto un'arma da fuoco, nemmeno il più pazzo avrebbe rischiato così la propria vita.

« Ora devi obbedirmi, chiaro? » disse con un tono che non ammetteva repliche.

Alice piagnucolò qualcosa, poi a malincuore obbedì.

Mila digitò sul cellulare il numero della polizia locale. Una voce registrata la mise in attesa. Maledizione, disse fra sé. Cosa avevano da fare di così importante per non rispondere a un'emergenza? Riattaccò e stava per chiamare il dipartimento, ma si bloccò perché vide di nuovo Alice in fondo alle scale. « Ti avevo detto di... »

« Lo so » la interruppe la bambina con uno strano sorriso sulla faccia.

La cosa insospettì subito Mila. « Che ti prende? » domandò alla figlia.

« Non ci crederai » disse la piccola con gli occhi che brillavano. « Papà è venuto a prendermi. »

Mila sentì la gola serrarsi: Alice non sapeva nemmeno come fosse fatto suo padre, l'unica volta che l'aveva visto in un letto d'ospedale era troppo piccola.

« Dove si trova adesso? » chiese, cercando di non allarmarla.

« Di sopra, nel mio rifugio. »

Salì le scale tenendo la pistola puntata davanti a sé. Il rifugio di coperte era l'unico posto che non aveva controllato. Ma se Alice non aveva avuto un'allucinazione, come aveva fatto un intruso a entrare in casa?

Giurò a se stessa che se per caso quella si fosse rivelata un'altra delle fantasie della figlia, l'avrebbe punita come mai aveva fatto fino ad allora. E 'fanculo anche ai sensi di colpa perché non era una brava madre.

Arrivò in cima ai gradini, sul piccolo ballatoio prima della porta della soffitta, di fronte al rifugio di coperte tirato su con corde e mollette da bucato.

L'ingresso era chiuso dal tartan rosso e verde.

Mila si avvicinò lentamente, sentendosi una stupida per ciò che stava facendo. I suoi passi scricchiolarono sul pavimento di rovere. Ogni piccolo rumore scatenava un brivido elettrico dentro di lei.

Allungò la mano verso il plaid che fungeva da porta, infilò le dita nell'apertura e sentì la morbidezza del tessuto sotto i polpastrelli. Spalancò il tartan, spianando contemporaneamente l'arma.

All'interno, un buio fatto di ombra e di spaventi – roba da bambini, pensò. Accidenti ad Alice, ora mi sente. Mila stava per arretrare, ma qualcosa la trattenne.

C'erano due occhi che la fissavano nell'oscurità.

PASCAL

11

Fu il freddo del primo mattino a ridestarla.

Aprì gli occhi e riconobbe subito il soffitto del soggiorno. Era distesa sul pavimento di rovere, le braccia e le gambe divaricate. Cosa ci faccio qui?, si chiese, come quando al risveglio ci si volta indietro, alla ricerca dei sogni della notte.

Non ricordava nulla. Ma impugnava ancora la pistola.

Provò a tirarsi su, le girava la testa e aveva male ovunque. Fuori albeggiava. Un chiarore rosato penetrava dalle vetrate, mentre sul lago aleggiava una bruma sottile.

Sentì dei rumori provenire dalla cucina. Pentole, piatti e bicchieri. Alice si è già alzata, pensò. Ho di nuovo dimenticato di prepararle la colazione. E dev'essere tornata anche Finz, sarà affamata.

Si rimise in piedi e andò verso la porta. Man mano che si avvicinava a quei suoni, in lei si rafforzava la convinzione che di là ci fosse la figlia con la gatta. Ma quando varcò la soglia, non riuscì a credere ai propri occhi.

Davanti a lei c'era un possente esemplare di cervo maschio.

Aveva il manto lucido, un portamento regale. Mila comprese da dove veniva il freddo che l'aveva svegliata: l'animale era entrato in casa dalla porta posteriore spalancata, forse spinto dalla fame. Sollevò il muso e le imponenti corna colpirono il lampadario centrale, facendolo oscillare. Poi fissò Mila.

Mentre ricambiava lo sguardo, ipnotizzata dall'assurdità della scena, continuava a ripetersi: « C'è un grosso cervo nella mia cucina ». Le parve un segno.

Fu allora che le tornò in mente un ricordo. Mi hanno drogata, si disse. Ma l'animale non era un'allucinazione, come non lo erano gli occhi nel rifugio di coperte di Alice.

Scattò verso le scale con la pistola in mano. Il suo improvviso movimento spaventò la bestia, Mila la sentì slittare sul pavimento mentre cercava la via di fuga, ma lei era proiettata verso un'altra meta.

Nonostante le vertigini, si lanciò su per i gradini, reggendosi alla balaustra per non cadere. Quando arrivò di sopra, si precipitò verso la camera di Alice. Spalancò la porta con in testa un'unica preghiera.

Ma il letto era vuoto e intatto.

L'incubo stava iniziando a prendere forma intorno a lei. Mila non si scoraggiò. « Alice » iniziò a chiamare. « Alice, rispondimi. »

Si diresse verso il rifugio di coperte. In fondo, capitava spesso che la figlia passasse la notte là dentro.

Sul ballatoio della soffitta, le si presentò la stessa scena della sera prima. La capanna era lì, l'ingresso era chiuso. Riconobbe nel mormorio di una canzone la voce inconfondibile di Elvis. Si è di nuovo addormentata con l'iPod, per questo non mi ha sentita.

Stavolta spalancò il tartan senza pensarci troppo. In effetti, l'iPod era fra i cuscini, acceso. Ma Alice non c'era.

Si guardò intorno, cercando di capire. La disperazione

prendeva il sopravvento. *Perché non ricordo nulla di ieri sera?*

Scese di sotto e si aggirò per casa in cerca di indizi che l'aiutassero a ricostruire l'accaduto. Quando erano arrivate, porte e finestre erano chiuse, non aveva alcun dubbio in proposito. Ma non aveva controllato la soffitta. È da lì che è entrato?

Iniziava a dubitare che ci fosse davvero un intruso. Lo sguardo nel buio poteva essere frutto della sua immaginazione?

Non era più sicura di nulla, nemmeno di sé.

Uscì dal retro e corse verso il pontile. Quante volte aveva raccomandato ad Alice di non avvicinarsi troppo al lago? Mila non sapeva cosa fosse peggio: che fosse stata rapita o che fosse annegata. Ma nell'acqua limpida non s'intravedeva alcun corpo. Registrò l'informazione, ma non servì a toglierle l'angoscia.

Devo calmarmi, si disse. Calmarmi e riflettere. Perché io *so* cosa si deve fare in questi casi. Sono una cacciatrice di scomparsi. Io parlo il linguaggio segreto degli oggetti, riconosco l'odore malvagio celato nelle cose, vedo le ombre che gli altri non possono vedere, seguo i loro passi nell'oscuro mondo.

È dal buio che vengo...

Tornò all'interno, doveva perlustrare attentamente la casa alla ricerca di anomalie, segni di colluttazione, macchie di sangue lasciate da Alice o dal probabile rapitore. Le prove evaporano, si disse. Vengono assimilate dall'ambiente circostante e spariscono per sempre. Perciò il primo esame dei luoghi era sempre il più importante. E un cervo aveva già inquinato la scena.

Mentre si aggirava per le stanze, sentì uno squillo: il suo cellulare la stava convocando da qualche parte della casa.

Chi poteva essere?

Abbandonò subito ciò che stava facendo e andò in cerca del telefono. Lo trovò dove l'aveva lasciato la sera prima, quando Alice aveva interrotto il suo tentativo di chiamare la polizia.

Non ci crederai: papà è venuto a prendermi.

Mila rispose con il cuore pieno di apprensione. « Pronto... »

« Buongiorno, signora Vasquez, qui è la polizia locale » si presentò una voce maschile. « Stanotte ci ha lasciato un messaggio in segreteria con cui denunciava la scomparsa di sua figlia, è corretto? »

Mila era frastornata, ricordava di aver chiamato e che le aveva risposto una voce registrata mettendola in attesa, ma non era affatto sicura di aver lasciato un messaggio. « Probabilmente sì », ma non ne era sicura.

« Mi scuso se non l'abbiamo richiamata prima, ma d'inverno gli uomini a disposizione sono pochi e la notte vanno di ronda per scoraggiare i ladri che prendono di mira le case dei villeggianti estivi. »

« Nessun problema, non fa niente » lo bloccò Mila, perché era più interessata a sapere se avevano trovato Alice. « Avete notizie di mia figlia? »

« Purtroppo no » affermò l'agente. « Ma può raccontarmi come è andata esattamente? »

« Stanotte qualcuno si è introdotto in casa e ha portato via mia figlia Alice. »

« Saprebbe descrivermi l'intruso? »

« No » ammise. « Devono avermi narcotizzata, non ricordo la sua faccia. » Solo gli occhi, pensò. Poi il vuoto totale. E riprovò un brivido.

« E sua figlia? Può descrivermela? »

Anni di esperienza le avevano insegnato che spesso chi denunciava la sparizione di un congiunto forniva informazioni totalmente inutili alle indagini, perché preso dal panico o perché andava in confusione. Mila allora si concentrò su quelli che di solito considerava dettagli essenziali a una prima descrizione, depurandoli da aggettivi e commenti che potevano distrarre chi doveva prendere nota.

« Dieci anni, altezza un metro e trentotto, peso trentacinque chili, corporatura nella media » elencò lentamente, per dare modo all'interlocutore di scrivere. « Occhi verdi, capelli rossi lunghi sulle spalle. L'ultima volta che l'ho vista indossava pantaloni di velluto blu, un maglioncino intrecciato blu con una camicetta bianca e delle Nike bianche. »

In quel momento, Mila si accorse che all'attaccapanni dell'ingresso era ancora appeso il giaccone chiaro di Alice. Avrà freddo, pensò in modo del tutto irrazionale, come se fosse veramente quello adesso il problema.

« Segni particolari? » chiese il poliziotto.

« In che senso, scusi? » Mila non riusciva a capire l'utilità della domanda.

« La bambina ha segni particolari sulla pelle come una voglia o una cicatrice oppure delle otturazioni in bocca? »

« No » rispose stizzita. Forse la polizia locale non era abituata ai casi di scomparsa, pensò. « Niente di tutto questo. »

« Ne è sicura? » insistette l'altro, calmo.

Era irritata. « Mi scusi, che utilità avrebbero dei segni particolari non evidenti? »

« Nel caso dovessimo identificare un corpo » fu la risposta.

Mila provò un freddo improvviso. Che razza di modi erano? Non le era mai capitato di imbattersi in un simile dilettante. Stava per protestare, quando colse qualcosa all'altro capo del telefono.

Una risata trattenuta.

« Signora Vasquez, è ancora lì? »

C'era qualcun altro lì con lui e stava ridendo.

« Signora, vuole completare la denuncia? » insistette l'agente.

Mila si accorse che anche al poliziotto scappava da ridere. Qualcosa non andava. « Con chi sto parlando? » domandò, irrigidendosi.

L'altro rispose dopo una breve esitazione. « Con la polizia locale. »

« Chi cazzo sei tu? » Era fuori di sé.

Dall'altra parte scoppiarono in una grassa risata. Poi riattaccarono.

Mila allontanò il telefono dall'orecchio e lo fissò nella propria mano. Cosa stava accadendo? Che storia era?

In quel momento si accorse che sul suo polso destro, seminascosto dal maglione, c'era scritto qualcosa. Tirò su la manica.

Sei numeri. Altre coordinate geografiche.

Non si trattava di un tatuaggio, latitudine e longitudine erano tracciate con un pennarello. Mentre elaborava l'informazione, il cellulare squillò di nuovo, facendola sobbalzare.

Stava per scagliarlo lontano, ma si trattenne. Non sapeva cosa fare. Il cuore le batteva forte, aveva paura di sapere chi ci fosse all'altro capo. Una parte di lei era sicura che avrebbe sentito la voce di Alice, che sua figlia l'avrebbe invocata piangendo e lei non avrebbe potuto aiutarla.

« Pronto... »

Alcuni secondi di silenzio. Poi di nuovo una voce maschile.

« Devi andartene da lì. »

L'uomo che aveva parlato era diverso da quello di prima.

« Ma chi... »

« Adesso » la interruppe l'altro deciso. « Incontriamoci alla fine del sentiero che porta al belvedere. »

Mila non sapeva più di cosa fidarsi. Ma lo sconosciuto intervenne di nuovo.

« Devi sbrigarti, stanno arrivando. » Poi aggiunse: « Porta pure la pistola, se vuoi. Ma lascia a casa il cellulare ».

Non prese il sentiero, non si fidava. Costeggiò la riva del lago tenendo d'occhio l'intrico del bosco, cercando di cogliere un movimento o l'ombra di qualcuno.

Ovviamente, aveva con sé la pistola.

Giunse sul belvedere ma non c'era nessuno. Si guardò intorno. Da dietro una roccia spuntò una figura.

Mila spianò l'arma. « Fermo » intimò.

Era un uomo con un passamontagna rosso da cui si intravedevano appena gli occhi e la bocca. « Sono disarmato » garantì, tenendo le mani sollevate e ben in vista.

Un tipo robusto, decisamente fuori forma. Indossava un completo chiaro, sformato. La giacca, i pantaloni e la cravatta marrone erano costellati di macchie di unto accumulatesi nel tempo. Portava dei guanti di lattice sulle mani con le dita tozze, decisamente troppo piccole rispetto alla stazza. E aveva i piedi piatti.

Non sembrava minaccioso, semmai bizzarro.

« Voglio aiutarti » le assicurò.

« Togliti quel cazzo di passamontagna » gli ordinò.

« No. Questa è la mia unica condizione... In fondo, se mi spari o mi costringi non otterrai nulla. »

Mila ci pensò un momento. La situazione era paradossale. « Dov'è mia figlia? »

« Il cliente del bar con l'impermeabile nero » disse invece l'uomo. « Il ragazzo albino e poi il motociclista. »

Mila non capiva. Come faceva a sapere di quei tre? « Sono una banda? » domandò.

« In realtà, non si conoscono fra loro. Però avevano tutti lo stesso compito: spaventarti. »

« Perché? »

« Perché questo prevede il loro gioco. »

« Che gioco? Di che parli? Chi ha preso mia figlia? » ribadì, irritata.

« Non lo so » rispose l'altro. « È come col Monopoli:

peschi una carta e quella ti dice cosa ti spetta in sorte. A te è toccato questo, mi dispiace. »

Mila rifletté. « Li ha mandati Enigma, vero? »

Sì, era stato il suggeritore, ne era sicura.

L'uomo col passamontagna non le rispose. Invece chiese: « Posso abbassare le braccia adesso? Cominciano a farmi male ».

Gli fece cenno che poteva. Lo sconosciuto si massaggiò i gomiti indolenziti.

« Grazie. »

« Ora vuoi dirmi che succede? »

« Non è sicuro stare qui » la avvertì l'uomo. « Ti racconterò tutto ciò che so, ma tu dovrai seguirmi in un posto. »

« Tu sei pazzo, io non ti seguo da nessuna parte. »

« Se preferisci, puoi chiamare i tuoi amici poliziotti. Non col telefono che hai lasciato a casa, però: quello l'hanno craccato. »

« Chi? » Mila era esasperata.

L'uomo fu di nuovo evasivo. « Se vai alla polizia, non rivedrai più tua figlia. »

« E tu come lo sai? »

« Non lo so, ma è facile immaginarlo. »

Mila era stordita. L'altro provò a convincerla.

« Ascolta, lui ha scelto te. »

Si riferiva a Enigma. Come faceva a sapere del tatuaggio col suo nome? Il dipartimento non aveva diffuso la storia ai media.

« Sai cose che non dovresti sapere » disse Mila. « Puoi

provarmi che sei sincero? Enigma potrebbe aver mandato anche te... »

« Hai ragione, neanch'io mi fiderei troppo. Ma pensaci: che alternative hai? »

Mila ci pensò. Passò la pistola da una mano all'altra, senza mai perderlo di vista. Poi coi denti sollevò la manica del maglione per scoprire il polso.

« Quando mi sono risvegliata poco fa, ho trovato questo... » disse mostrandogli la scritta con le coordinate geografiche.

« Va bene » prese atto lo sconosciuto con un tono preoccupato. « Andiamo. »

Stavolta Mila decise di seguirlo.

S'incamminarono lungo il sentiero, lei qualche passo più indietro per tenerlo sotto tiro. Arrivarono in uno slargo sterrato dove d'estate parcheggiavano i camperisti. C'era una Peugeot 309 di colore beige risalente agli anni Novanta. Proprio come la Passat verde di Enigma, pensò lei.

« Ora ti spiego cosa faremo » asserì l'uomo. « Come hai capito, non voglio che tu mi veda in faccia. Ma col passamontagna non posso guidare: darei troppo nell'occhio. »

« Guiderò io. »

« Ecco, non vorrei nemmeno farti sapere dove siamo diretti. »

« Allora come si fa? » domandò lei.

L'uomo tacque e Mila comprese da sé ciò che aveva in mente.

« Non entrerò in un maledetto bagagliaio. Non accadrà mai, scordatelo. »

« Hai una pistola, io sono disarmato » le fece notare lo sconosciuto. « Oppure non ti fidi di come guido? » ironizzò.

Mila lo guardò in tralice. « Ti auguro che le informazioni che possiedi siano importanti come dici » lo minacciò prima di dirigersi verso il retro della macchina.

Nel chiuso del bagagliaio, Mila provò a registrare ciò che le accadeva intorno lungo il tragitto.

Avevano attraversato un centro abitato, perché aveva sentito dei bambini in un parco giochi. Erano passati anche accanto a un'industria, perché aveva percepito un forte odore metallico, certamente collegato alle emissioni di un altoforno. Inoltre l'uomo col passamontagna aveva starnutito più volte.

« Sono allergico ai gatti » si era scusato ad alta voce.

Mila aveva pensato a Finz: forse aveva qualche suo pelo addosso. Inevitabilmente, quella riflessione l'aveva condotta ad Alice. Aveva paura di ciò che stava passando la figlia. Avrebbe voluto fare mille domande allo sconosciuto, ma si astenne.

Impiegarono quasi un'ora per giungere a destinazione.

Parcheggiarono in un luogo privo di rumori. Poi Mila sentì soltanto una saracinesca che si richiudeva. L'incappucciato andò a liberarla. All'apertura del portellone posteriore, l'ex poliziotta scoprì che si trovavano nel garage di un'abitazione.

«Tutto bene?» le domandò l'uomo, quindi le porse una mano tozza coperta dal guanto di lattice e l'aiutò a uscire dal bagagliaio.

«Tutto bene» confermò Mila senza abbassare la guardia, perché ancora non aveva capito dove fossero.

«Faccio strada» disse l'altro, avviandosi.

Poco dopo, varcarono la soglia di un tinello.

Furono accolti da uno strano sentore chimico, di plastica o gomma bruciata – come la puzza che permane dopo la combustione di uno pneumatico.

Mila sentì l'uscio serrarsi dietro di lei e capì che era troppo tardi per scappare. Allora si dedicò a studiare ciò che aveva intorno.

L'abitazione in cui si trovavano assomigliava a uno di quei villini familiari che sorgono nei quartieri residenziali alle periferie delle grandi città. Ma di questo non poteva avere la certezza perché le finestre erano oscurate da pesanti tende nere. L'arredamento era sobrio e, soprattutto, sembrava inutilizzato da tempo. Non c'era traccia di altri inquilini.

«Da questa parte» le indicò il padrone di casa.

La condusse verso una porta dietro la quale si celava una scala che scendeva nel sottosuolo.

Mila tentennò: non voleva fare la fine di certe vittime che si fidano scioccamente del proprio assassino tanto da seguirlo nella trappola che ha preparato per loro.

«Hai sempre la pistola, no?» le disse l'altro, davanti a tanta titubanza. Poi, senza attendere una decisione, la precedette.

Quando arrivò all'ultimo gradino, Mila si rese conto

di essere in un seminterrato che fungeva da ripostiglio e da locale lavanderia. Ma in mezzo a scaffali pieni di vecchie suppellettili e scatoloni, c'erano anche una branda e un angolo con un cucinotto.

In un armadio a vista era conservato uno strano guardaroba di tute da lavoro appese accanto a completi eleganti, T-shirt giovanili insieme a vecchi cappotti. Mila si stupì che ci fossero anche una toeletta con uno specchio, delle teste in poliestere che servivano per sorreggere diverse parrucche e una mensola piena di cosmetici.

Era lì che viveva il suo inquietante ospite, una scelta singolare, visto che di sopra aveva a disposizione un'intera casa.

Poi l'ex poliziotta si voltò e vide che c'era una poltrona lisa piazzata di fronte a un vecchio iMac con il monitor a tubo catodico e i profili di colore azzurro, trasparenti. Ricordò che l'apparecchio era stato una rivoluzione per l'epoca in cui venne messo in commercio, intorno alla fine degli anni Novanta. Quel pezzo di modernariato, però, doveva essere ancora funzionante. Sul tavolino su cui era posizionato, insieme al mouse e alla tastiera, c'erano un joystick e un visore per la realtà virtuale.

Ciò che bastava per entrare nel gioco senza nome, pensò subito Mila.

« Benvenuta » esclamò l'uomo col passamontagna rosso. « Ora puoi domandarmi quello che vuoi. »

« Dov'è Alice? »

« Non lo so » rispose prontamente l'altro. « Ma, anche se non posso assicurartelo, sono quasi certo che stia bene. »

« Come puoi affermarlo? »

« Perché tua figlia è la posta in palio. »

Ancora la storia del gioco, che significava?

L'uomo si sfilò la giacca stazzonata e andò a riporla comunque con molta cura sulla branda, quindi vi si sedette accanto, poggiando le mani guantate sulle ginocchia in posizione di attesa. « Seconda domanda... » la incoraggiò.

« Chi sei tu? »

« Il mio nome non ti servirebbe, e nemmeno vedere la mia faccia » affermò tranquillo. « L'anonimato è una mia piccola fissazione, non ti dispiacerà, spero. »

« Dipende da chi sei veramente » lo provocò Mila. « Potrei spararti a una gamba e costringerti a mostrarmi il tuo volto: le pallottole sanno essere molto convincenti e sono certa che mi diresti tutto pur di non morire dissanguato. »

« Potresti, ma non lo farai... »

Mila tacque. Trascorsero alcuni secondi di silenzio.

« D'accordo » acconsentì l'uomo, visto che lei non demordeva. « Anni fa ho deciso di cancellare ogni traccia della mia identità. Anche se ti dicessi come mi chiamo o ti mostrassi il mio aspetto, non troveresti alcun riscontro in nessun archivio o database. Inoltre nessuno mi ha mai visto, nessuno mi conosce: da tempo ho abbandonato ogni contatto con il resto dell'umanità. »

Esattamente come Enigma, considerò Mila.

« Come riesci a non farti inquadrare dalle telecamere di sicurezza che ci sono in giro? Diventi invisibile? » ironizzò.

« Modifico spesso i miei tratti somatici, mi travesto per confondermi tra la folla » le rivelò, indicando la toeletta coi trucchi e il guardaroba. « Non lascio in giro impronte digitali e DNA » disse sollevando le mani coi guanti di lattice. « Non è facile, ci vuole molta disciplina. Ma si può fare, te l'assicuro. »

Mila era colpita da tanta dedizione.

« Non ho cellulari né apparecchi elettronici che possano consentire a qualcuno di localizzarmi o di arrivare fino a me. La sola tecnologia che uso risale agli anni Novanta, quando ancora non era permesso alle multinazionali di inserire codici di tracciabilità nei propri prodotti. »

Mila pensò all'auto e al computer dell'uomo. Anche Enigma si serviva di simili accorgimenti.

« Ho impiegato molto tempo per raggiungere questo risultato » si vantò infine l'ospite. « Ma alla fine ce l'ho fatta... Io non esisto. »

« E come devo chiamarti? »

« Pascal. »

« Pascal » ripeté Mila. « Come il linguaggio di programmazione, immagino » disse, attingendo dalle sue scarse conoscenze d'informatica.

L'uomo non commentò. Allora, Mila decise di andare dritta al punto. Indicò il visore.

« Parlami del gioco senza nome. »

L'uomo col passamontagna rosso andò a mettere un bollitore sul fornello elettrico del cucinotto.

« Il nome del gioco è *Due*, ma alcuni lo chiamano *l'Al-*

trove» disse. «Venne messo on line poco prima dell'inizio del nuovo millennio: per questo la grafica non è sofisticata come quella dei videogame moderni. Ma secondo me il suo aspetto vintage è anche la sua autentica bellezza, non trovi?»

Mila non rispose, non era rilevante.

«Comunque sarebbe un errore imperdonabile considerare Due soltanto un gioco, perché al principio era soprattutto una straordinaria utopia.»

Il tono di voce di Pascal era nostalgico.

«I creatori di Due preferirono rimanere anonimi, su di loro girano un sacco di leggende. Ma ciò che conta è che immaginarono una dimensione parallela, un luogo virtuale che fosse l'esatta replica di quello reale ma dove poter condurre un rivoluzionario esperimento sociale... L'Altrove doveva essere la prova generale per il mondo di domani, un modo per testare nuovi modelli e nuove formule per far progredire l'umanità.»

Pascal sembrava convinto di ciò che affermava, Mila però ancora non capiva se potesse davvero aiutarla oppure fosse semplicemente pazzo.

«La cosa straordinaria era che tutti potevano far parte di questo grande sogno: quando entravi in Due dovevi trovarti un lavoro che ti avrebbe permesso di guadagnare denaro, acquistare una casa, dei beni, sempre dentro il gioco. Non doveva essere un lavoro qualsiasi, bensì uno che favorisse la crescita della nuova società, perché la regola di Due era che il benessere di ognuno giovasse a tutti. Potevi fare carriera, avere successo e riconoscimenti, ma solo a condizione di procurare un vantaggio anche agli altri... In Due non esistevano disoccupazione, lotta di classe o ingiustizie sociali. »

« Potevi essere chiunque o dovevi per forza essere te stesso? »

« Sceglievi un avatar ed eri libero di interpretare qualsiasi ruolo. Ma la lezione che tutti imparavano presto era che in Due la sincerità costituiva sempre la scelta preferibile. »

Mila non credeva che gli esseri umani potessero essere sinceri. Tutti mentiamo per sopraffare gli altri, si disse.

« Due era nato per facilitare l'interazione fra individui. Ci si incontrava, ci si conosceva, c'era un continuo scambio di idee e di proposte. Era straordinario anche per le relazioni affettive: spesso ci si fidanzava o, addirittura, ci si sposava con persone diverse da quelle che avevi accanto nella vita reale. Ma non c'era malizia, non era paragonabile a un tradimento. Anzi, tanti si rinforzavano nei loro rapporti reali proprio perché nell'Altrove apprendevano cose di se stessi che prima non immaginavano nemmeno. »

Il bollitore iniziò a fischiare. Pascal lo tolse dal fornello e versò l'acqua calda in due tazze in cui immerse delle bustine di tè.

« Quando sono entrata in quel mondo per la prima volta, attraverso il computer di un diciassettenne scomparso, ho visto solo una città spettrale » raccontò Mila, ripensando a Lisca.

« Un tempo in Due c'erano case, macchine, negozi, locali. Potevi andare al cinema o a ballare, comprare un bel vestito o candidarti alle elezioni. Molti artisti – pittori, musicisti, performer – entravano in Due a mostrare le loro creazioni. Non c'erano crimini, egoismo, crudeltà: chi non rispettava le regole, finiva per estromettersi da solo dal gioco... La gente era felice.»

«Poi cos'è accaduto?»

Il tono di Pascal si fece triste. «Nel tentativo di immaginare la società perfetta, i creatori di Due si erano dimenticati d'inserire una variabile imprescindibile della natura umana.»

«Il male» disse Mila, anticipandolo.

Pascal annuì. «Escludere a priori il male era stato un errore, ma se ne sono accorti troppo tardi. Avrebbero dovuto prevederlo per permettere all'universo parallelo di creare gli anticorpi per sconfiggerlo da solo. Alla lunga, il mondo che avevamo generato dal nulla non era più attraente. La gente non ambiva a essere perfetta, al contrario: voleva sentirsi libera di non esserlo... Così i frequentatori di Due hanno perso progressivamente interesse e hanno iniziato ad abbandonare il gioco.»

Mila si accorse che, oltre a essere nostalgico, Pascal era disilluso.

«Chi prima viaggiava nell'Altrove adesso trova più gratificante navigare su un qualsiasi social network» affermò l'uomo con amarezza. «Credi di interagire con gli altri, invece ti circondi di falsi amici solo per sbirciare nella vita altrui e per farti guardare – senza pudore, senza vergogna... Sei solo un criceto in gabbia che passa il tempo a spiare nelle gabbie degli altri criceti.»

L'uomo col passamontagna controllò che il tè avesse terminato l'infusione, quindi le porse una delle tazze. Mila l'accettò.

« Secondo i report del dipartimento, il 'metodo Shutton' sta funzionando alla grande » asserì ancora l'ospite. « Reati in rapida diminuzione, omicidi che si riducono drasticamente, la popolazione che si sente più sicura... »

Mila ricordava le parole di Berish in tal senso e anche i dati che il Giudice stesso aveva snocciolato nel breve discorso nella sala operativa prima del blitz alla raffineria abbandonata.

« Invece di compiacerci per questi risultati, dovremmo porci una domanda... Dov'è finito il male? »

Mila temeva la risposta.

« Internet è un'enorme spugna: assorbe ciò che siamo, soprattutto il peggio. Nella vita reale siamo costretti ad adattarci per convivere con gli altri, a scendere a compromessi con la nostra natura, ad accettare leggi e convenzioni. A volte dobbiamo anche indossare una maschera, ma è inevitabile: altrimenti non riusciremmo a far parte della società... In rete invece ci sentiamo liberi da tutta questa ipocrisia, ma è soltanto un'illusione: ci hanno semplicemente lasciato soli con i nostri demoni. E la prova è proprio in Due. »

« Cos'è successo dopo chc la gente se n'è andata dal gioco? » domandò Mila, impaziente.

Pascal si appoggiò a una trave del seminterrato e si allentò la cravatta. « Dopo un periodo in cui era diventato un luogo deserto, l'Altrove ha cominciato a ripopolarsi » raccontò. « Immagina una terra di nessuno che è l'esatta riproduzione del mondo in cui viviamo, un posto in cui le persone possono fare cose che nella vita reale non farebbero per paura della legge, ma anche per vergogna, per il giudizio sociale che ciò comporterebbe. Pensa a un posto senza regole, dove l'unico Dio riconosciuto è l'egoismo e l'unica legge rispettata è quella del più forte.»

Mila riusciva a immaginarlo. Quel mondo le fece paura. «Ieri mentre esploravo Due col computer di un certo Lisca ho avvertito una presenza intorno a me... Poi ha parlato, mi ha detto: *Guardati.*»

Pascal liquidò la cosa. «Tutti ti stavano guardando.»

«Intendi gli altri giocatori?»

«Enigma li ha invitati allo spettacolo, perciò tutti hanno visto. Anch'io» aggiunse lui. «È così che ti ho trovata.»

Mila non era del tutto convinta della spiegazione, poi però scrutò Pascal. «Ho l'impressione che i numeri sul mio polso significhino che se voglio ritrovare Alice devo tornare nel gioco...»

«Temo di sì» confermò l'altro, fissandola a sua volta. «Solo così potrai capire come funziona veramente.»

Pascal si diresse verso l'iMac e lo accese.

«Non preoccuparti: ho una connessione protetta e nessuno potrà localizzarci» la rassicurò sedendosi davanti al terminale e cominciando a battere freneticamente sulla tastiera. «Sto creando un avatar per te.»

Mila non sapeva ancora se avrebbe accettato, intanto l'uomo col passamontagna rosso continuava a digitare.

«Canzone preferita?»

«Cosa?» si ritrovò a domandare.

Pascal sollevò lo sguardo su di lei. «Devo poterti tirare

fuori in qualsiasi momento, la musica è come una specie di corda di sicurezza.»

«L'altra volta sono uscita da sola.»

«Stavolta sarà diverso, credimi.»

«Allora qualsiasi cosa di Elvis» disse ripensando a ciò che piaceva ad Alice.

«Il Re è sempre un'ottima scelta» approvò l'altro.

Quando ebbe finito, si alzò per prendere una grande mappa della città e gliela srotolò davanti. «A occhio, direi che le coordinate che ti hanno scritto addosso indicano che entrerai in Due da qui...»

Le mostrò il punto.

«Chinatown» individuò subito Mila, e le tornarono in mente la frenesia, gli odori e i colori del quartiere.

L'uomo col passamontagna le porse il visore per la realtà virtuale, poi diede un paio di pacche sulla spalliera della poltrona di fronte al terminale per farle intendere che era tutto pronto e adesso toccava a lei.

«Quella non potrai portartela appresso, lo sai, vero?» ironizzò, indicando la pistola.

«Tu non verrai con me?»

«Non credo che l'invito valga per entrambi... E non potrò nemmeno vedere cosa accadrà là sotto, perciò dovrai prestare molta attenzione.»

L'ex poliziotta posò l'arma sul tavolo, accanto al computer. Considerò che se Pascal avesse davvero voluto ucciderla, avrebbe trovato comunque il modo per raggiungere lo scopo.

Quindi si mise a sedere.

Sullo schermo dell'iMac apparve il portale di Due, col

globo stilizzato che ruotava e la casella dove inserire latitudine e longitudine. Cosa che Pascal fece prontamente leggendole dal suo polso.

« Un ultimo dettaglio... » L'uomo si frugò nella tasca dei pantaloni, quindi aprì il palmo della mano guantata davanti a lei. Conteneva una pillolina azzurra.

« Lacrima d'angelo » disse Mila, riconoscendola. « A che serve una droga sintetica? »

« Come hai avuto modo di constatare coi tuoi occhi quando sei stata lì, Due ha una grafica quasi elementare. »

Mila rammentava una scarsa definizione: pixel mancanti e buchi neri, colori sbiaditi, profili sfocati delle cose, immagini piatte nonostante le tre dimensioni.

« Molti giocatori assumono la Lacrima d'angelo per avere un'esperienza più realistica. »

L'ex poliziotta non aveva alcuna intenzione di prendere la pillola. « Il mio scopo non è giocare ma indagare. »

« C'è una componente dell'Altrove che non è scritta nei codici del programma: un'esperienza emotiva e sensoriale che non si può spiegare... E se non comprendi appieno di cosa sto parlando, non entrerai mai nella testa di Enigma e non potrai capire qual è il suo disegno. »

« Disegno » era una parola che usavano criminologi e profiler, pensò Mila. Non so chi è Enigma, ma nemmeno chi sei tu, Pascal: potrebbe esserci chiunque sotto quel passamontagna. Fissò ancora una volta la droga adagiata sulla superficie di lattice, indecisa. « Prima hai detto che Alice è la posta in palio. »

« Enigma ha cominciato una nuova partita, e tu sei la sua antagonista » le confermò Pascal.

« Qual è il mio gioco? »

« Temo che dovrai scoprirlo da sola. »

Mila prese la pillolina azzurra dalla sua mano e se la lanciò in bocca senza pensarci.

« Sono pronta » disse. « Andiamo. »

12

Fu molto diverso rispetto alla prima volta.

Si ritrovò proiettata in un tunnel nero. Il viaggio fu rapidissimo, durò meno di un secondo ma la sensazione di distacco fu totale: non percepiva più la presenza di Pascal accanto a sé, così come svanirono i suoni e gli odori del seminterrato.

Alla fine della galleria si ritrovò in un vicolo fra due palazzi, in fondo al quale s'intravedeva una strada deserta.

Era notte. Si meravigliò, perché nel mondo reale era mattino.

L'effetto visivo era sorprendente. La realtà intorno a Mila era sempre artificiale ma l'immagine complessiva risultava incredibilmente nitida. I contorni che nel viaggio precedente erano sfumati adesso erano più definiti. I movimenti erano fluidi – era come stare all'interno di un'ampolla. E, soprattutto, i colori non erano più sbiaditi, ma così vividi da fare impressione.

Merito della Lacrima d'angelo.

Mila si guardò le mani. Erano curate, eleganti, con le dita affusolate. Non aveva mai avuto mani così. Di solito tagliava le unghie molto corte e la pelle era sciupata. Fu strano. A quel punto, era curiosa di vedere il resto.

Notò una finestra a un metro da sé e si avvicinò per specchiarsi nel vetro coperto di fuliggine.

Era vestita di scuro, come preferiva solitamente. Risalì con lo sguardo sul proprio volto – era ancora vivo il ricordo di quando nel riflesso aveva incontrato quello di Karl Anderson.

I capelli ondeggiavano lievemente al vento e la pelle del viso era liscia. Mila si sorprese a scoprire che l'avatar che Pascal aveva creato per lei era una sconosciuta che le era familiare. Sulle prime, non sapeva spiegarlo. Era simile a lei, eppure diversa.

Quella non sono io, si disse. È Alice da adulta.

Ma in fondo la rassomiglianza era normale, solo che Mila dimenticava spesso quanto avessero in comune lei e la figlia. Il pensiero le fece male.

In quel momento, fu distratta da una sensazione che aveva già sperimentato in passato: una nebbiolina stillava leggera sul suo volto e sul dorso delle mani. Alzò lo sguardo al cielo di catrame.

Stava piovendo.

Una pioggerellina sottile, poteva sentirla chiaramente su di sé: solo allora Mila comprese il significato delle parole di Pascal.

C'è una componente dell'Altrove che non è scritta nei codici del programma: un'esperienza emotiva e sensoriale che non si può spiegare...

La percezione di bagnato era un altro inganno – il più riuscito, finora – della Lacrima d'angelo.

S'incamminò verso l'inizio del vicolo.

Uscita sulla via, si guardò intorno. Chinatown era una lunga enclave di bassi edifici su cui incombevano i grattacieli del centro. Di solito erano giganti di luce ma nell'Altrove apparivano come monoliti di bachelite nera.

Le insegne colorate del quartiere cinese erano spente, le lanterne rosse dondolavano come tristi vestigia del passato. Gravava un tetro silenzio. Non era il luogo che ricordava e in cui le piaceva andare. Era come se l'avessero contaminato con qualcosa di maligno.

Una brezza le passò accanto, sfiorandole una gamba. Mila si voltò a vedere, ma non c'era nessuno. Ancora una volta, come quando era nell'appartamento degli Anderson, ebbe la netta impressione di non essere sola.

« Tutti ti stavano guardando... » aveva detto Pascal.

S'incamminò lungo la strada. Attraverso le vetrine dei negozi non si vedeva nulla, solo oscurità. Di nuovo la brezza, ma stavolta le parlò.

« *Salvati* » disse la stessa voce delicata che aveva già udito nella cameretta delle gemelle.

Mila si bloccò e si guardò intorno cercando di capire chi avesse parlato. Non c'era nessuno. Però notò un cambiamento davanti a sé.

In fondo all'isolato c'era un cinema. La porta si stava aprendo e un'ombra si allungò sull'asfalto. Decise di andare a vedere cosa fosse.

All'interno, un lungo corridoio buio: dal fondo proveniva il ticchettio di un orologio.

Per un istante ebbe timore di proseguire. È tutto finto, rammentò a se stessa. È ridicolo avere tentennamenti. Nessuno può farmi realmente del male, si ripeté incamminandosi nell'oscurità.

Eppure una parte di lei, la meno razionale, nutriva un cupo presentimento.

Alla fine del corridoio c'era una stanza.

A Mila ricordò il soggiorno a casa di sua nonna. Il ticchettio che l'aveva condotta fin lì proveniva da una vecchia pendola. C'erano un divano e poltrone di velluto, un tappeto con disegni geometrici, una piantana che terminava con un paralume bordeaux da cui proveniva una luce calda. Una credenza e tavolini da caffè disseminati di statuine di porcellana. Una stufa in ghisa accesa e una sedia a dondolo. Le pareti erano rivestite di carta da parati con graziosi fiori rossi. Erano talmente realistici che Mila si avvicinò come per toccarli.

I fiorellini si mossero e lei ritrasse la mano.

C'era un quadro appeso al muro. Un paesaggio di campagna. Come la carta da parati, l'opera non era affatto statica. L'acqua di un ruscello scorreva placida e l'erba assecondava la carezza del vento.

In mezzo al prato, una bellissima rosa nera.

Pascal aveva parlato di artisti che un tempo andavano in Due a sperimentare il proprio talento, Mila pensò si trattasse di una performance digitale. Ebbe la tentazione di cogliere il fiore, ma il dipinto si dissolse e il quadro divenne uno specchio. Lei riconobbe il proprio avatar, ma ciò che vide riflesso alle sue spalle non le piacque.

La sedia a dondolo si mosse, come se ci fosse seduto qualcuno. La lampadina sotto il paralume vibrò e la luce calò d'intensità. La stufa in ghisa si spense facendole provare di colpo un gelo intenso. Bastarono quelle piccole dissonanze per farle capire che tutto era uguale a prima eppure *tutto* era improvvisamente diverso.

Il riflesso del suo avatar fu risucchiato nella cornice da un liquido abisso.

Mila si voltò. I fiorellini sulle pareti erano appassiti. Si accorse di non essere più sola. O forse non lo era mai stata.

Salvati...

No, si disse: è troppo tardi, è già arrivato. Un'ombra dalla forma umana si staccò dal muro e avanzò di tre passi verso di lei. Poi si fermò. Non faceva nulla, non diceva nulla. La sua semplice presenza, però, era angosciante. Mila sapeva anche chi la mandava.

« Hai qualcosa da dirmi? » domandò lei, per interrompere il claustrofobico silenzio.

Nessuna reazione.

« Avanti, sono qui... Cosa vuoi da me? »

Cominciava a innervosirsi, ma solo perché – anche se non voleva ammetterlo – sentiva la paura crescere dentro di sé.

Trascorsero alcuni secondi in cui non accadde nulla. Poi fu tutto fin troppo veloce. L'ombra fece un balzo – elegante come quello di un antico predatore – e in un attimo le fu addosso.

Mila non fece in tempo a scansarsi o a fuggire. L'ombra la afferrò. Tutto questo non esiste, non è reale. È solo nella mia testa.

Era distesa, ma non per terra: fluttuava nell'aria. L'ombra era sopra di lei. Dal capo emersero due occhi neri. Gli stessi occhi che aveva incontrato nel rifugio di coperte.

Poi l'ombra parlò. «*Mamma...*»

Era Alice, ed era impaurita. La voce di bambina strideva nella bocca del mostro. Mamma – quante volte Mila aveva odiato quel nome.

«*Mamma, ti prego, aiutami...*»

Mia figlia mi sta chiamando. Mia figlia ha bisogno di me.

La cacciatrice di scomparsi, la donna senza empatia, si ritrovò a sentire qualcosa dentro di sé dopo molti anni. Un indecifrabile subbuglio. Com'era possibile? Era ciò che provava sua figlia in quel momento?

All'improvviso qualcuno le gettò le braccia al collo.

È Alice, si aggrappa a me, vuole che la salvi.

Peccato non potesse ricambiarla. Avrebbe voluto farle sapere che non l'avrebbe abbandonata.

Ma poi l'abbraccio cominciò a farsi sempre più stretto – sempre di più. Non riguardava soltanto l'avatar. Stava succedendo *a lei*. Mila si accorse che le mancava l'aria.

Si era sbagliata. Non era la sua bambina che l'abbracciava, ma il mostro che la stava strozzando.

Poteva sentire chiaramente un artiglio che si serrava intorno alla gola. L'essere era troppo forte, lei non riusciva a opporsi. Non sta succedendo veramente, continuava a ripetersi. Però stava soffocando.

Spostò lo sguardo alla propria sinistra. Nello specchio di prima incontrò un volto.

Una ragazza.

I tratti delicati, la pelle giovane. Occhi azzurri incastonati in un paio di occhiali e lunghi capelli biondi raccolti in una coda.

La ragazza era nella sua stessa condizione. Distesa, cianotica, con le mani di uno sconosciuto intorno al collo. E invocava aiuto con lo sguardo.

Sulla gola della ragazza nello specchio si allargavano lividi violacei, dalle guance si propagava una rete di capillari rotti che risaliva fino alle tempie. Stava morendo. Mila si rese conto che la stessa cosa stava capitando a lei.

Non posso morire, non adesso.

«*Mamma... Non te ne andare, mamma...*»

Mi dispiace, Alice. Se resto qui morirò certamente. Devo andarmene.

«*No, ti prego, mamma: resta... Resta con me...*»

Mi dispiace, mi dispiace, mi dispiace...

Nel momento in cui vide la ragazza nello specchio arrendersi alla furia del proprio assassino, capì che anche per lei era finita. Mentre si arrampicava sull'ultimo respiro, riconobbe una musica dolcissima, lontana... Lo stile inconfondibile di Elvis che cantava *You Don't Have To Say You Love Me.* A cui si sovrappose presto anche la voce di Pascal...

«Respira» le intimò.

Mila spalancò gli occhi e si ritrovò distesa sul pavimento del seminterrato. «*...You don't have to say you love me / Just be close at hand...*»

Pascal era sopra di lei – esattamente come l'ombra che

l'aveva assalita – e la scuoteva. «*...You don't have to stay forever / I will understand...*»

«Respira» ripeté l'uomo col passamontagna rosso, dandole un colpo a mano aperta sullo sterno.

Solo allora Mila si ricordò che poteva ancora farlo. Spalancò la bocca e inspirò quanta più aria poteva. Impiegò un po' a riprendere fiato. Puntini neri danzavano nel campo visivo.

Finalmente comprese il pericolo che aveva corso.

Spinse via l'uomo facendolo cadere all'indietro. Quindi afferrò la pistola che aveva lasciato sul tavolo e gliela puntò contro. «Cos'hai cercato di farmi?» ringhiò rabbiosa, ma con la voce arrochita.

Pascal sollevò le braccia pur rimanendo dove si trovava. «Avevi smesso di respirare» le disse.

«Volevi uccidermi» lo accusò mentre Elvis continuava a cantare... «*Believe me, believe me / I can't help but love you...*»

«Non sono stato io» si difese l'altro. «È stata la droga.»

«*... But believe me / I'll never tie you down...*»

Mila sentiva ancora la morsa del suo assalitore e si portò le mani alla gola. Con sua grande sorpresa, non le doleva. Com'era possibile?

La musica cessò – anche quella adesso era solo nella sua testa. Allora comprese di aver commesso un errore: se in Due l'effetto della pioggia era stato così realistico, avrebbe dovuto immaginare cosa sarebbe potuto accaderle col resto.

La finzione poteva diventare reale.

C'è una componente dell'Altrove che non è scritta nei codici del programma...

« In Due si può morire. » Era furiosa. « Era questo che volevi che scoprissi da sola? »

« La mente vede ciò che la mente vuole vedere » fu la risposta di Pascal. « La sensazione è reale tanto per la vittima, quanto per il carnefice: ecco perché Due ha successo... Sesso, violenza, dolore, morte: puoi sperimentare ogni cosa. E l'aspetto straordinario è che non violi alcuna legge: nessuno può punirti. »

Mila pensò a Karl Anderson. Si era chiesta come potesse un padre uccidere brutalmente il sangue del proprio sangue. La risposta era semplice: sapeva già ciò che avrebbe provato. E gli era piaciuto.

« È un luna park per maniaci del cazzo » commentò senza distogliere la pistola da Pascal.

« Adesso calmati, però... »

« Non mi calmo affatto. »

« Se non ci fossi stato io qui con te, saresti soffocata » ribatté l'altro, alzandosi con una mano sulla schiena dolorante. « Dovresti ringraziarmi, invece. »

Mila sentì le ginocchia che cedevano. Un capogiro, stava per crollare a terra. Pascal si precipitò verso di lei e la sostenne appena in tempo.

« Sei ancora troppo scossa » disse, poi le prese delicatamente la pistola e la condusse verso la branda.

Mila lo lasciò fare.

« Il gioco ti ha parlato, vero? » chiese l'uomo col passamontagna.

« Credo di sì » disse lei. « Ma non capisco ancora bene di cosa si tratta. »

« Non preoccuparti, lo capirai » rispose Pascal, quindi andò a prendere una bottiglietta d'acqua. Stava per berne un sorso, ma la passò già aperta a Mila.

Lei accettò e valse come un gesto di pace. « Adesso che so come funziona, rimandami là sotto per finire il gioco. »

« Non sai un bel nulla e stai a malapena in piedi » le fece notare l'altro. « E poi non si può assumere altra LHFD così presto: quella roba riduce il cervello in pappa, non lo sai? »

Non le importava: Alice aveva bisogno di lei.

« Se ora tornassi là dentro, non sapresti dove andare. Prima dovrai trovare le altre coordinate geografiche nel mondo reale. »

Mila si ricordò dei numeri che le avevano scritto sul polso. Capì che era stato un regalo di benvenuto, il resto non sarebbe stato gratis.

« Dovrai focalizzarti su ciò che hai visto mentre eri là » le spiegò Pascal. « Gli elementi della scena sono cruciali per capire qual è il tuo gioco: sono come le parti di un rebus, ognuno ha un significato. »

« Alice mi ha parlato, significa che è ancora viva? » chiese subito.

« Mi spiace dirtelo, ma credo che tua figlia fosse una distrazione: serviva per distogliere la tua attenzione da cose più importanti. »

Non c'era niente di più importante di lei, ma forse Pascal aveva ragione. Mentre rifletteva, Mila bevve una lunga sorsata dalla bottiglietta. « All'inizio, una voce mi ha messo in guardia su ciò che stava per accadere... »

Salvati.

« Non troverai amici là dentro » commentò l'altro.

« Eppure è così: ho avvertito la sua presenza anche in casa degli Anderson » insisté l'ex poliziotta. « Non c'era nulla di minaccioso, anzi: era una presenza positiva, non so come spiegarlo. Sembrava... *uno spettro.* »

Pascal scosse il capo. « Non so spiegarmelo neanch'io, ma a volte nell'Altrove vediamo e sentiamo cose che non ci sono perché sono il parto della nostra mente – specie se siamo sotto l'effetto di un acido. »

« Poi, ovviamente, ci sono il mostro e la ragazza... »

« Descrivimeli. »

« Il primo era fatto di ombra, so solo che ha cercato di strozzarmi... La ragazza, invece, sembrava una studentessa, forse per via degli occhiali. L'ho vista in un quadro che però era anche uno specchio perché il suo volto era il mio volto nel riflesso... »

« Quadro, studentessa... » riepilogò l'uomo col passamontagna.

« E c'erano vecchi mobili e una rosa nera » aggiunse. Poi Mila fu colta da un nuovo capogiro, puntò le braccia sulla branda e chiuse gli occhi.

Pascal le portò un'altra bottiglietta d'acqua. « Hai bisogno di bere per liberare l'organismo dai residui della Lacrima d'angelo. E dovresti anche cercare di dormire un po'. »

« Non c'è tempo » ribatté Mila, sforzandosi di reagire. *Alice non ha tempo.* « E poi sono troppo su di giri, non riuscirei a dormire.» Anche quello dipendeva dalla droga, pensò.

«A tutto c'è rimedio...» disse l'uomo col passamontagna rosso.

Si frugò in tasca e le mostrò un'altra pillolina.

«Niacina, è l'antagonista dell'LHFD: quattro milligrammi per uscire dal trip» la rassicurò.

Mila la mandò giù con un sorso d'acqua. Poi lui le appoggiò le mani coi guanti di lattice sulle spalle e la costrinse a stendersi sul letto. Lei non oppose resistenza, le mancavano le forze.

«Quando ti sveglierai, avrai le idee molto più chiare e penseremo a un piano per riprenderci tua figlia» le promise.

Mila sentì le palpebre che diventavano pesanti. Nella foschia dei sensi, tutto si fece rarefatto. Scorse Pascal che si sfilava il passamontagna rosso.

Ma prima di riuscire a vederlo in volto, gli occhi si serrarono del tutto.

13

Non fece in tempo ad addormentarsi, dopo pochi secondi era di nuovo vigile.

Almeno così le sembrò. Nella sua mente, quel sonno era durato pochissimo. Ma poi scoprì di essere al buio e che l'unica luce era quella della luna che filtrava da una finestrella del seminterrato. Non può essere già notte, si disse.

Aveva freddo. Si tirò su e provò a guardarsi intorno. « Pascal... » chiamò.

Non ottenne risposta.

Solo allora si accorse che non c'erano più l'iMac né lo strano guardaroba, i trucchi e le parrucche. Anche le provviste erano state portate via. Il seminterrato era vuoto come se l'uomo col passamontagna rosso non ci avesse mai vissuto. Anzi, come se Pascal non fosse mai esistito.

Quel pensiero gettò in confusione Mila. Un altro inganno di Enigma? Se non voglio impazzire, devo andarmene da qui.

Dopo essersi infilata il giubbotto di pelle, risalì le scale che portavano al tinello della villetta. Le tende erano sempre tirate e riconobbe l'odore chimico di plastica bruciata che aveva sentito entrando. Questo non me lo sono immaginato, considerò.

Nel garage, nessuna traccia della vecchia Peugeot 309 beige con cui era arrivata insieme alla sua misteriosa guida.

Si richiuse l'uscio alle spalle, si guardò subito indietro e comprese da dove proveniva la puzza all'interno: il piano superiore della casa era stato devastato da un incendio. Ora non le sembrò più così strano che non ci abitasse nessuno.

La proprietà era circondata da un'alta siepe. Il cancello alla fine del viale d'ingresso era chiuso con un lucchetto e Mila fu costretta a scavalcare.

Come aveva immaginato, la villetta si trovava in un quartiere residenziale alla periferia della città. Le abitazioni si somigliavano tutte: giardino, prato inglese, tetto spiovente e garage. In giro non c'era nessuno: a meno che Mila non avesse dormito per più di ventiquattro ore, era ancora sabato.

Devo andarmene da qui, si ripeté stringendosi infreddolita nella giacca di pelle.

Cercò un'auto da prendere «in prestito» fra quelle parcheggiate lungo la strada alberata. Le tornarono in mente le parole di Pascal sulla rintracciabilità dei veicoli. Non aveva ancora deciso se si fidava di quell'uomo, comunque individuò un vecchio maggiolone grigio.

Raccolse un mattone da terra, si avvicinò alla macchina e lo scagliò contro il finestrino del lato guidatore. Scattò un allarme che risuonò nella via. Mila infilò prontamente il braccio nell'abitacolo e liberò la sicura. Quindi si sedette e iniziò a trafficare coi cavi sotto lo sterzo.

In meno di trenta secondi, la sirena smise di strillare e il motore si avviò.

Mentre si allontanava rapidamente, pensò che c'era solo un posto dove poteva andare.

*

« Non posso fidarmi di nessuno » disse subito quando la porta si aprì.

Simon Berish la fissò interdetto sulla soglia. Indossava un'elegante camicia bianca ed emanava un profumo troppo dolce – ancora una volta, mughetto e gelsomino. Gli bastò uno sguardo per capire che la situazione di Mila era seria.

« Va' a farti un giro e torna fra quindici minuti » le disse prima di richiudere.

Lei invece si rintanò in un angolo buio sul pianerottolo e attese. Di lì a poco, l'uscio si riaprì e Berish salutò una donna con un bacio sulle labbra. Da dove si trovava, Mila riuscì a vederla in volto: era molto attraente. Finalmente comprese a chi apparteneva l'essenza dolciastra che aveva sentito addosso a Simon – e all'albino in treno, rammentò con un brivido.

« Lo sapevo che ti saresti cacciata nei guai » la rimproverò l'amico dopo averla accolta in un'atmosfera soffusa.

Hitch arrivò in cerca di coccole. Mila, però, non era in vena di carezze.

« Dov'è Alice? L'hai lasciata di nuovo da un'amica? » rincarò Simon mentre portava in cucina due ballon col vino rosso per riporli nell'acquaio.

« Alice è scomparsa, Simon. Me l'hanno portata via. »

Lui si bloccò con i bicchieri ancora in mano. Mila si lasciò cadere sul divano, portandosi le mani ai capelli. Il poliziotto andò da lei.

« Cosa è successo? » le domandò severo, costringendola a guardarlo in faccia.

Lei sollevò il capo e incrociò il suo sguardo indurito. Se lo meritava, era soprattutto colpa sua. « Enigma è un suggeritore. »

Berish la fissò in silenzio per qualche secondo, incredulo.

C'era una cosa che Mila non gli aveva mai detto, quindi approfittò per farlo ora. « Io e il padre di mia figlia ci siamo conosciuti grazie a un suggeritore, dieci anni fa. » Ed era come se fosse stato lui a metterli insieme. « Il dono del male è stato Alice. E adesso il buio è tornato per riprendersela. »

Simon avrebbe voluto consolarla, stringerla a sé. Ma sapeva che Mila non amava il contatto fisico. « Scopriremo altri orrori, non è così? » domandò invece con un filo di voce. « Ciò che è successo alla fattoria degli Anderson è solo l'inizio... »

L'ex poliziotta non sapeva cosa sarebbe accaduto, aveva avuto a che fare con un killer subliminale soltanto una volta e ne portava ancora i segni. Dovevano attendersi una spirale di violenza? Non poteva escluderlo.

« Voglio mettere in chiaro subito una cosa » affermò, seria. « So che tieni molto ad Alice e che faresti qualsiasi cosa per lei, ma devo avvertirti: il prezzo da pagare è molto alto. Perciò capirei se non te la sentissi. »

« Mi conosci, maledizione » sbottò l'altro. « Come potrei tirarmi indietro? Non devi preoccuparti per me: non ho moglie e figli, non ho niente da perdere. »

« La tua amica, quella che era con te stasera, non conta niente? »

« So a cosa vado incontro » ribadì Berish.

Mila si alzò, lo afferrò per la camicia. « No, non lo sai, tu non lo immagini neanche... L'altra volta la squadra ne è uscita a pezzi: ricordo bene come eravamo all'inizio dell'indagine, e soprattutto come siamo diventati dopo. »

Non avrebbe più potuto scordare i volti segnati dei suoi compagni, né ciò che gli era successo. Le bambine scomparse, il cimitero di braccia. Gli orrori che si susseguivano senza che riuscissero a fermarli. Ogni volta che sembravano vicini a una soluzione, scoprivano che si trattava di un abbaglio ed erano costretti a ricominciare da capo. Perfino il padre di Alice, il criminologo che li guidava, era caduto nell'inganno.

« Lo scopo del suggeritore non è solo mostrarti il suo mirabile disegno di morte e distruzione » disse Mila con enfasi, ma il sarcasmo mascherava la paura. « Lui vuole entrarti nella testa... Qualunque cosa tu faccia, per quanto tu possa essere preparato, non potrai impedirglielo. Credimi. E anche quando pensi che sia finita, non lo è: l'orrore intorno a te svanisce, ma lui è ancora qui » disse e si toccò la tempia.

Lui ha il potere di cambiare le persone – rammentò, perché ancora poteva sentire la voce suadente del manipolatore dentro di sé.

« Nessuno si salva da un suggeritore » concluse, seria.

Senza che Mila se ne accorgesse, una piccola lacrima era sfuggita dalla fortezza che si ergeva dentro di lei da sempre e adesso le scivolava lungo la guancia. Berish la fissò.

«Non ti lascerò da sola ad affrontare tutto questo.»

Il poliziotto tirò fuori una bottiglia di scotch e nell'ora successiva Mila lo aggiornò sul caso di Enigma, rivelandogli i dettagli che non aveva voluto dirgli in precedenza e che avrebbe dovuto tenere riservati.

Gli parlò del tatuaggio col suo nome rinvenuto in mezzo ai numeri, spiegandogli che tutto era cominciato da lì. Gli illustrò come era arrivata a scoprire la colpevolezza di Karl Anderson e i motivi della rinuncia alla tecnologia. Gli disse che il collegamento fra lei e quella storia era celato nel suo passato al Limbo. La vicenda di Timmy Jackson alias Lisca: attraverso il portatile del diciassettenne, custodito nell'archivio fra i reperti degli scomparsi, era avvenuto il primo viaggio nell'Altrove.

Si sforzò di essere precisa mentre cercava di fargli capire appieno cosa fosse il gioco, servendosi spesso delle parole di Pascal.

Le coordinate geografiche come chiave d'accesso, un posto dov'era sempre notte, dominato dal male.

«Come mai gli hacker del dipartimento non se ne sono mai accorti?» chiese a un certo punto Berish, scettico.

«Da quello che ho capito, non si può entrare in Due con i computer più recenti: è necessario avere un modello che risale all'epoca del gioco, tra la fine degli anni Novanta e i primi del nuovo millennio.»

«Obsolescenza digitale» commentò il poliziotto, citando il fenomeno per cui la velocità con cui si evolveva la tecnologia poneva un problema di accessibilità ai dati contenuti negli hardware del passato. « Quelli della mia generazione sono pieni di musicassette che non possono più ascoltare. Il progresso dovrebbe preservare i ricordi, invece li condanna all'oblio. »

Poi per Mila venne la parte più difficile del racconto: la cronaca di come gli uomini di Enigma l'avevano seguita fino al lago e avevano rapito Alice.

Infine, riportò le ultime dodici ore. L'incontro con lo sconosciuto col passamontagna rosso e i guanti di lattice, il seminterrato e il secondo viaggio in Due per giocare la partita del suggeritore e riavere indietro la figlia.

« Lacrima d'angelo, un mondo parallelo, un personaggio misterioso che prima dice di volerti aiutare e poi sparisce... » Berish camminava per la stanza, confuso.

« Mi ha detto di chiamarlo Pascal » disse Mila. « Come il linguaggio di programmazione per computer. Credo sia un hacker. »

Ma al momento a Simon non interessava. « C'è solo una cosa da fare: devi avvertire la Shutton. »

« No » reagì lei con veemenza, alzandosi dal divano.

« Ti ha tirata lei dentro questa storia, ha un debito con te: vedrai che metterà in campo tutte le risorse del dipartimento. »

« Non esiste » ribadì Mila. « Per loro, quello di Alice è solo un altro caso di scomparsa, e io e te lo sappiamo che fine fanno quei fascicoli: dopo un po' vengono dimenticati. »

« Non puoi far fronte da sola a questa storia » provò a convincerla.

« Perché no? Per quanto tempo sono stata la sola a occuparmi di adulti svaniti nel nulla o di bambini che sembrava non fossero mai nemmeno venuti al mondo? E quante volte alla fine sono riuscita a riportarli a casa?»

«Lo sai benissimo perché! Non sei lucida, non sei obiettiva, il caso ti coinvolge direttamente... Così condanni Alice, lo capisci o no?»

Mila lo schiaffeggiò senza nemmeno accorgersene. Non ce l'aveva con lui, voleva solo non sentirsi dire cose che sapeva già.

Berish tacque. Hitch sollevò lo sguardo su di loro, cercando di capire se andava tutto bene.

Mila avrebbe dovuto scusarsi, dirgli che le dispiaceva. Invece si frugò in tasca ed estrasse la rielaborazione del volto di Enigma senza tatuaggi che le avevano dato al dipartimento.

La faccia di un uomo normale.

«Questo è il vero aspetto del suggeritore» disse. «Guardalo bene e dimmi cosa pensi...»

Berish la prese e la osservò. «Perché la Shutton non diffonde al pubblico quest'immagine?» si domandò. «Magari spunta fuori qualcuno in grado di riconoscerlo.»

«Gliel'ho domandato anch'io e la risposta è stata che non vogliono alimentare il mito di Enigma. Ma la verità è che al dipartimento non rischieranno un'altra figuraccia dopo quella rimediata a causa di Karl Anderson. Lasceranno le cose come stanno: Enigma si beccherà l'ergastolo nella fossa per istigazione al crimine e favoreggiamento, e tutti si dimenticheranno presto di lui... Perciò per il Giudice questo caso è chiuso.»

Finalmente anche Berish aveva capito. « Va bene, faremo come dici tu. »

Dopo la sfuriata, Mila si versò un altro bicchiere di scotch. Si accorse che le tremavano le mani. « Io so che cosa devo fare. »

« Da dove cominciamo? » le chiese il vecchio amico, dimenticandosi la lite e anche lo schiaffo.

Mila si sentiva a disagio per quanto era accaduto, ma cercò di rimanere concentrata. « Mentre venivo qui, ho ripensato agli elementi del mio secondo viaggio in Due... Chinatown, vecchia mobilia, una rosa nera... Un assassino a cui piace strozzare le proprie vittime e, infine, la studentessa bionda con gli occhiali: ho l'impressione di averla già vista. »

Mila omise la parte relativa allo spettro che le aveva consigliato di andarsene perché non sapeva se era accaduto realmente oppure era solo il suo inconscio che voleva avvertirla.

Salvati.

Berish riempì una ciotola d'acqua per Hitch e si preparò a uscire. Mila lo obbligò a lasciare il cellulare a casa e per spostarsi si servirono del maggiolone rubato. Si vedeva chiaramente che l'amico non comprendeva le ragioni di tanta prudenza, ma lei apprezzò che si sforzasse di assecondarla.

« Mi dispiace per il tuo appuntamento galante » disse Mila mentre Simon guidava.

« È una donna intelligente, ha capito subito la situazione. »

Era contenta che Berish avesse qualcuno accanto. In passato aveva temuto che lui potesse affezionarsi troppo a lei: se fosse stata costretta a respingerlo, il loro rapporto ne avrebbe risentito. Ma per fortuna Simon non aveva mai compiuto un passo del genere, risparmiandole la pena di spiegare ancora una volta a qualcuno d'importante che i sentimenti che per lui – e per il resto dell'umanità – erano normali per lei invece rimanevano un insondabile mistero.

Anche se qualcosa era cambiato nelle ultime ore. Non sapeva dire se fosse dipeso dall'impatto emotivo del rapimento di Alice o dall'effetto della Lacrima d'angelo.

Nell'Altrove, Mila aveva provato qualcosa.

Un indecifrabile subbuglio coinciso col pianto della figlia che la chiamava.

« *Mamma, ti prego, aiutami...* »

Non riusciva a non pensarci e ne era spaventata.

Per sicurezza, abbandonarono il maggiolone sul piazzale della stazione ferroviaria. C'era un furgone di volontari che distribuivano abiti usati ai senzatetto. Mila ne approfittò per modificare un po' l'abbigliamento. Stava imitando il comportamento di Pascal.

Scambiò il giubbotto di pelle con uno spolverino nero e il maglione a collo alto con una felpa col cappuccio, sempre nera.

Poi lei e Berish presero la metropolitana per raggiungere il Limbo.

*

Il volto di Lea Mulach era uno dei tanti sulle pareti della sala dei passi perduti. Ma Mila aveva impiegato meno di venti minuti a scovarlo fra migliaia di scomparsi.

Lea Mulach era sparita nel nulla nella primavera del 2011, mentre frequentava il primo anno di lingue orientali all'università.

« Secondo le compagne del dormitorio, quel sabato sera Lea doveva incontrare un ragazzo per andare a vedere un film a Chinatown » lesse Berish dal rapporto di polizia. « Lea non ci è mai arrivata a quel cinema. »

Mila non si era sbagliata, si ricordava di lei. « La scomparsa rimase un mistero per circa un anno, finché l'Unità crimini violenti non mi portò via il caso. »

L'UCV – di cui facevano parte anche Bauer e Delacroix – si occupava di serial killer, spree killer, mass murderer e di tutti gli assassini che agivano con un movente che non era riconducibile alle normali logiche criminali, che infatti avevano quasi sempre come obiettivo il denaro. Invece, la ragione che muoveva quel tipo di mostri risiedeva nei meandri più cupi e perversi della mente umana.

« Lea fu annoverata fra le vittime di un serial killer » ricordò Mila. « Anzi, dissero che lei era stata la prima. »

Nei due anni successivi alla scomparsa di Lea Mulach erano sparite altre due ragazze. Studentesse, bionde e con gli occhiali.

« Le tre non si conoscevano, ma le ultime due avevano

un'amicizia in comune: un ragazzo di nome Larry, molto carino» spiegò Mila. «Lo avevano conosciuto su Unic.»

«Unic» era un acronimo, stava per «Campus Universitario» ed era il più popolare social network fra gli studenti della nazione.

«Sulla sua pagina, Larry postava foto con gli amici, col suo cane, perfino con la nonna. Asseriva di studiare legge e di amare il rugby» continuò l'ex poliziotta. «Entrambe le vittime sono state corteggiate a lungo on line, con modi da vero gentiluomo. Dopo le scomparse venne fuori che il profilo era falso: il 'Larry' delle foto faceva il modello per la pubblicità ed era ignaro di tutto.»

«Il mostro di Unic» ricordò Berish.

L'avvento dei social network aveva reso la vita più semplice ai predatori seriali. Mila considerò che i maniaci moderni potevano cacciare coperti dall'anonimato e, soprattutto, senza rischiare nulla. Prima se non volevi essere catturato dovevi seguire la preda a distanza, studiarne le abitudini, gli spostamenti. Ora invece i serial killer avevano a disposizione tutte le informazioni che occorrevano a imbastire una recita adeguata. Ed erano le stesse vittime a fornirgliele. Così ai mostri bastava assumere le sembianze dell'uomo dei loro sogni.

La mente vede ciò che la mente vuole vedere – così aveva detto Pascal.

«Non c'è da meravigliarsi» affermò Berish. «In fondo, il social network più importante del mondo nasce dall'idea di uno sfigato in ciabatte che crea un sito per dare i voti all'aspetto fisico delle ragazze del suo college... E noi, invece di fargli una bella lezione sul sessismo e il rispetto per le donne, lo eleviamo a guru della comunicazione. »

Come sempre, Simon era molto lucido nelle proprie riflessioni.

« Perché Lea Mulach è stata aggiunta al computo delle vittime se non c'era prova che avesse chattato con Larry? » chiese il poliziotto.

« Perché il suo profilo corrispondeva a quello delle prede preferite dell'omicida: studentessa bionda con gli occhiali » ipotizzò lei. « Quelli dell'UCV avevano bisogno di una terza vittima per elevare lo status dell'assassino da occasionale a seriale, per questo mi hanno portato via il caso. »

Era una convenzione che Mila conosceva bene. Un giorno i criminologi avevano sancito che poteva essere definito serial killer un individuo che uccideva almeno *tre volte* ripetendo lo stesso rituale o modus operandi.

« Ma se Lea Mulach è morta, come mai la sua foto è ancora sul muro del Limbo? » domandò Simon.

« Perché, a differenza delle altre due studentesse, il suo corpo non è stato mai ritrovato. » Mila pensò alla tristezza di quella situazione: alcuni scomparsi erano destinati a vagare nel nulla senza pace.

Eppure Lea era stata la prima della serie del killer.

« Se avessimo trovato il cadavere, avremmo avuto subito la conferma dell'esistenza di un assassino... senza attendere che quei fenomeni dell'UCV si prendessero il caso » affermò l'ex poliziotta. E forse le altre due si sarebbero potute salvare, pensò con amarezza.

« Come sono morte le altre ragazze? »

« Strozzate » rispose e, senza accorgersene, si portò una mano alla gola: il cervello non aveva ancora metabolizzato il ricordo dell'artiglio dell'uomo ombra serrato sulla sua carotide. « I corpi sono stati sempre rinvenuti abbandonati sul ciglio di una strada. »

Lo strozzamento rientrava nella categoria delle « sindromi asfittiche meccaniche violente ». A differenza dello strangolamento e del soffocamento, non avveniva con strumenti come corde, cappucci o cuscini. Si attuava a mani nude. L'assassino sceglieva di non servirsi della mediazione di un oggetto perché voleva provare il piacere di sentire la vita altrui esaurirsi sotto le proprie dita – il respiro che si affievoliva, il battito cardiaco che rallentava fino a fermarsi. Il contatto fisico era essenziale e, oltre alla crudeltà, denotava anche una certa determinazione. Non tutti, infatti, comprendevano cosa comportasse uccidere una persona strozzandola. La vittima che si dibatteva disperata, il rilascio degli sfinteri, gli occhi che spesso fuoriuscivano dalle orbite. Per le persone normali era uno spettacolo tremendo, invece risultava estremamente eccitante per certi psicopatici che in quel modo raggiungevano l'orgasmo.

Mila si spostò alle spalle di Berish per leggere cos'altro ci fosse scritto nel fascicolo. « La catena di omicidi del mostro di Unic si ferma nell'aprile del 2013... Strano » commentò.

Entrambi sapevano che la compulsione a uccidere non poteva essere né controllata né tanto meno arrestata autonomamente dal serial killer. Il bisogno di ripetere il modus operandi era insopprimibile. Perciò, perché si fermasse, era sempre necessaria una causa esterna.

«Il nostro uomo potrebbe essere finito in galera per qualche reato: magari sta scontando una condanna per aver scippato una vecchietta e aspetta solo di tornare qua fuori per rimettersi all'opera» ipotizzò Simon. «Oppure il buon Dio ha deciso di anticipare il suo viaggio all'inferno.»

«Non credo sia morto» valutò Mila. «C'è ancora qualcosa di questa storia che non sappiamo.» Altrimenti perché Due le aveva fatto sperimentare la morte di Lea Mulach?

«Qui sopra dice che nel 2013 fu fermato un sospetto» lesse Berish sullo schermo, sporgendosi sulla scrivania.

«Dove? Fa' vedere...»

«Un certo Norman Luth si costituì alla polizia e rese una piena confessione dei tre delitti.»

Allora era stato lui a dare la dritta all'UCV per collegare Lea alle altre due, pensò Mila. Altrimenti non se ne sarebbero mai accorti. «Nessuno ha informato il Limbo, perché?»

Ma Berish non aveva finito e il motivo venne fuori subito dopo. «A quanto pare, l'uomo riferì dettagli che solo l'assassino poteva conoscere... Ciononostante fu scagionato.»

Si guardarono a vicenda, increduli.

A fornirgli un alibi inattaccabile era stato un prete.

14

Padre Roy viveva in un sobborgo di case in mattoni rossi, sorte intorno a un grande complesso siderurgico.

Le abitazioni risalivano all'epoca gloriosa dell'industria dell'acciaio, quando gli urbanisti ambivano a costruire comunità e gli operai erano considerati un'élite da premiare con un modello di vita oltre che con una generosa busta paga.

Poi la recessione mondiale del settore aveva messo in crisi ogni sogno, ogni utopia. Quelle città incompiute erano diventate presto dei ghetti in cui confinare il fallimento politico nonché il rancore sociale che ne era derivato.

Per arrivarci, Mila e Berish avevano preso una berlina anonima del dipartimento che di solito veniva utilizzata per gli appostamenti e che, perciò, era irrintracciabile.

Dai finestrini, il panorama era desolante.

Case in vendita oppure abbandonate da tempo. Bambini che giocavano per strada come cani randagi in un'uggiosa domenica mattina. Uomini che bighellonavano agli angoli degli isolati, cercando una premonizione in fondo a una lattina di birra. Dietro le finestre, donne invecchiate troppo presto e che ormai avevano smesso di sperare – riconoscevi subito il loro sguardo spento dalla povertà.

Padre Roy abitava nella canonica accanto alla chiesa.

Alle spalle s'intravedeva un vecchio garage sotto un piccolo appartamento con un cartello AFFITTASI, mentre di fronte c'era un giardino con uno scivolo arrugginito e un paio di altalene che dondolavano solitarie, spinte dal vento. Il motivo per cui non c'erano bambini a giocare era reso evidente dalle scritte sui muri perimetrali.

Insulti e minacce erano un chiaro invito ad andarsene.

Berish accostò dall'altro lato della strada. «Allora siamo d'accordo» disse a Mila. «Segui le mie istruzioni, non prendere iniziative: ricorda che siamo qui in veste non ufficiale e se lui ci sbatte fuori non avremo altra occasione per saperne di più.»

Il piano prevedeva che l'ex poliziotta entrasse da sola per parlare col prete: secondo Berish la presenza di due interlocutori avrebbe fatto sentire padre Roy in minoranza, con la conseguenza di metterlo sulla difensiva.

Tutti volevano parlare con Simon Berish, ricordò Mila. Si fidava ciecamente dell'agente con maggior esperienza d'interrogatori del dipartimento.

Il poliziotto sfilò dalla tasca interna della giacca un astuccio nero in similpelle e fece scorrere la cerniera tutt'intorno svelando quello che gli sbirri chiamavano «il piccolo nécessaire degli informatori». Due invisibili auricolari e altrettanti radiomicrofoni grandi come una punta di spillo, collegati ciascuno a un trasmettitore con una batteria 12V capace di coprire una distanza di duecento metri. Veniva usato nelle operazioni sotto copertura, per fornire agli infiltrati sul campo precise istruzioni sulla base di ciò che dicevano i loro interlocutori.

Berish aiutò Mila a indossare il kit e poi fece altrettanto. « Questo gioiellino ha un solo difetto » l'avvertì. « A volte il segnale si perde, per cui sta' lontana da radio, tv e forni a microonde. »

Mila indicò con lo sguardo le scritte sui muri della canonica. « Credi che vorrà parlare? »

Simon non lo sapeva. « Tu fa' la tua parte e cerca solo di recitare bene le battute che abbiamo preparato: se non funziona così, almeno ci avremo provato. »

Mila scese dalla macchina e, mentre attraversava la strada, riepilogò a mente ciò che avrebbe dovuto dire.

La porta era cosparsa di residui di uova marce. Mila dovette bussare parecchio prima di scorgere una figura dietro i vetri smerigliati.

« Chi è? » chiese una vocina stridula, con tono diffidente.

Cercò di essere rassicurante. « Sto svolgendo un'indagine privata e ho bisogno del suo aiuto, possiamo parlare? »

« Non ho niente da dire » ribatté l'altro.

Mila si voltò verso Berish e, da dietro il parabrezza, lui annuì. Come d'accordo, l'ex poliziotta si piegò sulle ginocchia e infilò sotto la porta di padre Roy una banconota da venti, ma solo per metà.

Rimase a fissare la parte che sporgeva, come una banderuola al vento. Dopo un po', venne risucchiata sotto la soglia.

L'uscio si aprì anche se di poco. « Presto, entri. »

Mila s'infilò nel varco e la porta si richiuse velocemente dietro di lei. L'interno era buio e i suoi occhi impiegarono un po' ad abituarsi.

Intanto la vocina di prima continuava a parlare. « Non mi lasciano in pace, non posso mettere il muso fuori che c'è sempre qualcuno che mi tira qualcosa. I fattorini vengono picchiati e adesso non c'è più nessuno che voglia venire a consegnarmi la spesa. »

Finalmente Mila mise a fuoco l'uomo che aveva davanti. Una sessantina d'anni portati male, barba incolta e capelli radi spettinati. Indossava una vestaglia logora, un pigiama a righe aperto sulla pancia prominente e ciabatte. Emanava un odore sgradevole – sigarette e puzza di cavolo – che appestava anche la casa.

« Si tolga da lì » disse a Mila. « È troppo vicina alla finestra. »

Seguì il consiglio, anche se le tende erano tirate. Ne approfittò per guardarsi intorno. Non era un bel posto, c'era molto disordine e rifiuti un po' ovunque.

« Ho fatto come mi hanno detto: sto seguendo la terapia e ormai sono mesi che rigo dritto, ma non servirà a molto finché rimango qui » biascicò il prete, avviandosi verso la cucina. « Venga, di là staremo meglio. »

Varcarono la soglia e l'uomo andò subito a sedersi su una poltrona rovinata, piazzata davanti a un televisore spento, rintanandosi in quello che Mila immaginava fosse il suo posto preferito. Prese una sigaretta da un pacchetto appoggiato su uno dei braccioli e se la infilò fra le labbra, accendendola con un fiammifero.

Mila scelse una delle sedie del tavolo da pranzo, ingombro di piatti sporchi e vecchi giornali. « Non mi chiede neanche come mi chiamo? »

L'uomo si succhiava i denti, producendo un suono fastidioso. « Francamente, mi interessa solo sapere se ci sono altre banconote come quella di prima. »

« Dipende da ciò che avrà da dirmi. »

« Quei maledetti ormoni mi tengono sveglio gran parte della notte e di giorno mi rendono apatico per tutto il tempo, per cui non so se riuscirò a rispondere correttamente alle sue domande. »

Mila associò le parole « terapia » e « ormoni », e comprese il motivo della voce stridula. Qualcuno la chiamava « castrazione chimica » e veniva proposta a certi predatori sessuali come alternativa alla galera.

« Come le dicevo, padre Roy, sto svolgendo un'indagine privata. »

« Lasci perdere il 'padre' e mi chiami solo Roy » la invitò l'altro, liquidando i formalismi con un gesto della mano. « La curia mi ha sospeso *a divinis*, ma finché non mi riducono allo stato laicale posso ancora occupare questo alloggio. »

« Va bene, Roy » lo accontentò Mila. « Vorrei parlare di Norman Luth. »

Il nome cadde fra loro come un sasso in uno stagno. Padre Roy restò in silenzio, forse stava studiando la situazione: voleva capire quanto fosse conveniente rispondere.

Mila estrasse dalla tasca un'altra banconota da venti e la infilò sotto un bicchiere sporco, lasciandola in bella vista.

« Non ho mai toccato Norman » disse il prete sulla difensiva. « L'ho conosciuto che era già adulto. »

« Sono qui per un'altra faccenda » lo rassicurò lei. « Vorrei solo capire perché gli ha fornito un alibi quando si è autoaccusato dei tre delitti delle studentesse. »

« Non gli ho fornito alcun alibi, ho soltanto detto alla polizia ciò che anche loro avrebbero dovuto sapere. E cioè che era impossibile che Norman Luth fosse coinvolto in quegli omicidi perché era ricoverato in una struttura psichiatrica. »

« Luth è entrato in clinica autonomamente perché sapeva di avere un'indole aggressiva derivante dall'incapacità di rapportarsi agli altri, soprattutto alle donne » ribatté Mila che conosceva la storia. « Voleva controllare i propri demoni, ma i suoi demoni controllavano lui. »

L'uomo aspirò profondamente la sigaretta. « Perciò lei sostiene che Luth era il vero mostro. »

« Ho letto la confessione » affermò Mila. « Era troppo dettagliata... Luth ha descritto minuziosamente il modo in cui le strozzava a mani nude e perfino le sensazioni che provava... Ha riferito particolari che non erano mai stati diffusi alla stampa: solo la polizia e il vero assassino li conoscevano. »

« Quindi le cose sono due: Luth è il vero colpevole oppure era un veggente » ironizzò il prete mostrando anche un sorriso ingiallito.

« Una persona che conoscevo diceva che 'si può ingannare chiunque, tranne se stessi' » replicò Mila, citando il padre di sua figlia. « Luth non era un mitomane: sapeva chi era veramente, era consapevole di essere capace di cose orribili, come uccidere brutalmente un'innocente...

Per questo si è suicidato prima che lo rilasciassero. E sa come è successo? »

« Si è infilato un sacchetto di plastica in testa » disse senza problemi padre Roy.

« Già... Ha sperimentato su di sé una morte simile a quella che riservava alle proprie vittime. »

L'altro trasse un'ultima boccata dal mozzicone che aveva in mano, poi lo schiacciò nel posacenere ricolmo accanto a sé. « Se sa tutto ed è piena di certezze, allora perché è venuta da me? »

Mentre il prete si accendeva un'altra sigaretta, Mila infilò un'altra banconota sotto al bicchiere. « Lei è stato amico di Luth e conosce il suo passato... Voglio capire come nasce un mostro. »

Berish guardò l'ora: erano quasi le nove e la conversazione fra Mila e padre Roy andava avanti ormai da venti minuti.

Da ciò che sentiva per radio, la sua amica se la stava cavando abbastanza bene. Aveva messo subito in evidenza gli aspetti controversi della vicenda e adesso si apprestava a cogliere la minima contraddizione nel racconto del sacerdote.

Se Enigma ci ha condotti fin qui, ci dev'essere un motivo valido. Vuole che vediamo qualcosa o che sveliamo qualche verità che nessuno ha mai scoperto.

« Norman veniva da una famiglia normale » stava dicendo intanto il prete. « Il padre aveva una fabbrica che produceva bottoni, la madre era casalinga. Era figlio unico. Alle elementari era un bambino educato e un bravo studente: da piccolo non ha mai dato segni delle turbe mentali che in seguito avrebbero sconvolto la sua esistenza.»

Il prete cercava di arrochire la voce con le sigarette, pensò Berish. Ma il risultato era comunque grottesco. Sembrava di ascoltare un vecchio clown. Uno di quelli che popolano i brutti sogni dei bambini.

«Ho l'impressione che stia per dirmi che un terribile dramma ha sconvolto questo quadro idilliaco» lo provocò Mila.

Attenta, la ammonì il poliziotto col pensiero. Se metti in discussione ogni sua parola, c'è il rischio che cominci a dirti solo ciò che vuoi sentire: in fondo, a lui interessa soltanto spillarti qualche altra banconota.

Per il momento, Berish si astenne dall'intervenire per radio. Non voleva distrarla.

«All'età di nove anni accadde l'evento che avrebbe cambiato tutto» confermò il sacerdote. «Norman tornò a casa da scuola e scoprì che il padre era rientrato prima dal lavoro e che i suoi stavano litigando in soggiorno. Il ragazzo si nascose per ascoltare cosa si dicevano... In sintesi, Gregory Luth accusava la moglie di averlo ripetutamente tradito. Lei negava con decisione ma, alla fine, cedette ammettendo tutto: solo che, invece di mostrarsi pentita, la donna disse al marito che era contenta di averlo umiliato andando con altri uomini. Gregory, accecato dalla rabbia, le mise le mani al collo e la strozzò.»

L'ultimo particolare non era di poco conto, considerò Berish, visto che anche il maniaco di Unic ricorreva allo stesso metodo di uccisione. Tutto calzava alla perfezione e corroborava la tesi che Norman Luth fosse il vero colpevole.

Anche se rimaneva ancora il problema dell'alibi per i tre delitti.

Il poliziotto si disse che, probabilmente, Luth aveva trovato il modo per allontanarsi temporaneamente dalla clinica psichiatrica. O forse qualcuno l'aveva aiutato a uscire e rientrare.

«Dopo aver ammazzato la moglie, Gregory si accorse della presenza del figlio. Gli ordinò di preparare la valigia perché dovevano partire. Norman obbedì e, poco dopo, salì in macchina col padre. Percorsero neanche otto chilometri, poi mentre attraversavano uno dei ponti che portano fuori città, Gregory fermò l'auto in mezzo al traffico, scese e si diresse in silenzio verso il parapetto.»

«Cristo santo» si lasciò scappare Berish pensando alle turbe di quel povero ragazzino che, a distanza di pochissimo tempo, aveva assistito alla morte cruenta di entrambi i genitori.

«Chi si occupò di Norman in seguito?» domandò Mila.

«Per un po' i parenti più stretti, ma poi lo scaricarono agli assistenti sociali con la scusa che così avrebbe goduto di un miglior supporto psicologico, visto il dramma che aveva vissuto... Alla fine, un giudice stabilì che poteva andare in affidamento ed eventualmente in adozione.»

«Ma non riuscì ad adattarsi in nessuna famiglia» scommise Mila.

«Nessuno vuole un bambino che ha visto il padre uccidere la madre prima di togliersi a sua volta la vita » fu la risposta amara del prete.

Berish sapeva che aveva ragione. Li chiamavano « figli dell'orrore » ed erano marchiati per sempre dalla colpa di chi li aveva messi al mondo.

« Norman finì in un istituto psichiatrico per minori. In realtà, era perfettamente sano di mente ma fu parcheggiato lì solo perché non c'era nessuno che se ne facesse carico. »

Assurdo, si disse Berish. Avevano dato per scontato che Norman fosse segnato irreversibilmente da ciò che aveva vissuto. Così, stando in mezzo ai malati di mente, lo era diventato anche lui.

« Come ha conosciuto Norman Luth? » chiese Mila.

« Diventato maggiorenne, i dottori stabilirono che poteva tornare nel mondo. » Il prete si lasciò scappare una risata ironica. « L'unico posto dove poteva andare a vivere era la casa che aveva ereditato dopo la morte dei genitori. »

Da non credere, pensò Berish. Tornare nel luogo in cui era iniziata la sua tragedia non doveva essergli stato di grande aiuto.

« Norman non ci voleva stare... Così un giorno lesse sul giornale che affittavo un bilocale sopra il garage della canonica e si presentò da me. »

Berish si spostò sul sedile per controllare la costruzione che aveva notato arrivando, in fondo al vialetto che costeggiava il parco giochi. Constatò di nuovo che c'era un appartamento al piano superiore con il cartello AFFITTASI.

Se nessuno ci abitava, allora probabilmente quello era stato l'ultimo domicilio di Norman Luth.

Forse era il caso di andare a dare un'occhiata.

Mila era soddisfatta per come stava procedendo il colloquio con padre Roy, non sembrava nemmeno un interrogatorio. Se Berish non era ancora intervenuto, voleva dire che anche lui era contento.

Intanto il prete tossì forte, poi sputò un grumo di catarro in un fazzoletto di carta già usato che prese dalla tasca del pigiama.

Mila proseguì con le domande. «Quanto tempo ha trascorso Norman nell'appartamento sopra il garage?»

Padre Roy sollevò lo sguardo al soffitto, cercando di fare mente locale. «Dal 2011 al 2013, l'anno in cui è morto.»

Era precisamente il lasso di tempo in cui erano avvenuti gli omicidi delle studentesse. Il 2011 era anche l'anno della probabile uccisione di quella che sarebbe stata in seguito classificata come la prima vittima del mostro di Unic, considerò Mila. La conoscenza fra Luth e padre Roy coincideva con la scomparsa di Lea Mulach, ed era un'ulteriore conferma della tesi che stava elaborando.

«Come le ho già spiegato, ogni tanto Norman decideva di farsi ricoverare in una clinica psichiatrica sperando che i dottori rimettessero ordine al casino che aveva nella testa. Trascorreva lì un po' di tempo e, quando si stancava, tornava da me: i periodi di internamento coincidono con i tre omicidi del mostro di Unic. Le sembra un caso? » la provocò, ridendo.

Mila si era fatta un'idea abbastanza precisa di come Norman Luth fosse riuscito a eludere la sorveglianza della clinica psichiatrica per andare a uccidere le proprie vittime e tornare indietro.

Sospettava che fosse stato proprio padre Roy ad aiutarlo.

Norman non aveva menzionato il complice nella confessione: per riconoscenza o solo per paura? Ma una cosa era certa: un giorno le turbe psichiche di Luth, legate all'esperienza di morte violenta vissuta nell'infanzia, avevano incontrato le pulsioni di un predatore di bambini.

Un sodalizio micidiale.

Forse era esattamente il mistero che Enigma voleva farle svelare. Ma Mila non aveva ancora prove a sostegno della teoria e non sapeva cosa c'entrasse Due nella faccenda.

« Però, Roy, c'è una cosa che proprio non capisco. Visto che lei sostiene l'innocenza di Norman, mi sembra strano che non si sia posto anche una domanda... »

« Che domanda? »

« Si è mai chiesto come mai la catena di delitti di cui Luth si era autoaccusato si è interrotta proprio con il suo suicidio nel 2013? Dopo di allora, nessuna studentessa bionda con gli occhiali è più stata uccisa... »

Il sacerdote tacque, facendosi scappare un lieve sorriso. Mila aveva seguito alla lettera le istruzioni di Berish e aveva atteso fino a quel momento per rilevare la contraddizione. Pensò di averlo chiuso all'angolo.

« Norman era un grafomane, lo sapeva? » se ne uscì padre Roy, senza che c'entrasse nulla. « Riempiva diari su diari... Ne ho tenuti alcuni, vuole dare un'occhiata? Chissà, potrebbe trovare qualcosa di valore per la sua indagine. »

Mila non capiva se era solo un modo per sviarla o per spillarle altro denaro. « Mi porti questi diari » disse aggiungendo una banconota da cinquanta alla pila sotto il bicchiere sporco.

Il prete fece una breve pausa, sembrava che la studiasse. La cosa non le piacque.

« Sono in uno sgabuzzino. Venga, glieli mostro » affermò poi, alzandosi dalla poltrona.

Mila rimase dov'era. L'uomo colse la sua esitazione.

« Cos'è, ha cambiato idea? » domandò, divertito per averla intimorita.

« No, affatto: vediamoli » disse tirando su col naso anche se non era raffreddata.

Berish giunse alla base della scala esterna al garage da cui si accedeva all'appartamento sovrastante.

Per radio aveva sentito che Mila aveva calato sul tavolo la sua carta più importante: il fatto che Luth, oltre a conoscere particolari dei delitti che non avrebbe dovuto sapere, avesse posto fine alle gesta del mostro di Unic semplicemente togliendosi la vita. Con quella mossa la recita di Mila era quasi terminata, perciò a lui non restava molto tempo per una perlustrazione.

Ma poi sentì il prete che menzionava i diari di Norman.

« Va bene, dagli altri soldi e vai a vedere » disse al microfono. « Intanto io do un'occhiata al bilocale sopra il garage. »

Mila tirò su col naso. Era il segnale che aveva capito e si apprestava a procedere.

Berish salì i gradini e arrivò davanti a una porta bianca su cui c'era una finestrella, ma non si poteva guardare all'interno perché era oscurata da una tenda retrattile gialla. Il poliziotto saggiò la serratura e l'aprì servendosi di una semplice carta di credito.

Fu subito investito da una zaffata intensa e pungente. Abbassò lo sguardo e vide un topo morto sulla moquette.

Decise di lasciarsi aperto l'uscio alle spalle per arieggiare.

Il bilocale era, in realtà, un'unica grande stanza divisa in due da una parete a soffietto che adesso era completamente spalancata. La parte antistante era occupata da un letto singolo. In fondo c'erano un cucinotto e una porta, probabilmente il bagno.

Sparsi in giro c'erano vestiti, scatole di cibo, riviste pornografiche e quant'altro. Dallo strato di polvere che li ricopriva, Simon dedusse che stavano lì da molto tempo. Ma la conferma che quelle cose appartenevano a Norman Luth arrivò da una foto incorniciata sul comodino.

Un bambino sorridente in braccio ai propri genitori in una gita al mare.

Berish si sforzò di dimenticare il topo morto e la puzza, e si mise a rovistare in giro.

Il sacerdote procedeva nel corridoio trascinando le ciabatte, il suono era snervante. Mila lo seguiva malvolentieri nei meandri di quella casa buia e maleodorante. Sulle pareti, quadri religiosi e crocifissi non infondevano alcun senso di pace o di conforto.

Un rumore al piano di sopra la mise in allerta, sembravano passi. Sollevò gli occhi al soffitto e vide un po' di polvere che cadeva dalle assi di legno.

Per la prima volta da quando era lì, ebbe la sensazione che non fossero soli in casa.

Senza farsene accorgere, scostò lo spolverino e portò una mano dietro la schiena per controllare l'impugnatura della pistola. Passarono accanto a una specie di studiolo e l'ex poliziotta incrociò lo sguardo di un uomo barbuto. Si bloccò, ma poi riconobbe le fattezze di un santo riprodotte in una statua di legno a grandezza naturale.

Intuendo l'equivoco, padre Roy si lasciò scappare una risata sardonica. « San Giacomo il Maggiore, protettore degli eserciti... »

Prima di proseguire, l'occhio di Mila cadde sul vecchio PC che stava in un angolo della stanza. Nessun joystick, nessun visore. Ma la tastiera aveva una strana forma: i tasti coi numeri, che di solito stanno a destra, erano posizionati a sinistra.

« Ecco, è tutto qui » disse il sacerdote spalancando una porta e accendendo la luce all'interno.

Mila vide che si trattava di un'angusta intercapedine, lunga almeno quattro metri.

« La roba di Norman è in fondo » affermò padre Roy. « Troverà due scatoloni su uno scaffale in basso. Non può sbagliarsi: c'è scritto sopra il suo nome. »

Mila sperava che Berish avesse sentito: se le cose di Luth erano lì, forse era inutile che perdesse tempo nel bilocale. Ma la verità era che non aveva alcuna voglia di avventurarsi nella strettoia. Sollevò ancora una volta lo sguardo al soffitto, chiedendosi se quella di prima fosse stata solo un'impressione o se ci fosse realmente qualcun altro.

Va bene, diamoci da fare, si disse, decisa a sfidare la claustrofobia.

Si tolse lo spolverino nero e rimboccò le maniche della felpa col cappuccio, pronta a inoltrarsi nell'intercapedine.

Intanto padre Roy si appoggiò allo stipite dello sgabuzzino e, per godersi meglio lo spettacolo, si accese l'ennesima sigaretta.

La puzza del topo morto appestava il bilocale, Berish cercava di respirare soltanto con la bocca ma non era sufficiente. In più, la perlustrazione non stava dando gli esiti sperati, c'erano solo inutili cianfrusaglie. Il poliziotto trattenne un conato, ma doveva sbrigarsi a uscire da lì o quell'odoraccio gli avrebbe impregnato i vestiti. Al secondo avvertimento dello stomaco in subbuglio, capì che di lì a poco avrebbe vomitato.

Si diresse verso la porta del bagno, fece per aprirla ma non ci riuscì. Strano, non c'era serratura ma solo la maniglia. Perciò qualcosa la bloccava dall'interno. Scordò la nausea e provò a forzarla: in effetti, dall'altra parte c'era un ostacolo. Assestò qualche spallata per spingere il battente. Quando finalmente si creò uno spiraglio, infilò la testa per guardare... ma si ritrasse subito.

Una puzza peggiore di quella del maledetto topo, e veniva da un cadavere in avanzato stato di decomposizione.

Berish si coprì naso e bocca con la mano e si costrinse a rinfilare il capo nella fessura.

Il corpo era riverso su un fianco, quasi in posizione fetale. Occupava l'intero pavimento del piccolo bagno. La pelle del viso era tirata e nera a causa dei processi putrefattivi. S'intravedevano i denti e le orbite erano svuotate. Indossava abiti maschili: camicia e pantaloni scuri.

Aveva la patta aperta.

Berish si sporse per guardare meglio. All'altezza del pube c'era una pozza di sangue rappreso, ma fu quando gli guardò le mani che il poliziotto capì cos'era successo.

In una stringeva un coltello, nell'altra il proprio pene insieme ai testicoli. Si era evirato ed era morto dissanguato. L'aveva fatto per punirsi.

Mentre formulava quelle considerazioni, a Berish cadde l'occhio su un dettaglio della camicia. La scoperta lo paralizzò.

Sul taschino sinistro, all'altezza del cuore, c'era una spilletta con un crocifisso.

*

Mila aveva aperto il primo scatolone: all'interno c'erano solo una radiosveglia, un tostapane, qualche pentola e un phon: nessuna traccia dei diari citati da padre Roy. Adesso si apprestava a controllare il secondo, sperando che il prete non l'avesse presa in giro.

Conteneva vestiti.

Mentre frugava fra vecchi maglioni e camicie di flanella, le parve di sentire la voce di Berish all'auricolare. Solo che la trasmissione era disturbata e le arrivavano solo frammenti di parole.

La maledetta intercapedine impediva al segnale radio di raggiungerla.

Poi la voce di Berish sparì del tutto e, contemporaneamente, Mila fu distratta da qualcosa che si trovava sul fondo dello scatolone.

Tre diari dalla copertina colorata, come quelli usati dai ragazzini. Sul profilo di ognuno era riportato l'anno di riferimento.

2011, 2012 e 2013. Uno per ciascuna vittima, pensò Mila.

Se Norman Luth era davvero un grafomane come sosteneva padre Roy, forse contenevano la cronaca dei delitti delle studentesse. L'ex poliziotta prese il primo, sperando che il mostro di Unic avesse annotato anche dove aveva nascosto l'unico cadavere mai ritrovato. Forse Lea Mulach avrebbe finalmente avuto una sepoltura per riposare in pace.

Ma quando Mila aprì il diario, si trovò davanti una

realtà diversa. Le pagine scritte in modo fitto, con una grafia sottilissima, erano piene solo di numeri.

Aveva la prova che Norman Luth era collegato a Due.

Ancora una volta, il solletico alla base del collo. Ma non era per quello. La scoperta le aveva fatto tornare in mente la posizione dei numeri sulla tastiera del computer di padre Roy.

Berish aveva sceso a perdifiato le scale dell'appartamento sopra il garage e adesso correva verso la canonica, sperando di fare in tempo.

« Mi senti, Mila? Quello non è padre Roy » urlava alla radio, ma non riusciva a ottenere risposta. « Il prete è morto, devi uscire subito da lì! »

Sentiva solo il proprio respiro confondersi col vento. Poi uno scoppio ovattato. Berish rallentò il passo senza accorgersene. Poteva averlo immaginato, ma l'istinto gli diceva che era stato uno sparo.

Non l'ho immaginato, si disse. Veniva proprio dalla casa.

Quando entrò nella canonica con la pistola in pugno, si mise in cerca di Mila. C'era troppo silenzio, non andava bene. Poi sentì un colpo di tosse soffocato e lo seguì nei meandri dell'abitazione.

A tossire era il falso padre Roy, riverso sul pavimento del corridoio. Mila gli stava accanto e cercava di tamponargli con le mani una ferita sull'addome.

« Dov'è mia figlia? » domandava senza imporsi, sottovoce. « Dimmi dove si trova, ti prego. »

L'uomo tossì ancora e dalla bocca gli uscì un fiotto di sangue che gli imbrattò i peli bianchi sul mento. Poi sorrise.

Berish comprese ciò che era accaduto perché Mila aveva appoggiato per terra l'arma con cui aveva sparato per difendersi e, accanto a essa, c'era il coltello con cui verosimilmente era stata assalita.

L'ex poliziotta si accorse dell'amico e si voltò verso di lui con occhi supplicanti. « Chiama un'ambulanza » disse.

Ma Simon era troppo esperto di ferite e di proiettili per non capire subito che l'uomo era spacciato. Infatti, pochi attimi dopo, vide una luce maligna che si spegneva nel suo sguardo.

« Dobbiamo andare » disse prendendola per le braccia e sollevandola.

« La tastiera del computer » affermò Mila, sconvolta.

Berish non capì.

« La tastiera è per mancini, lui fumava con la destra. »

Mentre scopriva i numeri nei diari, aveva ripensato a ciò che aveva visto nello studiolo del prete – solletico alla base del collo. Chiunque fosse quel bastardo, l'aveva mandato Enigma.

Sentirono dei passi muoversi al piano di sopra. Berish scattò, in allerta: pronto a fare fuoco. Dalle finestre del piano terra, intravidero due figure scendere lungo la scala antincendio: corsero verso un'auto parcheggiata poco distante e si dileguarono.

Mila non si era sbagliata: c'era davvero qualcun altro in casa.

« Cazzo » commentò Simon. Raccolse i diari sulla soglia dello sgabuzzino e glieli mise fra le mani ancora insanguinate. Quindi le diede istruzioni su ciò che doveva fare: « Prendi l'auto e va' a casa mia ».

« La mia pistola? »

« Lasciala qui, me ne occupo io. » Poi osservò il cadavere e aggiunse: « E anche del resto ».

15

Si era lavata le mani servendosi di alcune salviette umidificate trovate nel cruscotto dell'auto. Ma le sembrava di essere ancora sporca del sangue dell'uomo a cui aveva sparato. Così, arrivata all'appartamento di Berish, s'infilò subito sotto la doccia. Rimase lì a lungo, aprendo al minimo l'acqua fredda perché sperava che il getto bollente le facesse bene.

Mila Vasquez cercava sempre di guarire dal dolore col dolore.

Uscita dal bagno con indosso l'accappatoio di Simon, per prima cosa riempì di cibo la ciotola di Hitch. Poi trovò anche qualcosa per sé, perché era affamata. Pane in cassetta e sottaceti. Se li portò sul divano.

Fuori pioveva.

A gambe incrociate, Mila iniziò a sfogliare i diari di Norman Luth sperando che quei numeri le rivelassero qualcosa. Era come risolvere un complesso problema matematico, uno di quei quesiti impossibili che impegnavano gli studiosi per un'intera vita.

No, si disse. È il parto malato di una mente assassina. Non c'è una logica in queste cifre, soltanto caos e morte. Perché questo è l'unico credo del suggeritore.

Mila non capiva più nulla. Forse la risposta si celava negli altri elementi che aveva raccolto nel suo secondo viaggio nell'Altrove: *i vecchi mobili e la rosa nera*. Ma non ne era più sicura.

Berish rientrò che era quasi mezzogiorno. Gettò il soprabito bagnato di pioggia su una sedia e si versò da bere.

« È tutto a posto? » gli domandò, esitante.

Lo sbirro ingollò un sorso prima di risponderle. « Sì, è tutto a posto. »

Hitch si avvicinò al padrone perché aveva annusato uno strano odore sui suoi vestiti. Berish lo allontanò spingendogli via il muso.

Mila non gli chiese come avesse fatto a cancellare dalla canonica le tracce della loro visita di quella mattina, né come si fosse disfatto dei cadaveri del prete evirato e dello sconosciuto che si era spacciato per lui. Sapeva che uno sbirro con tanti anni trascorsi in polizia ha di certo maturato conoscenze nel mondo criminale che gli possono tornare utili in caso di bisogno. Ma il suo amico era sconvolto, e la cosa non le piacque.

« Che c'è nei diari di Luth? » le chiese per cambiare argomento.

Mila ne sollevò uno e fece scorrere velocemente le pagine davanti a lui.

Berish scosse il capo. « Non è servito a niente... » commentò.

« Se avessimo raggiunto la soluzione del mistero, avremmo dovuto anche trovare le nuove coordinate per accedere a Due. »

« Quindi dobbiamo ricominciare da capo... »

« Perché? » Mila non era d'accordo.

« Perché ora siamo costretti a mettere in dubbio tutto

ciò che ha detto il falso sacerdote: ha mentito per depistarci o ha raccontato la verità che il vero padre Roy non poteva più rivelare perché era morto da tempo? »

« Dobbiamo ripartire dai fatti... E i fatti ci dicono che Norman Luth ha confessato i delitti con dovizia di particolari perché *sapeva* » ribadì Mila.

« Ma il suo alibi regge » obiettò l'altro.

« Però dopo il suo suicidio non sono morte altre studentesse. »

Simon buttò giù il resto del bicchiere. « Ci dev'essere per forza una spiegazione. »

« I numeri sui diari saranno comprensibili solo alla mente malata di un pazzo, ma di certo non sono una coincidenza » affermò Mila. « Sono la prova che Norman frequentava Due e forse conosceva Enigma. »

« Non sono ancora una prova » ribatté Simon, anche se gli costava smentirla. « Dobbiamo farli *diventare* una prova... »

« E come? » Mila era frustrata.

« Indagando » replicò l'altro, quasi con rabbia. « Andando a cercare dove non l'abbiamo fatto, mettendo il naso dove non l'abbiamo messo, affondando le mani nella merda che non abbiamo ancora rimestato. »

Mila non l'aveva mai visto così infervorato.

« Per convenzione affermiamo che ci troviamo di fronte a un caso di serial killer quando l'assassino ha ucciso almeno tre volte e con le stesse modalità. Ma chi ha detto che deve essere per forza così? Lo abbiamo deciso soltanto perché ci accorgiamo sempre troppo tardi della sua esistenza, quando ha già colpito. È una scusante perché non siamo in grado di fermarlo prima! »

Mila non capiva dove volesse arrivare con quel discorso.

« E quando scopriamo un nuovo serial killer, cosa facciamo? Aspettiamo che uccida di nuovo sperando che stavolta commetta qualche errore... »

La *sfortuna* coi serial killer era che non sapevano fermarsi. La *fortuna* coi serial killer era che non sapevano fermarsi.

« Be', noi oggi abbiamo fatto la stessa cosa » concluse Berish, senza perdonarselo. « Siamo andati a interrogare un prete quando invece la vera domanda dovevamo farla a noi stessi... Come impara a uccidere un serial killer? »

Finalmente Mila capì. « Glielo insegna la sua prima vittima. »

Sulla base di quali caratteristiche i serial killer selezionavano le proprie vittime? Era una delle domande cruciali per i criminologi.

Spesso non c'era alcuna scelta alla base dell'omicidio. Bastava che la vittima fosse una donna e che si trovasse nel luogo giusto. Giusto per l'assassino, naturalmente.

Altre volte, la designazione era del tutto accidentale. Mila ricordava un serial killer che violentava e faceva a pezzi solo cameriere di bar. Quando lo catturarono, ammise che non c'era una ragione precisa: siccome la prima donna uccisa era casualmente una cameriera di bar e quella volta l'aveva fatta franca, aveva deciso di proseguire con la categoria. Anche per una sorta di motivo scaramantico.

Però esisteva pure una ragione più profonda: per un assassino seriale la ripetizione del modus operandi è fonte di soddisfazione almeno quanto l'omicidio stesso. Per lui significa che sta facendo bene il proprio lavoro. L'idea di aver escogitato un metodo per uccidere senza essere catturato era appagante per il loro ego, si disse Mila.

« Se una torta ti viene bene, perché cambiare la ricetta? » ripeteva sempre l'uomo che le aveva insegnato quelle cose. « Puoi perfezionarla col tempo, imparando dall'esperienza. Ogni tanto puoi addirittura permetterti di sostituire un ingrediente. Ma non la stravolgi rischiando che ti venga male. »

Lea Mulach, studentessa bionda e con gli occhiali, aveva costituito il prototipo del mostro di Unic. Colei che avrebbe fatto da capostipite alle altre.

Perché ogni assassino ha il suo ideale di vittima, ricordò l'ex poliziotta.

La madre della ragazza abitava in un bel condominio sulla baia. Dopo la morte della figlia, aveva divorziato e un anno prima si era risposata con un avvocato.

Mila e Berish andarono a bussare alla sua porta sperando che la domenica piovosa l'avesse costretta in casa.

Una domestica li fece accomodare nell'ampio salotto che si affacciava direttamente sul mare. Erano passati sette anni da quando Barbara Mulach chiamava quasi ogni giorno il Limbo per avere notizie dell'indagine sulla scomparsa della figlia. Dopo qualche mese, aveva diradato le telefonate. E quando la polizia aveva deciso di annoverare anche Lea fra le vittime del mostro di Unic, la madre aveva cessato ogni contatto.

Appena Barbara Mulach mise piede nella stanza, Mila si accorse di essere stata subito riconosciuta. Quella è l'espressione che avrò anch'io se non riuscirò a trovare Alice, si disse.

Impotenza e sgomento.

La donna indossava una tuta grigia di ciniglia. Aveva ancora i capelli biondi, ma ormai tinti per via dell'età. Li portava raccolti in una coda e così assomigliava incredibilmente alla figlia.

Scoppiò in lacrime. « L'avete ritrovata? » domandò con un filo di voce.

Mila andò a sorreggerla. « Purtroppo no... »

« Allora perché è venuta qui? » chiese, confusa.

« Perché mi sto occupando di nuovo del caso » mentì parzialmente l'ex poliziotta.

Lo scopo della sua indagine non autorizzata non era ritrovare il corpo di Lea, ma Alice.

« Questo è l'agente Simon Berish, nuovo responsabile dell'Ufficio persone scomparse. »

Dopo le presentazioni, si accomodarono sui divani di pelle chiara davanti alla terrazza. Fuori il mare era in burrasca, ma era uno spettacolo muto perché il rumore delle onde non riusciva a superare lo schermo della vetrata.

« Sarebbe stata una donna straordinaria » asserì Barbara Mulach indicando con lo sguardo le foto nelle cornici d'argento che stavano su un tavolino. Ritraevano la figlia in vari momenti della sua breve vita. Appena nata, mentre spegneva le candeline in uno dei suoi primi compleanni, su una pista da sci, in sella a un cavallo, vestita da majorette e infine sorridente con il diploma fra le mani.

« Era la prima in tutto, non ammetteva di arrivare seconda. »

Lo era stata anche nella morte, pensò Mila. La prima di una serie.

« Lo so che quando si parla dei morti, soprattutto quando sono giovani, è facile dire che in vita erano delle belle persone, benvolute da tutti » affermò la donna. « In fondo, è anche patetico. Ma Lea non ha avuto nemmeno il tempo di sbagliare. » Prese fiato. « Quando mi disse che voleva studiare lingue orientali, la spinsi a farlo. Suo padre, invece, avrebbe preferito che si laureasse in economia. Ma Lea aveva voglia di viaggiare, era anche il mio sogno da ragazza. »

A causa della mancanza di empatia, Mila non riusciva a provare compassione per quella donna, ma sapeva bene di cosa fosse fatto il senso di colpa.

Gli inciampi sulla strada del destino noi li chiamiamo « se ».

Se non avesse costretto Alice a vivere in una casa isolata sul lago, se non avesse accettato l'incarico della Shutton, se non avesse incontrato Enigma forse adesso le cose sarebbero state diverse anche per Mila.

« Signora Mulach » esordì Berish. « Come ben sa, il nome di Lea è stato incluso nella serie di vittime del serial killer di Unic... Ma le differenze rispetto alle altre due ragazze uccise sono rilevanti: il corpo di sua figlia non è mai stato ritrovato, e non c'è prova che sia stata adescata sul social network dal misterioso ragazzo di nome Larry.

Questo comunque potrebbe non significare molto: forse l'assassino si è servito di un altro profilo... Però le chiedo: Lea era il tipo da accettare la corte di un ragazzo su internet? Era molto bella e mi pare di capire che non le mancassero certo i corteggiatori. »

« Ha ragione, agente Berish, ma quel bastardo è apparso nella sua vita nel momento peggiore. Lea era appena uscita da una lunga relazione con un compagno del liceo. Si sa come vanno certe cose quando inizia l'università: ci si allontana, cambiano le abitudini e le conoscenze... Credo che mia figlia si sentisse sola, ma non aveva il coraggio di iniziare una nuova storia. »

Il social network universitario allora era stato una specie di terapia, pensò Mila. Un modo per frequentare di nuovo qualcuno senza doversi impegnare.

« È andata al cinema con quel vigliacco solo perché le sembrava una cosa innocua... Dopo la scomparsa, dal suo armadio mancavano un paio di jeans, un giubbotto e una T-shirt: se Lea avesse pensato a un appuntamento galante, non si sarebbe certo vestita così. »

« Come sa, alcuni anni fa un uomo di nome Norman Luth si autoaccusò dei delitti, compreso l'omicidio di Lea » le rammentò Simon.

« Ah, sì: il mitomane psicolabile » lo liquidò subito la donna. « Sapete che vi dico? La polizia ha fatto bene a non credergli: quel figlio di puttana di Luth mentiva perché non sarebbe mai riuscito a ingannare la mia Lea. Uno che entra ed esce di continuo dai manicomi non è in grado di raggirare una ragazza bella e brillante. »

Su questo Barbara Mulach aveva torto, considerò Mila. Purtroppo la verità era diversa e molti dei maniaci che andavano a caccia sui social non erano affatto astuti o affascinanti, gli bastava mostrare una parvenza interessante per attirare in trappola le prede. Il resto del lavoro di solito lo facevano le vittime, credendo alla bugia che raccontavano a se stesse. E rammentò anche le parole del suo misterioso amico col passamontagna rosso.

La mente vede ciò che la mente vuole vedere.

« Non siamo qui per illuderla, signora Mulach » affermò Mila. « Stiamo cercando di mettere insieme le tessere del caso e abbiamo pensato di cominciare proprio da Lea perché così ha agito anche l'omicida. »

Intervenne Berish: « Il fatto che il corpo di Lea non sia mai stato ritrovato potrebbe essere un indizio rivelatore della personalità dell'assassino... Dopo averla uccisa, non l'ha abbandonata sul ciglio di una strada come le altre ».

Simon cercava di farle capire che forse il serial killer aveva fatto sparire il cadavere perché nel profondo riusciva ancora a vergognarsi per ciò che aveva commesso. Col tempo avrebbe perso quella sensibilità, ma allora aveva voluto prendersi cura delle spoglie di Lea. Tuttavia non si poteva convincere una madre che potesse esserci rimorso o premura nell'orrore.

« Cosa c'è di rivelatore nel dispetto di non permettere a due genitori di piangere sulla tomba della propria figlia? » ribatté infatti la donna, offesa.

A quel punto, si interpose Mila: « L'agente Berish sta solo cercando di dire che forse l'assassino ha scelto Lea per un motivo. Se scopriamo qual è, forse possiamo arrivare a lui ».

Barbara Mulach li fissò. La prospettiva di contribuire alla cattura del mostro che le aveva rovinato la vita mandando in pezzi la sua famiglia aveva risvegliato in lei una rabbia positiva. « Cosa posso fare per aiutarvi? »

« Ha ancora il computer di Lea? » chiese Berish. « Vorremmo dargli un'occhiata. »

« Sì, ce l'ho io. Sono riuscita a reagire, a ricominciare. Il mio ex marito, invece, non si dà pace. Pensate che dopo che ci siamo separati è venuto a portarmi le cose di nostra figlia, perché non voleva averle in casa. Salvo poi pentirsene, ma quegli oggetti sono ancora qui... »

La donna si alzò dal divano e li lasciò soli per recarsi in un'altra ala dell'appartamento.

« Che ne pensi? » domandò Berish sottovoce.

Mila scosse il capo. « Non lo so, spero solo che tu abbia ragione... »

Barbara Mulach tornò dopo qualche minuto con un notebook dalla cover rossa piena di piccoli draghi dorati. « È rimasto intatto da quando Lea è scomparsa. »

Mila lo riconobbe perché quando il caso era stato di sua competenza, prima che fosse avocato dall'UCV, aveva analizzato il portatile alla ricerca di indizi utili a spiegare la sparizione di Lea.

« Davvero credete che si possa ancora trovare l'assassino? I vostri colleghi della polizia dicono che ormai è passato troppo tempo, e dopo quelle altre due povere ragazze il mostro si è volatilizzato... »

Spesso i genitori delle vittime di crimini violenti adottavano il mostro al posto dei figli che avevano perso. Nei loro cuori, l'odio rimpiazzava l'amore. Mila non voleva averle dato false speranze.

« È solo una pista » si premurò di chiarire l'ex poliziotta. « Potrebbe portare a qualcosa oppure a niente... Comunque, Lea non sarà dimenticata. Io non l'ho dimenticata. » Ed era vero.

« Siamo talmente disperati che tre anni fa abbiamo fatto mettere una lapide al cimitero... Siamo coscienti che lì sotto non c'è nessuno, ma la gente passerà davanti alla tomba e leggerà il suo nome. Così sapranno che una volta è esistita una bellissima giovane donna di nome Lea Mulach e si ricorderanno di lei quando anche noi due moriremo... »

Il vero dramma di quella madre non era che la figlia fosse morta ma che, data la giovane età, fosse vissuta invano.

« Non so se è uno scherzo o se invece è un gesto di sincera carità... L'ho detto pure alla polizia, ma non me l'hanno saputo spiegare... Forse non è importante... »

Mila non capiva a cosa si stesse riferendo la donna. Scambiò uno sguardo con Berish e anche lui sembrava confuso.

« Cosa non è importante? » la incoraggiò allora l'ex poliziotta.

La madre di Lea Mulach si voltò a guardarla. « Da quando abbiamo messo la lapide, ogni anno, il giorno dell'anniversario della scomparsa, qualcuno lascia una rosa nera. »

16

Il modus operandi di un serial killer era come la ricetta di una torta.

Mila ripeté a se stessa l'efficace paragone. Se una cosa ti riesce bene con un determinato procedimento, perché cercare di farla in modo diverso?

Ma pur conservando degli elementi stabili, il modus operandi di un serial killer poteva variare da un delitto all'altro: l'omicida, come il pasticcere, tende a perfezionarsi poiché impara dall'esperienza.

Per questo motivo, molti criminologi lo consideravano un criterio superato per l'attribuzione dei delitti allo stesso serial killer: infatti, era molto probabile che fra il primo e l'ultimo omicidio della serie ci fossero ormai tante e tali differenze da farli apparire come opera di mani diverse. E ciò rappresentava un rischio specie in sede processuale, dove un avvocato scaltro poteva fare leva sulle discrepanze per far cadere le accuse contro il proprio assistito.

Ecco perché i profiler avevano iniziato a basarsi maggiormente sull'altro aspetto del comportamento seriale. Qualcosa che restava immutato nel tempo.

La firma.

« Il serial killer usa il delitto per soddisfare un bisogno » spiegò Mila a Berish mentre questi guidava sotto la pioggia. « Per essere pienamente soddisfatto dall'omicidio, c'è qualcosa che *deve* necessariamente fare. Per esempio, se il suo bisogno è infliggere dolore o dominare la vittima, non potrà esimersi da atti di sadismo o umiliazione, e allora essi saranno la sua firma.»

Il comune denominatore dei delitti.

«Ma la distinzione fra modus operandi e firma talvolta è sottilissima» lo avvertì.

Mila ricordava il caso di un rapinatore di banche che fotografava gli ostaggi dopo averli costretti a spogliarsi. Un simile comportamento non era né utile né necessario al buon fine della rapina, anzi ne accresceva i rischi poiché il rapinatore si intratteneva per più tempo nella banca.

Quella era la sua firma, il sintomo di un bisogno insopprimibile.

Un altro rapinatore, invece, pur facendo spogliare gli ostaggi, non li fotografava. Lo scopo era meramente pratico: una volta nudi, avrebbero evitato di guardarlo per l'imbarazzo, così c'erano meno possibilità che potessero fornire indicazioni sul suo aspetto alla polizia.

Però Berish continuava a non capire. «Cosa c'entrano questi discorsi sulla 'firma' del serial killer con la rosa nera che la madre di Lea Mulach trova ogni anno sulla tomba fasulla della figlia?»

«Andiamo al Limbo e te lo spiegherò: ho l'impressione che abbiamo commesso un errore» disse Mila, senza aggiungere altro.

Nonostante il maltempo, il traffico scorreva agevolmente. La temperatura si era abbassata di parecchi gradi e le previsioni non promettevano niente di buono nemmeno nelle ore successive.

Mila e Berish arrivarono al dipartimento verso le sedici.

La domenica pomeriggio nel palazzo c'era poco movimento, ma pregarono di non incrociare qualcuno che li riconoscesse e spifferasse alla Shutton di averli visti insieme.

Nella sala dei passi perduti, Mila appoggiò il notebook di Lea Mulach in un angolo della scrivania e lo mise in carica perché chissà da quanto tempo non veniva acceso.

« Ci occuperemo dopo del computer della ragazza » comunicò a Berish.

Si sedette subito davanti al vecchio terminale per andare in cerca della conferma che sperava di trovare.

Nel database degli omicidi c'era una sezione dedicata alle « vittime minori ». Non era politicamente corretto parlare di individui che erano morti a causa del loro stile di vita, ma la sostanza era esattamente quella. Chi spacciava o si prostituiva o era affiliato a una gang aveva più probabilità degli altri di essere ammazzato. Qualcuno lo definiva anche « rischio del mestiere ».

A Mila interessavano proprio le prostitute e, dopo aver raffinato la ricerca inserendo come parametri « capelli biondi », « occhiali » e « strozzamento », ottenne una lista di sei omicidi dal 2013 fino ad allora.

« Ecco la firma » annunciò, trionfante. « Il serial killer non ha affatto smesso di uccidere: si è fatto solo più furbo. »

Per agire indisturbato, ha cambiato un ingrediente della ricetta, si disse Mila. Non più studentesse ma prostitute. Una studentessa strozzata costituisce un'eccezione, mentre una prostituta viene considerata come l'ennesima predestinata.

« Non capisco » disse Berish. « Norman Luth allora è innocente o i serial killer erano due fin dall'inizio? »

Mila gli indicò la sedia accanto alla sua. « Ho una teoria, vediamo se ti convince... » Era eccitata per la scoperta e non vedeva l'ora di condividerla con l'ex collega. « Norman Luth visitava Due, lo confermano i suoi diari pieni di numeri. Nel mondo virtuale, Luth assiste alla messa in scena della fantasia di un altro giocatore: uno a cui piace strozzare le studentesse bionde con gli occhiali. »

Mila aveva avuto un assaggio di cosa significasse entrare nelle fantasie malate di qualcuno: non avrebbe dimenticato ciò che aveva provato impersonando Karl Anderson mentre massacrava moglie e figlie con una lama.

« Luth è mentalmente instabile e, quando i delitti si ripetono con le stesse modalità nel mondo reale, si convince di essere l'omicida: va alla polizia e rende una confessione dettagliata... Ma siccome nei periodi delle uccisioni era sempre nella clinica psichiatrica, risulta che non poteva essere stato lui e viene scagionato. »

« Ma la vicenda di Luth, culminata con il suo suicidio, insegna qualcosa al vero serial killer » intervenne Berish, che finalmente cominciava a comprendere il ragionamento. « Se non vuole essere catturato, deve cambiare il proprio modus operandi quel tanto che basta a far sembrare che la serie si sia interrotta... Per questo, rimpiazza le studentesse con le prostitute. »

« La sua firma è l'aspetto della vittima. Per soddisfare pienamente il suo bisogno, deve essere sempre lo stesso: capelli biondi e occhiali. »

Berish rifletté. « E la rosa nera? Qual è il significato? »

« Non è detto che sia un gesto di compassione o di ravvedimento » affermò Mila. « Può essere un modo per dimostrare a se stesso che non ha dimenticato la sua prima vittima. »

Tutti i serial killer erano grati alla loro prima vittima, rammentò l'ex poliziotta. Come un primo amore, non erano capaci di scordarla.

« Se Norman Luth era in contatto col vero omicida attraverso Due, allora sarà sufficiente guardare nel suo computer » affermò Berish, sicuro. « Ma nell'appartamento sopra il garage non c'era nessun computer » ricordò, frustrato.

Sembrava un vicolo cieco, ma Mila ebbe un'intuizione. « Il falso padre Roy mi ha raccontato che Norman ereditò la casa dei genitori. Però, per via dei brutti ricordi, si rifiutava di viverci e per questo aveva preso in affitto il bilocale. È probabile che il computer di Luth si trovi dove è vissuto da piccolo. »

« Il falso prete potrebbe aver mentito » la mise in guardia Simon. « Oppure in quella casa adesso ci vive qualcun altro. »

Ma Mila era di tutt'altra opinione. « Nulla ci impedisce di andare a controllare... Poi ci dedicheremo al notebook di Lea » affermò staccando il caricatore del portatile dalla presa, pronta a uscire.

*

La pioggia che aveva imperversato sulla città per l'intera giornata aveva concesso una tregua, ma sulle loro teste incombeva ancora un ammasso minaccioso di nuvole nere.

Con l'approssimarsi del tramonto, la luminosità diminuiva rapidamente. Presto sarebbe cominciata un'altra lunga notte per Alice e il pensiero gettava Mila nello sconforto. Era come dover convivere con un dolore sordo in mezzo al petto, un pugno che s'infilava lentamente fra le costole, facendosi strada con tenacia.

I genitori di Norman Luth gli avevano lasciato una bella villa liberty in collina, circondata da un parco recintato da cancellate di ferro. Ma Berish aveva ragione: la casa era abitata. Anche se le tende alle finestre erano tirate, s'intravedevano delle luci all'interno.

« Cosa facciamo? » chiese Mila, pensando che ormai fosse inutile andare a bussare ai nuovi inquilini.

« Non lo so » rispose Simon.

La mossa si stava rivelando improduttiva. Ma poi l'ex poliziotta si accorse che alle spalle della villa, seminascosta dai rami nodosi di un pino, c'era una Lancia Beta di colore blu cobalto.

Anche Enigma e Pascal guidavano auto risalenti al secolo prima. Proprio l'uomo col passamontagna rosso le aveva spiegato la ragione: quelle macchine erano prive di sistemi elettronici che potessero farle localizzare.

« Non so se è solo un caso » spiegò a Berish. « Ma penso che molti giocatori di Due prendano la medesima precauzione. »

Il poliziotto ci pensò. « Che dici, suoniamo il campanello e domandiamo se hanno ancora il computer di Luth? »

« Non credo proprio » rispose Mila.

« Lo immaginavo. »

Berish estrasse dalle tasche del soprabito due pistole. Gliene consegnò una, in sostituzione di quella che aveva fatto sparire dopo l'omicidio del falso padre Roy. « È un'arma pulita » l'avvertì, intendendo che nel caso avesse avuto di nuovo bisogno di usarla non avrebbero potuto ricollegarla a loro.

Poco dopo, scavalcarono l'inferriata nel punto in cui era impossibile che qualcuno dall'interno li notasse. Poi si diressero verso la casa passando sul prato cosparso di foglie bagnate che attutirono il rumore dei passi.

Folate di vento gelido calavano all'improvviso dalla collina sovrastante, rimbalzavano fra gli alberi del parco, agitando le fronde, e poi sparivano.

Berish indicò a Mila un ingresso posteriore che immetteva in un giardino d'inverno. Oltre i vetri opachi s'intravedeva soltanto un intrico di rami, come scheletri nell'oscurità.

Bastò spingere lo stipite per avere ragione della modesta serratura. In pochi secondi, erano dentro.

Furono accolti da un gradevole tepore che veniva dall'interno della casa. Si misero in ascolto, cercando di cogliere la presenza di chi ci viveva. Ma non sentirono nulla.

Berish fece un passo per inoltrarsi nella villa, ma Mila lo trattenne per la manica. Quando si voltò, il poliziotto vide ciò che aveva visto lei.

Il giardino d'inverno ospitava un roseto. Sulla pianta più bella e più preziosa spuntavano dei boccioli neri.

Se c'era bisogno della conferma che fossero nel posto giusto, l'avevano trovata.

Berish precedette Mila nell'esplorazione degli ambienti. Il vecchio parquet gemeva sotto i loro piedi e procedevano dosando bene il peso su ogni passo.

Non erano certi che ci fosse qualcuno, ma la casa era illuminata. Abat-jour coperti da foulard damascati e applique dorate che spiccavano sulla carta da parati rosso amaranto, con la loro luce ambrata, sembravano indicargli il percorso. I mobili d'epoca emanavano un odore gradevole, antico – cera d'api e legno pregiato.

Arrivati nei pressi di una scala con la balaustra intarsiata che conduceva ai piani superiori, Berish fece cenno a Mila che avrebbe proseguito in quella direzione. Lei, invece, sarebbe rimasta di sotto.

Per condurre meglio l'ispezione degli ambienti, si divisero.

Mila teneva la pistola con le braccia ben tese davanti a sé: come aveva imparato in accademia quando era ancora una recluta, lo sguardo e il mirino dovevano muoversi quasi simultaneamente e coprire un'area di sicurezza di centottanta gradi.

L'ex poliziotta superò una cucina di maioliche giallo paglierino, con le pentole di rame che pendevano da una griglia sul soffitto e una credenza smaltata di bianco. Subito dopo c'erano le stanze della servitù, quindi una biblioteca con al centro una radio a transistor in radica di noce. Mila pensò che probabilmente la casa era stata tramandata fra i Luth per generazioni. Norman, però, aveva preferito vivere nell'appartamento sopra il garage di un prete depravato.

La ragione era custodita nel soggiorno in cui ancora si aggiravano i fantasmi dei genitori. Mila si ritrovò a varcarne la soglia.

Una vecchia pendola che ticchettava placidamente in un angolo. Il divano e le poltrone di velluto. Un tappeto coi disegni geometrici. La piantana che terminava con un paralume bordeaux. Una credenza e i tavolini da caffè disseminati di statuine di porcellana. La stufa in ghisa e la sedia a dondolo. Le pareti rivestite di carta da parati punteggiata di graziosi fiori rossi.

Mila si rese conto di esserci già stata, ma nell'Altrove.

Era il luogo in cui l'ombra aveva cercato di strozzarla, ma fra quelle mura anni prima si era consumata una violenza reale: lo strozzamento di una moglie fedifraga a opera di un marito tradito, sotto lo sguardo innocente del figlio di nove anni.

Norman ha visto il volto della madre diventare livido, gli occhi fuoriuscire dalle orbite, mentre sotto di lei si allargava una pozza di urina – si disse Mila immaginando la scena.

Ancora dopo tanto tempo, ogni oggetto in quella stanza preservava un segreto di morte. Ma c'era anche qualcosa che l'ex poliziotta non aveva trovato nella gemella virtuale in Due.

Una scrivania sormontata da una lampada orientabile: il fascio di luce cadeva su un vecchio PC dormiente.

Si avvicinò per controllarlo, nutrendo la speranza che

fosse quello con cui Luth entrava nel gioco. Mentre girava intorno al tavolo, notò che in effetti sul ripiano c'erano un joystick e un visore. Ma il suo sguardo si bloccò sulla tastiera.

Sopra c'era un passamontagna rosso.

I polmoni erano due stantuffi, immagazzinavano più aria di quanto occorresse. Stava andando in iperventilazione e il cuore le batteva così forte che le palpitazioni diventarono una specie di acufene.

Pascal mi ha ingannato. È lui il mostro di Unic.

Dal soffitto poteva sentire lo scricchiolio dei passi di Berish che perlustrava il piano di sopra. Devo avvertirlo, si disse.

Ripercorse a ritroso gli ambienti che aveva visitato per ritrovarsi nuovamente alla base della grande scala con la balaustra intarsiata. Stando attenta a intercettare ogni minimo rumore o cambiamento intorno a sé, iniziò a salire preceduta sempre dalla canna della pistola.

Arrivata al primo ballatoio, cercò invano di intravedere Simon. Appiattendosi con la schiena alla boiserie, si accorse che nascondeva una porta segreta perfettamente mimetizzata con la parete.

Strano che Berish non l'avesse notata.

Spinse il battiscopa con il piede e le si rivelò un semplice ripostiglio contenente un aspirapolvere e prodotti per la pulizia. Stava per richiuderlo, quando percepì un suono.

Era stato come un lamento.

Si mise in ascolto. Contò a mente i secondi, fino ad arrivare a un minuto senza che accadesse nulla. Ma non voleva recedere. Era certa di aver sentito qualcosa.

Il lamento si ripeté, anche se per pochissimo.

Lo spettro, si disse ripensando alla voce che aveva sentito nell'Altrove.

Guardati... Salvati...

Mila si abbassò sulle ginocchia perché aveva compreso da dove proveniva il pianto nello sgabuzzino. C'era una presa d'aria calda coperta da una grata.

Viene da sotto la casa, si disse.

Avrebbe voluto avvertire Simon, ma un'ansia s'impadronì di lei: doveva sapere se davvero qualcuno aveva bisogno d'aiuto. Allora ridiscese i gradini, mettendosi in cerca dell'accesso al sottosuolo. Immaginò fosse in cucina e tornò sui propri passi.

Infatti, dietro un tavolo c'era una porta grigia con una maniglia d'ottone. Spostò il mobile e saggiò la serratura. Era aperta. Davanti a lei, un baratro di scale.

Mila esitò. Tante volte, nel corso della carriera di cacciatrice, aveva esplorato luoghi oscuri e pericolosi. Luoghi che le persone normali potevano solo immaginare e in cui nessuno con un po' di avvedutezza o amor proprio si sarebbe avventurato. Neanche uno sbirro. Per lei, invece, non era mai stato un problema.

È dal buio che vengo. Ed è al buio che ogni tanto devo ritornare.

In quel momento però era stata colta da un pensiero diverso, ed era ciò che la frenava.

Se muoio adesso, per Alice è finita.

Ma se non fosse andata a vedere cosa c'era là sotto, non avrebbe nemmeno avuto le risposte che cercava.

Quella non è mia figlia, si disse ripensando al lamento che aveva udito. Ma può essere lo stesso un inganno.

Dal sotterraneo esalava un alito fetido e freddo di umidità. Mila decise di andargli incontro, scese il primo dei gradini che portavano in un buio che le era familiare.

Non aveva una torcia con sé. A parte la pistola, non aveva niente. E in quel buio così spesso, un'arma era comunque inutile.

Man mano che scendeva, poteva avvertire la porta della cucina che si allontanava alle sue spalle: la luce e il mondo conosciuto erano confinati lassù, lei invece si stava inoltrando in un'altra dimensione, fatta di orrori inconfessabili e lamenti nascosti nell'oscurità.

Mila contò i gradini fino ad arrivare alla base della scala. Ventisei. Il buio là sotto era così denso che potevi sentirlo sulla pelle, come una carezza molesta.

Scacciò dalla mente i pensieri di morte, perché solo col vuoto più totale sarebbe stata in grado di anticipare gli eventi. Si avventurò usando l'istinto come un sonar.

Poi colse un respiro.

Da qualche parte intorno a lei, una creatura la stava aspettando. Era acquattata nell'ombra, e la stava cercando.

Il respiro si trasformò nuovamente in un gemito.

«Alice?» domandò Mila al buio.

Nessuna reazione.

«Chi c'è lì?» riprovò.

Stavolta il buio rispose. « Cerca per terra... »

Una voce maschile adulta. Mila si bloccò. Poi avanzò di qualche passo e urtò un oggetto metallico con la punta degli anfibi. Si piegò e, tenendo sempre pronta l'arma, spaziò con la mano sul pavimento polveroso finché non trovò qualcosa. Tastò per capire cosa fosse.

Una lampada da campeggio a gas.

Schiacciò il pulsante dell'accensione elettrica e sentì una serie di piccole scariche e, contemporaneamente, il sibilo del gas. Tenne premuto il tasto finché la lanterna non iniziò a illuminarsi. La luce opaca le rivelò che il sotterraneo era stato scavato nella roccia: intorno a lei si ergevano i pilastri delle fondamenta.

A uno di quelli era incatenato un uomo.

Mila sollevò la lampada e la protese verso di lui. Lo sconosciuto si schermò subito il volto con la mano. Ma, attraverso le dita, lei poté scorgere due occhi spaventati.

Aveva poco più di vent'anni. Una pesante manetta gli stringeva la caviglia. Era scalzo e vestito con una specie di tuta.

Era rosa come quella che aveva indosso Enigma nella cella della fossa.

« Chi sei? » domandò di nuovo l'ex poliziotta.

L'altro indugiò un attimo prima di rispondere. « Mi chiamo Timmy Jackson. »

Ma a Mila venne subito in mente un altro nome.

Lisca.

17

« Dobbiamo portarlo in ospedale » affermò Berish a bassa voce, parlandole in disparte.

L'aveva raggiunta nel sotterraneo al termine della perlustrazione, con la notizia che a parte loro in casa non c'era nessun altro.

Mila l'aveva bloccato sulle scale per prepararlo a ciò che avrebbe visto là sotto. Ma quando Berish si era trovato faccia a faccia col prigioniero, era sbiancato. Al momento, però, lei e l'ex collega avevano opinioni divergenti su cosa fare di Timmy Jackson.

« Ha bisogno di un dottore » ribadì il poliziotto indicando il ragazzo.

Era rannicchiato sul pavimento, quasi in posizione fetale, con lo sguardo perso nel vuoto e la caviglia ancora stretta dalla catena.

Berish continuava a fissarlo, Mila lo costrinse a guardarla voltandogli la faccia. « Non mi stai ascoltando: Timmy Jackson è scomparso per sette anni, chissà quante cose può rivelarci. »

Simon, però, era sconvolto e non le dava retta.

Proprio per questo, non gli aveva ancora detto del PC nel vecchio soggiorno e del passamontagna rosso che aveva trovato sulla tastiera.

« Vado a cercare un paio di tronchesi e lo libero » disse il poliziotto.

« Non se ne parla » lo fermò Mila, afferrandogli la mano.

Lisca era in una situazione emotiva indefinita perché non si era ancora reso conto di essere stato salvato. Ciò che accadeva dopo, con il ritorno alla normalità e a un mondo che non sottostava più alle regole della violenza, veniva definito dagli psichiatri « lo shock del sopravvissuto » ed era un vero e proprio trauma. Uno sconvolgimento che contaminava i ricordi innescando un processo di rimozione dell'accaduto: era il motivo principale per cui molti fra coloro che venivano liberati non erano poi in grado di accusare il proprio aguzzino. Anzi, tendevano a giustificarlo per non dover ammettere che l'orrore che avevano subito era reale.

Mila sapeva che i minuti successivi al ritrovamento di uno scomparso erano i più importanti per ottenere informazioni utili.

« Devi interrogarlo » disse all'ex collega. « E devi farlo adesso. »

Era evidente che Berish non se la sentiva.

« Se non lo fai, ci andrà di mezzo Alice. »

« Non ti azzardare » la minacciò Simon.

Mila non voleva essere scorretta col vecchio amico, ma non aveva alternative.

« E poi non sarebbe come un normale interrogatorio di polizia » obiettò lui. « In questo caso, non devo far crollare nessuno. Non sono uno psicologo e ci vogliono competenze specifiche per entrare nella mente di una vittima... Ma che te lo dico a fare? Lo sai benissimo » concluse, stizzito.

La psiche di chi sopravviveva a un rapimento era un terreno minato. Il pericolo principale era scatenare nella vittima un senso di vergogna: molti si sentivano in colpa per essere caduti nella trappola del mostro e per aver causato la sofferenza dei propri cari. Tanti, dopo essere stati salvati, si toglievano la vita.

« A volte bisogna fare delle scelte » asserì Mila, che non aveva nessuna intenzione di mollare. Sembrava cinismo, forse in parte lo era. Ma l'ex poliziotta sapeva di dover essere pragmatica se voleva ottenere qualcosa. Pascal le aveva detto che avrebbe dovuto scoprire da sola qual era « il suo gioco », ma fino ad allora aveva soltanto subito la situazione, facendosi sballottare dagli eventi, senza mai avere il controllo delle cose – neanche per un momento. Adesso era stanca, voleva segnare un punto a proprio favore. Cambiare almeno una maledetta regola del gioco.

« Guardalo. È pulito ed è stato ben nutrito in tutto questo tempo: significa che il carceriere si è preso cura di lui » affermò Mila.

A quelle parole Berish ebbe un'intuizione. « Va bene, ma ti concedo solo venti minuti, poi chiameremo i soccorsi. »

Si avvicinarono a Lisca.

« Timmy, l'agente Berish vorrebbe parlare con te. Sei d'accordo? »

Il ragazzo annuì.

Berish si sedette sul pavimento polveroso, proprio di fronte a lui: mettersi allo stesso livello dell'interlocutore serviva a fargli subito intendere che il tutto si sarebbe svolto in modo rilassato. Invece negli interrogatori il poliziotto stava spesso in piedi per incombere sull'interrogato, che di solito era ammanettato a una sedia.

Simon aveva preso dall'auto il notebook di Lea Mulach e ora lo appoggiò accanto a sé, in modo che l'altro notasse bene la cover rossa coi dragoni dorati.

« Preferisci che ti chiami Timmy o Lisca? » domandò per impostare il tono amichevole della conversazione.

« Non lo so... Come vuole, fa lo stesso... »

« Prima che cominci, hai qualcosa da chiedermi? Che so, curiosità o dubbi... »

Lisca ci pensò un momento. « Da quanto tempo sono qui? »

Nel corso della sua carriera di cacciatrice di scomparsi, Mila si era trovata più volte a dover rispondere a quella domanda. Le capitava quando salvava qualcuno che era stato strappato alla propria vita da anni ma anche da pochi giorni o poche ore. In realtà, per l'ostaggio non faceva alcuna differenza. Il tempo si dilatava e anche pochi minuti trascorsi in cattività potevano sembrare infiniti.

« Sette anni » disse Berish.

Mila si ritrovò a pensare al diciassettenne brufoloso, appassionato di punk rock e di graffiti.

Timmy Jackson si fermò a riflettere su quel numero. Non sembrò sconvolgerlo più di tanto. Doveva ancora metabolizzare l'idea che nel frattempo il mondo l'aveva dimenticato.

« Chi ti ha portato qui? »

« È andato via, non tornerà » disse, per rassicurarli.

« Come lo sai? »

Pascal stava aspettando che arrivassimo ed è scappato, ipotizzò Mila.

« Lo so perché, prima di andarsene, mi ha dato queste... »

Lisca aprì il palmo della mano, mostrando una manciata di pillole azzurre. Berish le prese e le passò a Mila. Lacrima d'angelo: l'unica libertà concessa dal rapitore in fuga al prigioniero era quella di scegliere se togliersi la vita con un'overdose.

« Sapresti riconoscere l'uomo che abitava qui? »

L'altro fissò entrambi con occhi pieni di paura, poi scosse il capo. « Lui si copriva sempre la faccia. »

Mila era delusa, non avrebbe saputo com'era fatto il volto sotto il passamontagna. Berish fece cadere l'argomento e si dedicò ad altro.

« Timmy, puoi raccontarci cosa ricordi di prima di venire qui? »

« Non so come sono finito in quel videogioco » ammise il ragazzo, titubante. « Ero proprio un idiota allora... Avevo letto delle storie in rete, ma mi sembravano così assurde: assomigliava a una di quelle leggende che girano su internet. »

Mila ne conosceva parecchie, da quella su Slender Man fino al Blue Whale.

« Ho scaricato il gioco e sono entrato. E quando entri non puoi più uscire, ma io non lo sapevo... Mamma mi diceva sempre che passavo troppo tempo su quel maledetto computer del cazzo, e io mi arrabbiavo con lei. Però sentivo che mi stava succedendo qualcosa, perché non ero più io. Non riuscivo più a capire cosa era vero e cosa invece stava solo nella mia testa. Colpa di quelle cazzo di pasticche azzurre... »

Timmy parlava ancora come un adolescente, come se lo sviluppo intellettivo si fosse fermato sette anni prima. Era uno degli effetti della prigionia, pensò Mila.

« Come hai conosciuto l'uomo che ti ha rapito? » chiese Berish.

« È stato lui a trovarmi nel gioco, allora sono scappato di casa perché diceva che ci avrebbe pensato lui a me. »

« E cosa faceva l'uomo nel videogame? »

Lisca si morse un labbro prima di rispondere. « Lui si diverte a uccidere. »

Mila e Berish non dissero nulla, si limitarono a registrare l'informazione.

« Vuole solo le bionde, ma devono portare gli occhiali » aggiunse il prigioniero. « Non so perché. »

Berish si sporse verso di lui. « Timmy, hai visto quell'uomo fare del male alle ragazze? »

L'altro tacque.

Il poliziotto insisté, con calma. « A noi puoi dirlo... »

Lisca iniziò a piangere. « Lui mi costringeva a guardare... »

Berish lasciò che si sfogasse un po', quindi riprese: « Hai mai sentito nominare un certo Norman Luth? »

« Una volta questa era la sua casa, vero? »

« Sì, è così » confermò il poliziotto.

« E il nome Alice ti dice niente? » domandò Mila, forse affrettando un po' i tempi.

Mentre Berish la fulminava con lo sguardo, Lisca tirò su col naso e scosse il capo.

Per un attimo, l'ex poliziotta aveva accarezzato l'idea che il prigioniero sapesse qualcosa della figlia.

« Timmy, ho bisogno di farti una domanda ma vorrei anche una risposta precisa... » disse Simon. « Ti sei mai chiesto perché sei stato rapito? »

Il ragazzo sembrava spaesato.

« Voglio dire: se al tuo rapitore piaceva uccidere le bionde con gli occhiali, perché prendere te e tenerti qua sotto? »

« Non lo so... »

Berish non insistette, si limitò a prendere atto della risposta e cambiò ancora argomento. Mila si chiese cosa avesse in mente.

« Come faceva quell'uomo ad adescare le ragazze? »

« Le trovava su internet... Le studentesse su un social chiamato Unic, le prostitute sui siti d'incontri. »

« E poi venivano qui? »

« Sì, è così » confermò Timmy Jackson.

Il poliziotto si sporse nuovamente verso di lui. « Mi stai raccontando la verità, Lisca? Vuoi dire che quelle donne venivano spontaneamente in questa specie di casa degli spiriti? »

Mila si accorse che Timmy aveva abbassato lo sguardo.

Berish lo incalzò. « E io dovrei credere che un mostro che riesce a ingannare la polizia per anni avrebbe corso il rischio di rivelare su internet quest'indirizzo? »

Lisca riprese a singhiozzare.

« Gli dava appuntamento in un altro posto, non è vero? E per non mostrarsi, faceva apparire te. »

Lisca scuoteva il capo con decisione, ma non era convincente.

« Non ti limitavi soltanto a guardare, lui ti usava come esca. »

Mila capì perché il carceriere si era preso cura del prigioniero.

« E cosa potevo fare? » sbottò Timmy, piangendo disperato. « Se non facevo come diceva, lui mi ammazzava. »

Gli occhi erano rossi e dalla bocca gli colava un filo di saliva, ma Berish non aveva tempo per lasciarsi impietosire. Prese il notebook con la cover rossa e i dragoni dorati, se lo piazzò sulle ginocchia, lo aprì e l'accese.

« La proprietaria di questo portatile si chiamava Lea Mulach » disse nell'attesa che il computer si avviasse. « Come sai, prima che il nostro amico si dedicasse alle prostitute, aveva un debole per le studentesse. Lea è stata la prima a essere uccisa, ma a differenza delle due che l'hanno seguita, il suo corpo non è mai stato trovato. Inoltre, mentre le altre due sono state adescate con un falso profilo intestato a un ragazzo di nome Larry, per Lea non si sa come abbia fatto. »

Mila ricordava quando avevano discusso dello stesso argomento con Barbara Mulach, ipotizzando che il serial killer si fosse servito di un'altra identità fittizia rimasta sconosciuta agli investigatori. Il fatto che l'avesse cambiata, trasformandosi in Larry, forse rivelava un prezioso punto debole nella sua strategia, qualcosa di difettoso nel modus operandi che poi il mostro aveva voluto correggere: grazie a quell'imperfezione potevano risalire alla sua vera identità.

«Adesso ci mostrerai come ha fatto l'assassino a contattarla...»

«Non me lo ricordo» affermò subito l'altro.

«Sì, invece» disse Berish con calma, senza lasciargli scampo. «Tu eri già qui.»

«È passato troppo tempo» provò a schermirsi Lisca.

Ma il poliziotto era risoluto. «Andremo su Unic e mi farai vedere, punto.»

Berish recuperò dal soprabito un paio di occhiali da lettura. Il desktop del portatile aveva come sfondo un panorama notturno di Hong Kong. Su quello comparvero le icone dei programmi.

Simon s'infilò le lenti e aprì il browser internet. Scorse la cronologia, ma poi si bloccò.

Nel lungo elenco, accanto a ogni sito, c'erano il giorno e l'ora in cui era stato visitato. Le date risalivano al 2011, l'anno della scomparsa. Ma andando a ritroso in quella lista, Unic non compariva mai.

L'unica ragione possibile era che la ragazza non fosse mai stata iscritta al social network.

Berish e Mila si posero la medesima domanda con lo sguardo. *Allora come aveva fatto il mostro ad adescare Lea Mulach?*

La risposta fu automatica e tolse il fiato a entrambi.

«Merda» si lasciò scappare Mila. «La conosceva di persona.»

*

« Come è possibile che all'UCV non se ne siano accorti? » si domandava Mila, agitata.

« È stato Norman Luth a trarli involontariamente in inganno con la sua confessione » asserì Berish. « È stato lui a indicargli Lea, perché aveva assistito alla sua uccisione nell'Altrove. »

« A loro serviva solo un nome per arrivare al computo di tre vittime e così aprire ufficialmente la caccia a un serial killer » ricordò Mila.

« Siccome il modus operandi per adescare e uccidere la seconda e la terza studentessa era identico, quelli dell'UCV hanno dato per scontato che valesse anche per la prima vittima. »

« Con la sola differenza che il corpo di Lea Mulach non era stato ritrovato, ma questo dettaglio deve essergli sembrato insignificante » affermò con sarcasmo misto a rabbia l'ex poliziotta.

Mila era fuori di sé e Berish non voleva che perdesse la concentrazione.

« Che si fa? » domandò, cercando di essere pratico. « Anche perché abbiamo assodato che il ragazzo non è in grado di fornirci una descrizione del suo carceriere. »

Si erano appartati di nuovo accanto alle scale per non turbare Lisca con quella discussione. Ma Timmy era ancora perso nel proprio inferno e non badava a loro.

« La rosa nera sta a indicare che c'era un legame particolare fra il mostro e la sua prima vittima » si disse sicura Mila, tornando alla loro ipotesi iniziale. « Lui non ha scelto Lea Mulach perché aveva i capelli biondi e gli occhiali, ma ha scelto tutte le altre perché assomigliavano a lei. »

La studentessa era quella che i criminologi chiamavano « la vittima matrice ».

La convinzione dell'ex poliziotta si era rafforzata dopo aver visto la pianta coi boccioli neri nel giardino d'inverno della villa. La cura riservata a quei fiori insieme al gesto di ricordarsi di ogni anniversario della scomparsa di Lea, lasciando una rosa sulla sua falsa tomba, era la prova di un affetto malato che, col tempo, poteva essersi tramutato in un odio rancoroso.

Anche Berish cominciava a considerare l'ipotesi più che ragionevole. « Ecco perché per l'assassino non fa alcuna differenza uccidere studentesse o prostitute: ciò che conta è che sembrino Lea. »

« Dobbiamo scoprire perché è così importante per lui. »

« Sono d'accordo. »

« Credo che il killer sia preda di un'ossessione da cui non riesce a liberarsi. »

« Adesso che sappiamo che i due si conoscevano, forse dovremmo cercare qualcuno che era con lei all'università » propose Simon.

L'ex poliziotta era scettica. « Hai sentito la madre, no? Lea si era iscritta da poco, era nuova in quel mondo: non aveva avuto ancora il tempo né il modo per diventare l'oggetto delle fantasie disturbate di qualcuno. »

Mila sapeva bene che un'ossessione non nasce da una conoscenza occasionale, ma ha bisogno di anni per radicarsi. Anni di sguardi rubati, di gesti rimasti incompresi. La vittima spesso è ignara di essere la destinataria di quelle attenzioni. E quando finalmente l'ossessionato trova il coraggio di palesarsi, lei non capisce quali siano le sue reali intenzioni. Allora ogni sua reazione, anche la più piccola, verrà interpretata come un rifiuto. La delusione diventerà insopportabile e l'innamorato respinto trasformerà la donna idealizzata in un nemico da distruggere.

Perché se la distrugge, lei non apparterrà mai più a nessuno e allora sarà sua per sempre.

« Stavi pensando che forse Lea, senza saperlo, è diventata l'ossessione di un familiare? » chiese Berish, provando ad abbozzare un profilo del serial killer.

« Non lo so, ma comunque pensavo a qualcuno presente nella cerchia del passato, quando era ancora minorenne. Qualcuno che ha trovato il coraggio di dichiararsi quando lei era all'università e si è fatto avanti solo per non perderla. »

Non dovevano farsi fuorviare dall'aspetto di Lea, si disse Mila. Si era rivelato un elemento fondamentale per accomunare le altre vittime, ma poteva non essere così determinante per chi era ossessionato da lei.

« Spesso la vittima viene idealizzata non per particolari caratteristiche fisiche » asserì l'ex poliziotta. « Ma solo perché agli occhi del mostro rappresenta qualcosa di irraggiungibile... *di proibito.* »

« Potrebbe essere qualcuno che prima che Lea fosse maggiorenne non poteva esporsi per via del proprio ruolo » ipotizzò il poliziotto.

« Che ne pensi di un ex insegnante del liceo? » propose

Mila. « Ricordo che all'epoca della scomparsa a scuola erano stati segnalati episodi di stalking nei confronti delle studentesse, rimasti senza un responsabile. »

« Perché non era segnato nel fascicolo del Limbo? » domandò Simon, dubbioso.

« Era solo una voce, poi l'UCV ci ha tolto il caso prima che potessimo approfondire. »

« Però l'idea che si tratti di un adulto ha senso » si convinse Berish. « Andrò alla vecchia scuola di Lea Mulach a fare un po' di ricerche sui professori, chissà che non venga fuori qualcosa d'interessante. »

Mila era soddisfatta, perché era proprio ciò che voleva.

« Tu però chiama qualcuno per il ragazzo » disse Simon indicando con lo sguardo Timmy Jackson. « Poi vai via prima che arrivino i soccorsi: non devono assolutamente trovarti qui. »

« D'accordo » gli assicurò Mila. Ma stava mentendo.

18

Mila aveva inventato la storia dello stalker alla scuola di Lea solo per depistare Berish. Non c'era stata alcuna voce in tal senso. E non aveva intenzione di chiamare i soccorsi per Lisca. Non subito almeno. Aveva ancora qualcosa da fare in quella casa.

Esplorare il PC vicino al quale aveva rinvenuto il passamontagna di Pascal. Era convinta che fosse un invito ad accendere l'apparecchio.

Anche se l'ex collega non sarebbe stato d'accordo, Timmy Jackson era una risorsa preziosa e Mila non poteva perderla senza prima sapere cosa c'era in quel computer.

Ora che si era sbarazzata di Simon, aveva tutto il tempo che occorreva.

Diede a Lisca un cuscino, una coperta e anche un secchio nel caso avesse avuto bisogno di andare in bagno. Gli promise che presto sarebbe tornata da lui. Avrebbe dovuto provare pena per quel ragazzo ancora legato come un animale a una catena. Ma in casi simili era grata all'alessitimia che inibiva ogni emozione.

La sua priorità era salvare la figlia.

Mila si sfilò lo spolverino nero e lo gettò su una delle poltrone del soggiorno coi vecchi mobili. La pendola iniziò a battere undici rintocchi. Dopo aver controllato l'ora, l'ex poliziotta si sedette davanti al PC e lo avviò. Accese il monitor, poi attese che si caricasse il sistema operativo. Sul desktop apparve un'unica icona, quella di Due. La cliccò. Sulla prima schermata, il globo stilizzato ruotava ma, a differenza delle altre volte, all'interno della casella riservata a latitudine e longitudine erano già stati inseriti dei numeri.

Lo sapevo, si disse Mila.

La stanza odorava di passato. Fuori aveva ricominciato a piovere e le gocce cadevano sulle piante del giardino producendo una cacofonia di suoni. L'ex poliziotta provò una sensazione di rassicurante solitudine.

Era di nuovo pronta.

Appoggiò la pistola sul tavolo, in modo da averla comunque accanto a sé. Strofinò i palmi delle mani sui jeans per asciugarli dal sudore, inspirò ed espirò più volte. Prese dalla tasca una delle pillole di Lacrima d'angelo che il carceriere aveva lasciato a Lisca perché si suicidasse.

Fissò il passamontagna rosso e se la lanciò in bocca. Poi afferrò il joystick e indossò il visore.

Un caleidoscopio di colori la proiettò alla velocità della luce nel secondo mondo. Nella discesa irrefrenabile in quella specie di iperspazio, sentì il cuore precipitarle nella pancia. Era così vero, così reale.

Ma poi tutto rallentò all'improvviso.

Una piacevole calma s'impossessò di lei mentre i pixel andarono a comporre ordinatamente la nuova realtà.

Nel silenzio della notte, l'eco di esplosioni lontane.

Bastioni di cemento si ergevano sul porto fluviale e grandi gru metalliche si arrampicavano nel cielo d'inchiostro. Sull'ampio arenile nero, relitti di possenti navi alla fonda, adagiate su un fianco o appoggiate l'una all'altra – il ferro gemeva facendole somigliare a immensi cetacei che, perso l'orientamento, erano andati a morire sulla spiaggia.

Un'altra deflagrazione.

Mila si voltò a guardare. Vide solo macerie in lontananza, su cui si levava il fumo degli idrocarburi. Poteva sentirne l'odore acre, così come vedeva il fiato condensarsi per il freddo davanti alla bocca.

Per prima cosa cercò il proprio aspetto in una pozzanghera: l'avatar aveva le sembianze dell'ombra nera che aveva provato a strozzarla a Chinatown. Il mostro di Unic.

Un nuovo boato.

Una nuvola di polvere si sollevava sulla città: uno dei grattacieli del centro era collassato. Che sta succedendo?, si domandò.

L'universo artificiale si decomponeva.

S'incamminò lungo la strada lucida di pioggia. A sinistra c'era il fiume, un olio denso e scuro che scorreva lentamente. A destra, una sfilata di magazzini abbandonati.

Non sapeva dove andare o cosa cercare, ma poi iniziò a sentire una musica blues. Ancora una volta Elvis che cantava. Era una versione distorta di *That's Alright, Mama*.

Sembrava un demone che la invitava a una festa.

Il significato della canzone era chiaro, Mila seguì le note e si ritrovò sulla soglia di un bar. Era curiosa di sapere quale inganno del suggeritore l'attendesse là dentro.

Spinse la porta.

Una folata s'insinuò all'interno e smosse un campanello eolico appeso a una trave. Una sequenza di suoni dolci e stridenti le diede il benvenuto.

Nella sala buia c'era un lungo bancone sormontato da un'ampia bottigliera. In un angolo, un jukebox acceso – da lì proveniva la canzone di Elvis.

Davanti a esso, un uomo di spalle, impegnato a seguire il ritmo con i piedi. Indossava una giacca di velluto e un paio di Clarks sformate, aveva i capelli in disordine. Prima ancora che si voltasse, Mila lo riconobbe dall'aspetto dimesso che l'aveva attratta dieci anni prima.

Il padre di sua figlia la osservò con strani occhi d'uccello – scuri e inespressivi.

Dovresti essere in coma, maledetto. «Le condizioni generali del paziente rimangono irreversibili.» Invece intagliava un pezzo di legno con un coltellino.

No, non è un legno, si corresse Mila. È un osso.

Il criminologo inclinò il capo per indicarle la sala accanto. Un arco immetteva in un secondo ambiente con i tavolini e i séparé.

Accanto a uno di essi, una culla dondolata da una mano scheletrica.

Mila seguì l'indicazione e procedette in quella direzione, ma il terrore la faceva vacillare a ogni passo: fra gli incubi che Enigma aveva creato per lei, quello era di sicuro il peggiore.

Arrivata nei pressi del séparé, vide che la mano apparteneva a una donna velata di nero. Il drappo scuro copriva anche la culla, impedendo di distinguere bene il neonato. Si vedevano solo le gambette che scalciavano.

La madre nera era intenta a disporre dei tarocchi sul tavolo. La pelle delle braccia lasciata scoperta dal tessuto era piena di vecchie cicatrici. Baci di lametta, li chiamava Mila quando a sedici anni aveva cominciato a tagliarsi. Capì che la madre nera era lei stessa, perciò nella culla doveva esserci Alice.

La famiglia al completo, si disse sedendosi di fronte alla donna e aspettando che terminasse.

« *Seguilo.* »

Ancora una volta, la voce dello spettro passò rapida e inattesa accanto a lei, come un sussurro in un orecchio. Mila si voltò nella direzione in cui le era parso fosse fuggito via. Vide una tenda di bambù che si muoveva e dietro le sembrò di scorgere un bambino – aveva più o meno dieci anni, l'età di Alice. E indossava una maglietta rossa.

Seguilo. Chi doveva seguire? Non capiva.

Rimasero a guardarsi per un lungo istante. Poi la madre nera sbatté la mano ossuta sul tavolo per richiamare la sua attenzione.

Mila sobbalzò e si distrasse. Quando tornò a guardare la tenda di bambù, lo spettro bambino era svanito.

Dopo aver finito di ordinare le carte, la donna iniziò a scoprirle, una alla volta. Erano volti. Donne, uomini, vecchi, giovani, bambini. Sorridevano. Erano foto di scomparsi, come quelle sulle pareti della sala dei passi perduti al Limbo – l'ultima immagine rimasta prima che il buio li inghiottisse.

Mentre Mila si domandava cosa stesse cercando di svelarle, venne fuori una carta diversa dalle altre: invece di una persona, vi era raffigurato un bellissimo serpente color smeraldo.

In quel momento, accadde qualcosa che non si aspettava. La madre nera iniziò a piangere sotto al velo. Prima sommessamente, poi sempre più forte. Il lamento divenne presto straziante così come i singulti che le squassavano il petto.

Contemporaneamente, smise di cullare il neonato. Mila, che non capiva cosa stesse accadendo, gettò un'occhiata nella culla.

Alice non scalciava più, era immobile.

Mila iniziò a provare un senso di sgomento. Era come se l'Altrove le stesse dicendo che, per riuscire finalmente a piangere, avrebbe dovuto veder morire la figlia.

In quel momento, si accorse di non riuscire più a muoversi. Era paralizzata. Non sapeva spiegarselo, poi comprese il motivo.

Il serpente color smeraldo era uscito dalla carta dei tarocchi e si era attorcigliato intorno a lei.

Non è reale, si disse. È come l'altra volta, quando sentivo qualcuno che mi strozzava. Devo solo convincermi che non è vero.

Il rettile risaliva strisciando lungo il suo corpo. Mila voltò il capo verso la vetrata del locale.

Li vide arrivare, a gruppi o singolarmente. Erano ombre, erano mostri. Si avvicinavano a passo lento, come una processione.

Erano stati richiamati dal lamento della madre nera. Stanno venendo per me, si disse Mila. Avrebbe voluto fuggire, ma l'abbraccio del serpente si faceva sempre più stretto.

Il bambino con la maglietta rossa aveva cercato di avvisarla del pericolo imminente. E, ancora una volta, lei non gli aveva dato retta.

Però non intendeva arrendersi.

Ce la posso fare, si convinse. Non ci vuole molto, devo solo lasciare il joystick e poi potrò sfilarmi anche il visore. Mi basterà allargare le dita intorno all'impugnatura e spezzerò quest'incantesimo malvagio dentro la mia mente.

In verità, non fu necessario alcuno sforzo per staccare la mano dalla leva. Anzi, ci riuscì anche abbastanza agevolmente. Ma non fu sufficiente, perché il senso di costrizione permaneva.

Fra poco i mostri saranno qui, si disse, pensando anche alle cose orrende che avrebbero potuto farle.

La mente vede ciò che la mente vuole vedere.

A peggiorare la situazione, Mila iniziò a sentire una risata in mezzo al pianto.

Il rettile schifoso l'aveva avvolta fin sulla gola, perciò poteva muovere solo lo sguardo intorno a sé. Però non capiva da dove provenisse.

Cos'è questo scherzo? Chi sta ridendo?

Ma poi apparve anche una voce maschile. « È inutile che mi cerchi, non sono nel gioco » disse, divertito.

Mila comprese cosa stava accadendo. La risata e la voce non erano nell'Altrove e non dipendevano neanche dalla Lacrima d'angelo.

Nella realtà fuori dal gioco, il serpente era una corda e

Mila era legata alla sedia davanti al computer. E c'era qualcuno con lei nella stanza.

La pioggia aveva ripreso a cadere con una certa intensità. Berish guidava sulla tangenziale proteso sullo sterzo e con i tergicristalli al massimo della velocità.

Pensò alla propria situazione. Aveva previsto di passare un weekend romantico, a base di buon cibo e chiacchiere piacevoli. Invece si era ritrovato in una specie di incubo da cui non intravedeva via d'uscita.

Lo sto facendo per Alice, si ripeté. Era in pena per la sorte della bambina, ma anche arrabbiato con Mila perché si ostinava a non capire che, se avessero fallito, avrebbe dovuto fare i conti con il peso del rimorso per il resto della vita.

Le voleva bene, ma certe volte sapeva essere così cocciutamente ostile. Inoltre, aveva una strana attrazione per il buio e, anche se con lei non l'avrebbe mai ammesso, ciò lo spaventava.

Berish era confortato dall'idea che il rapporto con Vanessa non fosse in una fase così avanzata da coinvolgerla in quella discesa nell'abisso. Non avrebbe potuto perdonarsi se la sua nuova compagna avesse pagato un prezzo per il caso che stava seguendo. Perché non era sicuro che ne sarebbe uscito vivo.

La relazione con lei andava avanti solo da qualche settimana, ma Simon aveva la sensazione di aver scovato una persona adatta a sé. Prima del loro incontro, si era quasi rassegnato a trascorrere il resto della vita in una solitudine perfetta. Aveva compreso di non aver bisogno di una famiglia, né di una moglie. Aveva il suo cane, i libri, la collezione di scotch, il poker con gli amici il giovedì sera e tutta una serie di abitudini messe a punto nel tempo che facevano di lui un uomo soddisfatto.

Ma Vanessa, con i modi gentili e attenzioni che non riceveva da tempo, gli aveva insinuato il dubbio che ciò che aveva potesse anche non bastare.

Era ancora prematuro affermare che esistessero davvero i presupposti per un passo ulteriore, come per esempio una convivenza. Hitch non sarebbe stato d'accordo, ma solo perché non gli piacevano i cambiamenti. Però Berish doveva fare i conti col fatto che il suo hovawart invecchiava più velocemente di lui e che, presto o tardi, lo avrebbe lasciato solo.

Aveva conosciuto Vanessa in un club, perché condividevano la passione per il jazz. Era stata lei ad avvicinarsi con un Bloody Mary e a chiedergli se poteva sedersi al suo tavolo.

La serata era stata una piacevole sorpresa.

Aveva più o meno la sua età e gli aveva confidato di essere stata sposata in passato. Una volta constatato che non c'erano figli di mezzo, Simon non le aveva chiesto altro del precedente rapporto, anche perché aveva avuto l'impressione che per lei non fosse facile affrontare l'argomento.

Per il resto, però, andavano perfettamente d'accordo. Avevano gli stessi gusti e anche le stesse sincronie.

La vera prova della complicità fra loro due l'aveva avuta la sera prima, quando Mila si era presentata alla sua porta e Vanessa, capita la situazione, non aveva avuto alcun problema ad andarsene senza nemmeno approfondire l'emergenza.

Berish si sentiva ancora addosso il suo profumo – mughetto e gelsomino.

A quell'ora avrebbero dovuto essere a letto abbracciati, a godersi la pioggia scrosciante e la segreta dolcezza di un'uggiosa domenica sera. Invece guidava fradicio d'acqua verso il passato di una ragazza uccisa molti anni prima, probabilmente da una persona di cui si fidava. O di cui ignorava la pericolosità, si disse.

Facciamo entrare qualcuno nella nostra vita senza sospettare nulla, e senza saperlo diventiamo prigionieri dell'ossessione altrui.

Imboccò la rampa d'uscita che portava nel vecchio quartiere di Lea Mulach. Rallentò fino ad accostare accanto a una fermata dell'autobus per controllare l'indirizzo sulla piantina che aveva trovato nel cruscotto. Si era ripromesso di non accendere il navigatore. Non era del tutto sicuro che quelle precauzioni servissero realmente o fossero invece solo frutto della paranoia di Mila o di quel tale di nome Pascal, ma decise di non rischiare.

La verità è che non sapeva quale fosse il suo posto nel « disegno » del suggeritore.

Enigma ha sicuramente previsto che Mila si rivolgesse a me, perciò ha pensato anche al ruolo che avrei dovuto interpretare, rifletté.

Rimase per un attimo a pensare a quell'aspetto, mentre la pioggia tamburellava sul tettuccio della macchina. Era un rumore piacevole. Berish riteneva che bisognasse sfruttare al massimo ogni momento di pace, perché non si sapeva cosa ci attendeva nel futuro.

Non voleva ammetterlo, ma temeva che il peggio non fosse ancora arrivato. Non poteva confidarlo a Mila, ma l'idea che la vicenda si concludesse con la liberazione di Alice era velleitaria.

Nessuno sopravviveva a un suggeritore, l'aveva detto lei.

Berish scacciò dalla mente ogni pensiero funesto, tanto era inutile lasciarsi condizionare. Poi riprese la strada diretto al vecchio liceo di Lea Mulach.

L'edificio era stato costruito secondo gli standard precedenti agli anni Ottanta. Lo suggeriva l'aggiunta successiva di rampe per i portatori di handicap e uscite di emergenza.

Era costituito da due corpi separati da una torre centrale che aveva in cima un orologio, il perimetro era delimitato da un'aureola di lampioni dalla luce arancione.

Berish parcheggiò la berlina a una cinquantina di metri dall'entrata, in modo che non desse nell'occhio. Poi rimase a osservare.

Non c'era un custode, ma non poteva escludere che la scuola fosse sorvegliata per evitare furti o danneggiamenti. Scese dalla macchina e si avviò verso il lato ovest perché in corrispondenza delle finestre c'era un lampione che non funzionava.

Con la manica asciugò il vetro dalla pioggia. Poi si schermò il viso con le mani e si appoggiò alla superficie per guardare l'interno.

Era un laboratorio di scienze.

Il poliziotto controllò che non ci fosse nessuno nei paraggi, quindi si tolse il soprabito, lo arrotolò bene intorno al braccio e iniziò a colpire la finestra col gomito finché non s'infranse.

Il rumore fu attutito dall'acqua che scrosciava. Berish allargò l'apertura, togliendo le schegge più appuntite. Quindi si issò sul davanzale e si lasciò ricadere all'interno.

Nessun allarme risuonò.

Simon accese la torcia che aveva portato con sé ed esaminò l'ambiente circostante per individuare eventuali telecamere. Non ne trovò, ma proseguì la ricerca in corridoio. Anche lì come nell'atrio non c'era traccia di sistemi di sicurezza.

S'incamminò puntando in basso il fascio di luce in modo da non essere notato dall'esterno. Era diretto in amministrazione, là dove si presumeva ci fossero i fascicoli personali del corpo insegnante.

Ma, arrivato nei pressi della porta che immetteva negli uffici dirigenziali, si accorse della presenza di un sistema di videosorveglianza.

Era impossibile superare quel confine, a meno di non riuscire a neutralizzare gli occhi elettronici. Ma non demorse, perché gli venne in mente un altro posto in cui poteva guardare.

Si diresse verso la biblioteca.

La grande sala ospitava migliaia di volumi. Berish non aveva tempo di dedicarsi a una ricerca nello schedario, quindi passò rapidamente in rassegna gli scaffali con la torcia, sicuro che gli annuari occupassero un posto a sé stante.

Infatti era così: c'era addirittura un apposito reparto che raccoglieva gli albi degli ultimi sessant'anni. Il poliziotto era interessato a quelli relativi al periodo in cui Lea Mulach aveva frequentato la scuola.

Li prese per portarli su uno dei tavoli di consultazione. Appoggiò la torcia accanto a sé, in modo che gli facesse luce, inforcò gli occhiali da lettura e cominciò a sfogliarli.

La trovò fra le pagine del volume dedicato all'ultimo anno: nella foto, Lea aveva i capelli raccolti e un paio di occhiali dalla montatura dorata. Sorrideva.

La didascalia descriveva un'allieva modello, capitana della squadra di majorette e redattrice nel giornale scolastico. Inoltre, data la sua passione per l'Oriente, Lea si era occupata con successo di un gemellaggio con un liceo di Pechino che si era concretizzato con uno scambio di studenti.

Berish andò in cerca delle schede degli insegnanti della ragazza, preparandosi a stilare una lista. Il profilo che stava inseguendo era quello di un uomo che, all'epoca della scomparsa di Lea Mulach, non aveva superato i trentacinque anni perché, secondo la letteratura criminologica, i serial killer maturavano già in adolescenza il bisogno di uccidere e non riuscivano a trattenerlo oltre quell'età.

Il poliziotto inserì subito nell'elenco un aitante professore di ginnastica, nonché uno di storia e anche quello di chimica. Aggiunse infine il vicepreside, perché gli sembrava giusto non precludersi eventuali sorprese.

Alla fine, osservò i quattro nomi sul foglio.

Uno di quegli uomini un giorno aveva incrociato sulla propria strada il suggeritore. Enigma aveva riconosciuto in lui l'oscura aura del male, l'aveva convinto ad ascoltare le ragioni della voce segreta dentro di sé che gli diceva da sempre che uccidere era nella sua natura, perciò non poteva essere una cosa sbagliata. Gli aveva fornito la spinta motivazionale per soddisfare un bisogno covato per chissà quanto tempo insieme a un desiderio inconfessabile: possedere la ragazza coi capelli biondi e gli occhiali, cogliere il frutto proibito della sua giovinezza. Anche se questo avrebbe significato annientarla.

Il poliziotto provò un brivido pensando che dietro le sembianze normali di uno degli individui che aveva annotato si nascondeva il mostro di Unic.

Adesso lui e Mila sarebbero andati a bussare alle porte di quegli integerrimi educatori, di quegli insospettabili padri di famiglia. Avrebbero dovuto fare domande difficili e ambigue, e poi scrutare ogni loro reazione, cogliere il più piccolo cedimento della loro espressione, in cerca di una conferma. Non sarebbe stato facile. Anni trascorsi a interpretare un doppio ruolo avrebbero costituito certamente un vantaggio per il loro antagonista.

Ma ogni maschera ha la sua crepa, si disse Berish, mentre sfogliava distrattamente le ultime pagine dell'annuario: raccoglievano le foto del ballo di primavera con cui i maturandi si congedavano dai professori e dai compagni delle classi inferiori.

Si fermò perché aveva individuato Lea Mulach in mezzo a un gruppetto di compagne: era raggiante in un abito di seta rosso su cui erano ricamati libellule e fiori di pesco.

Allora, confidando in un colpo di fortuna, il poliziotto cominciò anche a cercare un adulto fra i presenti intorno a lei, sperando di cogliere un docente che le indirizzava uno sguardo segreto, una di quelle occhiate viscide che a volte svelano inconsapevolmente le reali intenzioni dei maniaci.

Ma non notò nulla di ciò.

Si rese conto di essere stato un ingenuo. Come ho potuto credere che sarebbe stato così facile? Scosse il capo e stava per richiudere l'annuario ma si fermò. La mano rimase in bilico reggendo l'altra metà del tomo: nella fessura fra le pagine, proprio al confine fra luce e ombra, i suoi occhi avevano individuato un volto conosciuto.

Berish si accorse di aver sbagliato ogni cosa fino a quel momento. Ma l'errore più grave l'aveva commesso Mila.

Pregò che l'amica avesse fatto in tempo a chiamare i soccorsi e fosse andata via come gli aveva assicurato. Altrimenti, era in grave pericolo.

Nella foto incriminata, a qualche passo di distanza da Lea Mulach, c'era un ragazzo brufoloso che fissava la studentessa con un bicchiere in mano.

Il compagno di scuola che aveva maturato un'ossessione per lei, tanto da diventare un serial killer, era Timmy Jackson, anche detto Lisca.

Seguilo.

Cosa aveva voluto dirle il bambino con la maglietta rossa? Qualunque cosa fosse, ormai era troppo tardi.

Lisca era lì con lei, lo sentiva muoversi nella stanza. Ma Mila era bloccata nell'Altrove.

La madre nera continuava a piangere. Le gambine immobili del neonato stavano diventando violacee. Elvis aveva smesso di cantare. Ma la cosa più preoccupante erano le ombre che all'esterno avanzavano verso il bar.

« Non puoi andartene... » le ricordò Timmy Jackson, sussurrandole in un orecchio dal mondo reale.

Avrebbe voluto complimentarsi con lui per l'efficace messinscena: fingersi prigioniero del mostro di Unic era stato un eccellente stratagemma per distrarre i sospetti. E lei che pensava di essere stata impietosa per averlo lasciato incatenato nel sotterraneo. Invece Lisca poteva liberarsi in qualsiasi momento. Ma aveva atteso che fosse connessa a Due per farlo.

Cos'aveva in mente? Temeva di conoscere la risposta, avendo già provato la stretta delle sue mani intorno al collo nell'Altrove.

Era stata una stupida a fidarsi, ma il passamontagna rosso l'aveva tratta in inganno. Timmy era anche Pascal? Impossibile: i due avevano voci e fisici troppo diversi.

Adesso però non le interessava ricostruire la logica degli eventi. Pensava a Berish che non avrebbe potuto salvarla: per colpa della sua bugia, l'amico la credeva lontana da quella casa, sicuro che avesse già chiamato i soccorsi per il povero recluso.

Mila continuava a essere in bilico fra due mondi. Intanto, il padre di sua figlia smise d'intagliare l'osso, si diresse verso la porta del bar e l'aprì per gli ospiti che stavano giungendo, ansiosi di unirsi alla festa di famiglia.

« Timmy, lo so che puoi sentirmi » provò a dire. « Riesco perfino a immaginare quanto ti diverta tutto questo e non ho problemi ad ammettere che sei molto astuto...

Ma mia figlia ha bisogno di me... Non sono mai stata una buona madre. Non le ho mai detto che l'amavo, anche perché non sarebbe stato vero... Non l'ho mai voluta dentro di me, e nemmeno nella mia vita. Ma devo chiederti un favore... »

Non si scampava a un serial killer, lo sapeva. Ma aveva un altro scopo.

« So che morirò, e mi sta bene. Ma tu puoi prenderti cura della mia bambina? »

Si odiava per ciò che aveva appena detto, ma era una recita: per quelli come Timmy Jackson non c'era niente di peggio di una vittima che accettava il proprio destino e Mila voleva togliere a quel bastardo il piacere di raggiungere l'orgasmo mentre la uccideva.

« Zitta » urlò infatti Lisca. « Devi stare zitta! »

« Alice ha bisogno di te, Timmy » insistette Mila con enfasi, per provocarlo. « Non puoi negarmi questo favore. »

Per tutta risposta, sentì le dita del serial killer che si posizionavano sulla sua gola. Era esattamente lo scopo che si prefiggeva, anche perché nel frattempo le ombre erano entrate nel bar e si stavano disponendo intorno a lei. Preferiva morire in pochi minuti strozzata da Lisca piuttosto che vivere una lunga agonia nell'Altrove a causa degli effetti allucinogeni della Lacrima d'angelo.

Sbrigati, figlio di puttana.

Aveva solo voglia di andarsene in fretta nel mondo reale, perché un terrore irrazionale le diceva che se fosse morta in Due sarebbe rimasta per sempre prigioniera del gioco.

Quando il mostro iniziò a stringere la morsa, pensò ad Alice e a tutto ciò che non aveva fatto per lei. Mila non credeva che ci fosse un aldilà, anche se era stata più volte all'inferno.

Con la sua morte, Enigma aveva vinto. Il suo premio è mia figlia. Ed è solo colpa mia.

Mentre le ombre intorno a lei allungavano le mani come tentacoli per accarezzarla, pregustando lo strazio che le avrebbero inflitto, Mila espirò tutta l'aria che aveva nei polmoni in modo da agevolare il compito di Lisca.

Accadde tutto molto rapidamente. Prima udì uno scoppio e pensò che un altro pezzo dell'Altrove fosse crollato, ma stavolta molto vicino. Poi la presa di Timmy Jackson si allentò inspiegabilmente. I mostri le erano quasi addosso ma la sottile membrana fra i due mondi si strappò all'improvviso.

Mila si ritrovò di nuovo in quello reale.

Qualcuno le aveva sfilato il visore, ma lei era ancora sotto l'effetto della droga. La testa girava vorticosamente. La prima cosa che i suoi occhi misero a fuoco fu Lisca riverso sul pavimento: sputava sangue come un'assurda fontana da un buco in mezzo alla gola.

Mentre il mostro moriva disperato, venivano sciolti i legacci che la costringevano alla sedia davanti al PC. Mila andò in cerca della propria pistola sul tavolo, non c'era e non c'era nemmeno il passamontagna rosso.

Dalle sue spalle, spuntò Pascal: l'uomo col volto coperto aveva l'arma infilata nella cintola.

«Non c'è tempo per i ringraziamenti» la anticipò.

Mila si rese conto che non si fidava. Anche l'altro se ne accorse.

« Perché il tuo passamontagna era qui? » chiese indicando la tastiera.

« Volevo farti sapere che ero vicino, ma evidentemente non hai capito il segnale. »

« Non è vero » lo accusò, mentre un senso di malessere si impadroniva di lei. « Tu sei coinvolto... Non so come, ma lo sei. »

« Quando tu e quell'altro siete entrati nella villa, mi sono nascosto nel parco » si difese Pascal, ma era agitato. « Dobbiamo fare in fretta: stanno arrivando. »

« Chi? » domandò Mila con la voce impastata dalla nausea.

« Gli stessi che hai visto là sotto » affermò l'uomo, indicando il computer. « Solo che questi sono veri: li sta mandando Enigma. »

« Non ti credo » replicò lei, alzandosi di scatto e crollando di nuovo sulla sedia per le vertigini. « E poi questo bastardo prima di morire dissanguato deve dirmi dov'è mia figlia. »

« Non lo vedi che non può parlare? »

Lei però non si muoveva. Allora Pascal si sfilò la pistola dai pantaloni e gliela porse. Mila esitò, ma poi le tornò in mente ciò che aveva detto lo spettro.

Seguilo.

Fissò l'uomo col passamontagna dello stesso colore rosso della maglietta del bambino, ci pensò qualche secondo quindi afferrò l'arma dalla sua mano guantata di lattice.

Pascal le mise sulle spalle lo spolverino nero, poi le cinse il fianco con un braccio per aiutarla ad alzarsi. L'ex poliziotta si accorse di non avere abbastanza forza nelle gambe, ma fece il possibile per non perdere l'equilibrio.

L'uomo incappucciato la trascinò via con sé, ma Mila era consapevole di essere un peso morto. Attraversarono la villa più in fretta che poterono, diretti all'uscita. Intanto controllavano ogni finestra col timore di scorgere una presenza, il cuore che le sobbalzava a ogni angolo svoltato.

Per Mila era tutto confuso e rarefatto. Sentiva il fiato corto di Pascal che si sforzava di sorreggerla. L'odore pungente del suo sudore. Non poteva fare a meno di pensare alla propria morte e agli uomini che stavano arrivando.

Attraversarono di nuovo il giardino d'inverno e le arrivò lo schiaffo salutare del freddo della sera. Prima di immergersi nel temporale, Mila si girò istintivamente verso la pianta di rose nere, come a volerle dire addio. Così notò qualcosa che spuntava dal terreno.

Una ciocca infeltrita e sporca dei capelli biondi di Lea Mulach.

JOSHUA

19

L'auto era un vecchio rottame, ma schizzava per le strade cittadine in mezzo alla pioggia.

Pascal l'aveva fatta stendere dietro e non si era nemmeno tolto il passamontagna confidando che la notte e la tenda d'acqua che scorreva su parabrezza e finestrini impedissero di notare che al volante c'era un uomo incappucciato.

Nella loro folle fuga dalle ombre mandate da Enigma, ogni tanto schivavano un'auto che proveniva in senso opposto ed erano apostrofati dal suono di un clacson.

Mila era ancora nel trip della Lacrima d'angelo. Provava a rialzarsi ma un peso alla testa la respingeva a fondo. Era fradicia, aveva freddo e si stringeva nello spolverino nero. Non sapeva dove fossero diretti, nell'oscurità si scorgevano solo i fari delle altre macchine.

« Devi cercare di restare cosciente » asserì lo sconosciuto, continuando a guidare.

Molti tossici si bruciavano il cervello con le droghe sintetiche, ma Mila non aveva bisogno che glielo rammentasse Pascal. « Perché mi hai mollato nella casa bruciata? »

« Perché non potevo ancora fidarmi di te. »

« Avevi promesso che mi avresti aiutato a ritrovare Alice. »

« Lo vedi? Non ascolti, perché pensi solo a te stessa. »

Mila tremava, non riusciva a impedirsi di battere i denti. « D'accordo: che vuoi dire? »

L'auto imboccò una svolta a destra, le gomme slittarono per un attimo sull'asfalto bagnato. Pascal continuava a guardare il retrovisore per capire se erano inseguiti.

« La partita che stai giocando non riguarda solo te e tua figlia » affermò l'uomo. « C'è in ballo qualcosa di più importante. »

« Cioè? »

« Abbiamo cominciato a monitorare il gioco molti anni fa. »

« 'Abbiamo'? Di chi stai parlando? Tu e chi altri? »

« Ti ho già spiegato che l'Altrove originariamente è stato concepito come un grande esperimento sociale. Dopo l'abbandono dei 'giocatori virtuosi', abbiamo pensato che fosse una buona occasione per osservare le evoluzioni del comportamento umano in un ambiente privo di regole. Ci siamo domandati: 'Cosa succede quando si cala un individuo normale in una realtà dove regna l'anarchia assoluta e si può essere chiunque e fare qualsiasi cosa senza pagarne il prezzo? E quel tipo di società virerà autonomamente verso il bene o verso il male?' »

Mila tralasciò per un attimo il significato del discorso, perché si rese conto che quel gergo le era familiare. « Aspetta un momento... Tu sei un criminologo? »

Pascal non rispose. Sterzò di colpo e si immise contromano in una strada deserta.

Mila aveva pensato che fosse un hacker perché aveva scelto di farsi chiamare come il linguaggio di programmazione di computer, ma evidentemente si sbagliava. « Per chi lavori? » insistette.

« Per nessuno » replicò l'uomo. « Comunque, all'inizio lo scopo della nostra ricerca era nobile – te l'assicuro. Poi è andato tutto a puttane... »

« Cosa cazzo stai cercando di dirmi? Che siete stati voi a portare quei mostri in Due? »

« Non erano mostri prima di entrare nel gioco » puntualizzò l'altro, dandole anche conferma. « Almeno non tutti... Però molti erano borderline: avevano in sé quei germi di violenza e crudeltà necessari perché il loro comportamento evolvesse in modo sadico. »

Mila pensò a Lisca e a Karl Anderson, a come si erano trasformati: un innocuo adolescente con l'acne e un padre di famiglia erano diventati rispettivamente un serial killer e l'autore di una strage.

« Due produce un effetto parossistico sulla fantasia delle persone, la rende reale » disse l'ex poliziotta.

Tutti immaginiamo di uccidere, ma una cosa è se quel pensiero rimane confinato nel segreto della nostra mente, vigilato dalla vergogna e dalla paura delle conseguenze, un'altra è se viene alimentato con l'illusione dell'impunità, gratificato col potere e spinto verso i limiti del possibile.

Allora quell'idea inconfessabile diventa desiderio, il peggior veleno della natura umana.

« Al principio l'esperimento era controllato » si difese l'uomo col passamontagna rosso.

« Cosa significa 'controllato'? Come si può avere la presunzione di controllare il male? » Mila era furiosa.

«So di che parlo, fidati: sono un sorvegliante.»

«Un sorvegliante?» gli fece eco lei.

«Quando il gioco si è trasformato, eravamo ancora in parecchi. Il nostro compito era vigilare sulle anomalie dell'Altrove: ovviamente, era stato previsto che qualcosa tracimasse anche da questa parte... Ogni tanto qualcuno faceva *il salto*, era inevitabile.»

Il salto? Di che stava parlando?

«Un bel giorno, un innocuo impiegato di banca entrava in Due e, lì dentro, diventava uno stupratore seriale: quando ci accorgevamo che stava per rifarlo nel mondo reale, intervenivamo per dissuaderlo oppure lo denunciavamo alle autorità.»

«Allora perché il sistema non ha funzionato?»

«Ci hanno decimati... È accaduto qualcosa e hanno cominciato a darci la caccia qua fuori, ecco perché ho cancellato la mia identità e vivo cercando di non lasciare tracce.»

Mila era sicura che quel «qualcosa» di cui parlava Pascal – la causa scatenante del caos – fosse il suggeritore.

«Non so quanti sorveglianti siano rimasti, ho perso i contatti con gli altri molto tempo fa e adesso sono solo.»

Salirono su un ponte di ferro che portava fuori città, gli pneumatici a contatto con l'asfalto sospeso nel vuoto producevano un rumore sordo.

«Cosa c'entro io con tutto questo?» chiese Mila, disperata. «Perché mi hanno tirato dentro questa storia?»

«Non ne ho idea, ma se vuoi salvarti dovrai scoprirlo.»

Lei voleva solo salvare Alice.

« Ti sei mai chiesta perché Enigma ha il corpo ricoperto di numeri? » domandò Pascal.

« Credo di aver capito che è una specie di mappa dell'Altrove. »

« Esatto » approvò l'altro. « E hai capito come funziona il tuo gioco? »

« Fin dal mio primo viaggio in Due, mi sono state mostrate delle scene del crimine... Con Karl Anderson mi è stata fornita direttamente la soluzione del mistero, ma solo perché capissi come avrebbe funzionato la faccenda. Invece dopo Chinatown ho dovuto svolgere un'indagine ripartendo da alcuni elementi che avevo visto nell'Altrove, così sono risalita alla scomparsa di una studentessa. » In effetti era da un po' che ci pensava. « L'interrogativo nascosto nella scena che mi ritrovo davanti in Due è sempre collegato a un crimine reale, ogni volta che lo risolvo mi viene concesso di passare a un nuovo livello del gioco. Ma non so quanti ne rimangono ancora. »

« L'uomo che era con te sa tutto? »

« Sì, è un ex collega. »

« Sai che potresti averlo fottuto, vero? »

Sì, ci aveva pensato ma non aveva avuto alternative. Un anno prima aveva troncato bruscamente ogni rapporto con Simon Berish, poi si era ripresentata nella sua vita senza valutare il pericolo a cui lo esponeva.

Dovresti essere con la donna del profumo al mughetto e gelsomino, invece adesso ti starai chiedendo che fine ho fatto e se sto bene.

« Hai notato qualche cambiamento nell'ultimo viaggio nell'Altrove? » domandò Pascal. « Intendo dire, rispetto alle altre volte... »

Mila ci pensò un momento. Le vennero in mente i boati e la scena del grattacielo che crollava in centro. « Qualcuno sta distruggendo la città. »

« Infatti » confermò l'altro, poi scosse il capo. « Non va bene, non va bene per niente... »

« Mi spieghi che significa? »

« Quando saremo arrivati. Adesso hai bisogno di assumere l'antagonista dell'LHFD e di riposare » affermò dirigendosi fuori dall'abitato.

« Dove stiamo andando? »

« In un posto sicuro. »

Il posto sicuro era un rudere diroccato che un tempo era stato una residenza di campagna. Pascal aiutò Mila a scendere dalla macchina e lei poté scrutare l'edificio sotto la pioggia. Metà della casa era andata a fuoco chissà quanto tempo prima.

Ancora una volta, l'uomo col passamontagna rosso aveva scelto un luogo scampato alle fiamme.

Pascal la portò all'interno, anche se superata la soglia continuava a piovere perché il tetto era in parte crollato.

Dopo aver attraversato un paio di stanze devastate, coi mobili carbonizzati e il pavimento annerito dalla fuliggine, entrarono in un terzo ambiente che era stato risparmiato. C'erano un armadio, un letto e una poltrona.

Pascal la fece stendere e tornò indietro per richiudere la porta. Quindi prese una bottiglietta d'acqua da un ripiano e gliela passò insieme a una pillola da quattro milligrammi di Niacina.

« Dopo, ho la nausea » disse lei, respingendo la mano di lattice.

Allora Pascal andò ad aprire l'armadio e si mise in cerca di qualcosa. Tornò da lei con una coperta. « Asciugati con questa. »

Mila se la gettò addosso sopra lo spolverino, sperando di arrestare i tremori.

« Va meglio? » le chiese.

« Meglio, grazie. »

Aveva dubitato di lui, invece era arrivato ancora una volta in suo aiuto salvandole la vita. Perché? E poi era premuroso. Ma Mila era abituata a diffidare della gentilezza. I mostri sono sempre gentili, si ripeté. Non doveva abbassare la guardia, perché non sapeva niente di lui. Chi era quell'uomo tarchiato, coi piedi piatti e, in fondo, anche un po' buffo? Da dove veniva l'abito marrone stazzonato che indossava? Perché portava la cravatta? Chi si occupava di lui? Dava l'impressione di essere solo.

Intanto Pascal andò a sedersi sulla poltrona. Nella penombra e al suono attutito della pioggia sulla casa, i pensieri di Mila cominciarono a diradarsi. Allora vide che il suo misterioso amico si sfilava il passamontagna. Da dove si trovava non poteva distinguerne il volto, anche lui lo sapeva.

« Ti sarà certamente capitato di pensare a cosa faresti se potessi tornare indietro nel tempo... »

Non metterei al mondo Alice, si disse Mila.

« Ultimamente, ci rifletto spesso » continuò Pascal.

Nella sua voce si avvertiva stanchezza ma anche un senso di avvilimento. « Gli esseri umani sono capaci di inventare cose straordinarie, il loro genio non ha limiti. Ma spesso le creazioni più belle finiscono con il ritorcersi contro di noi... Pensavo a Due: qualunque cosa irreversibile avessi fatto o ti fosse capitata nella vita reale, nel gioco potevi avere l'occasione di rimediare. »

« Che intendi? »

« Chi a causa di un incidente non poteva più camminare, tornava a farlo nell'Altrove. Chi usciva dal coma, imparava di nuovo a vivere o a fare le cose essenziali. Al principio, Due veniva usato nei centri di riabilitazione per restituire la speranza ai pazienti. »

Mila capì che era avvenuto qualcosa di doloroso nel passato dello sconosciuto, era sicura che si portasse dentro un grosso peso. « Cosa ti angustia, Pascal? Perché non lo dici chiaramente? »

L'uomo si passò una mano sulla testa. « Ci hanno detto che internet era una rivoluzione indispensabile. Ma nessuno ha previsto quanto ci sarebbe costato... Per prima cosa, non è libero come vogliono farci credere: altrimenti perché useremmo tutti lo stesso motore di ricerca? Vogliono che abbiamo le stesse informazioni, hanno uniformato il nostro pensiero senza che ce ne accorgessimo... E poi internet non è nemmeno equo: è tirannico. E non è vero che ripara le ingiustizie sociali: al contrario, non dimentica e non perdona. Se scrivo qualcosa su di te, nessuno lo potrà cancellare. Anche se è una bugia, rimarrà lì per sempre. Chiunque può utilizzare il web come un'arma e, quel che è peggio, sa anche che rimarrà impunito... La gente ha riversato la propria rabbia in rete e noi gliel'abbiamo lasciato fare, è stato come nascondere lo sporco sotto il tappeto. Ma, per quanto ci sembri vasto, internet non è in grado di contenere il nostro peggio. Prima o poi, tutto quell'odio cercherà una via di sfogo... Viviamo nell'illusione di poter controllare tutto solo perché possiamo fare shopping dal divano con un cazzo di smartphone. Ma basterebbe un'eruzione solare più potente delle altre per mandare in tilt in pochi minuti le apparecchiature elettroniche del mondo. Occorrerebbero anni per riparare i danni e, nel frattempo, piomberemmo in un fottuto Medioevo... »

L'analisi non faceva una grinza, pensò Mila. Ma la cosa più sconcertante era che quelle verità erano davanti agli occhi di chiunque, eppure nessuno sembrava accorgersi del rischio reale.

« Il grattacielo che hai visto crollare e i boati che hai sentito... » Pascal lasciò in sospeso la frase, come se gli costasse proseguire col racconto.

« Allora? » lo esortò lei.

« Qualcuno ha introdotto un virus nel programma, l'Altrove si sta autodistruggendo. »

« E non sei contento? »

« Non hai capito: Due non è semplicemente un mondo parallelo, è come siamo realmente... Se il gioco termina, il male invaderà le strade – non avremo scampo. »

Mila non sapeva se condividere la visione apocalittica di Pascal.

« E poi ci sarebbe una conseguenza che ti riguarda direttamente» proseguì l'uomo. «Se il tempo dell'Altrove si conclude, finirà anche quello di tua figlia.»

Mila non aveva considerato che il gioco potesse interrompersi per una causa indipendente dalla volontà dei giocatori. Allora cosa sarebbe accaduto ad Alice? Dove avrebbe preso le informazioni per liberarla? Una nuova paura si impossessò di lei. «Quanto rimane?»

«Non lo so, di certo non molto. Devi tirarla fuori prima che accada, o non la rivedrai mai più.»

L'ex poliziotta fu colta da un'improvvisa disperazione e fece per alzarsi. Ma l'uomo si rinfilò in fretta il passamontagna per andare da lei e impedirglielo.

«Non sei in grado di fare nulla in queste condizioni» la avvertì, severo. «Smettila di affidarti solo all'istinto e usa la testa, maledizione.»

«Non posso aspettare... Alice non può» disse mentre le vertigini la risucchiavano nel letto.

«Sì, invece» obiettò Pascal. «Hai bisogno di rimetterti in forze perché questo è un gioco d'astuzia.»

«Le avevo promesso di portarle del cibo indiano per cena e che avremmo ritrovato la sua gatta che si è persa...»

«Sono allergico ai gatti» asserì, laconico, Pascal.

«Lo so.» Ricordava ancora il loro primo viaggio in auto, quando aveva starnutito per tutto il tempo a causa dei peli di Finz.

«Hai trovato degli elementi utili nell'ultima scena?» le chiese.

Mila ripensò al bar sul porto fluviale, alla madre nera,

al padre di sua figlia. « Un serpente color smeraldo » affermò.

« Tutto qui? » si meravigliò l'altro.

« Era disegnato su una carta dei tarocchi, ma tutte le altre erano volti di persone scomparse. »

« Be', domattina dovrai cercare il significato del serpente e collegarlo a un crimine da risolvere » disse Pascal porgendole di nuovo la Niacina.

Stavolta, Mila la prese senza discutere e la ingoiò.

« Al mio risveglio non ti troverò, vero? » gli domandò, anche se conosceva la risposta.

« Quando poco fa ti dicevo che se potessi tornerei indietro, forse lo farei solo per mettere fine a tutto questo. »

« Intendi dire che ti suicideresti? »

« Intendo dire che arriva un momento in cui perdi tutto, e allora non ha più senso andare avanti. Non ti suicidi per il dolore, alla lunga è sopportabile. Lo fai perché non hai più un compito. Adesso io ce l'ho, ma non avrebbe dovuto essere il mio compito e, soprattutto, non l'ho scelto io. »

Mila non capiva esattamente a cosa si riferisse, ma il farmaco cominciava a fare effetto e si sentiva troppo spossata per approfondire. « Ho visto un bambino nell'Altrove » disse mentre gli occhi si chiudevano. « Non dovrebbero esserci bambini all'inferno, non ti pare? »

Si accorse che Pascal aveva fatto un piccolo passo indietro.

« Che bambino? »

« Aveva una maglietta rossa e ha cercato di mettermi

in guardia. Te ne ho già parlato, ma le prime volte era solo una voce... adesso invece mi è apparso. »

Lo spettro era una figura amichevole in mezzo alle ombre e la sua T-shirt era dello stesso colore del passamontagna di Pascal.

« Dimentica quel bambino » la ammonì l'uomo. « Lascialo stare. »

Seguilo.

« Eppure sapeva che saresti venuto per me... È un segno » disse quasi biascicando, mentre le palpebre diventavano pesanti.

L'uomo col passamontagna rosso si inginocchiò per guardarla negli occhi. « Mangerete ancora cibo indiano e ritroverete anche quella maledetta gatta... Ma se vuoi riavere tua figlia sana e salva, non ti fidare di nessuno. »

Mila sentì che stava per cedere al sonno. « Nemmeno di te? » riuscì appena a domandare.

« Abbiamo tutti un avatar nel mondo reale » rispose Pascal.

20

Il risveglio fu brusco e improvviso.

Mila si guardò intorno nella stanza: Pascal era sparito. Il bagliore aranciato del sole filtrava sotto la porta e tra le assi del soffitto. Il primo pensiero fu che quella era stata la seconda notte che Alice aveva passato lontana da lei, prigioniera chissà dove.

Aveva smesso di piovere e si sentivano gli uccelli cantare. Le risuonava nella testa l'ultima frase dell'uomo incappucciato.

« Abbiamo tutti un avatar nel mondo reale. »

Che aveva voluto dire? Non aveva senso.

Si alzò e rimase seduta sul letto: la testa continuava a girare e, dal dolore che avvertiva un po' in tutto il corpo, capì che il sonno non era servito a rimetterla in sesto.

S'infilò lo spolverino e si sollevò il cappuccio della felpa sulla testa, quindi uscì dalla casa bruciata.

All'alba, in mezzo alla campagna non c'era un'anima.

S'incamminò lungo la strada deserta. Dopo le abbondanti piogge, l'aria era pervasa di profumi. Sarebbe stata una piacevole passeggiata se non ci fossero stati tetri pensieri ad affollarle la mente. Proseguì per un paio di chilometri, poi intravide un furgone che sopraggiungeva. Lo fermò e chiese un passaggio all'autista che andava in città.

Per tutto il tragitto, le tornarono in mente la madre

nera, il padre di sua figlia intento a intagliare un osso e Alice che moriva nella culla. E anche le parole del suo amico col passamontagna, l'invito a non fidarsi di nessuno e quello strano riferimento al tempo che restava. Un virus stava distruggendo l'Altrove, ma Mila aveva avuto l'impressione che nell'esistenza di Pascal fosse accaduto qualcosa di altrettanto devastante.

« Ti sarà certamente capitato di pensare a cosa faresti se potessi tornare indietro nel tempo... »

Tutti ci pensavano, nessuno escluso. Gli errori del passato erano la cura del presente. Tutti si guardavano indietro e attribuivano i propri mali a scelte lontane e irripetibili. Ma era solo un alibi per sbagliare ancora.

Giunti in città, Mila si fece lasciare vicino a una stazione della metro. Quindi prese un treno in direzione del dipartimento nella speranza che Simon Berish avesse già preso servizio.

Entrò nell'edificio da un accesso secondario, approfittando del cambio turno del personale di pulizia. Si sfilò il cappuccio dalla testa ma, nel caos del lunedì mattina, nessuno si accorse di lei, che poté raggiungere facilmente il Limbo.

Varcata la soglia della sala dei passi perduti, si accorse di Berish che dormiva su una sedia. Si ridestò subito.

« Stai bene? » le domandò andandole incontro con aria agitata. « Sono tornato alla villa e ho visto il corpo di Lisca. »

« Avevi ragione tu » riuscì solo a dire Mila, portandosi le mani ai capelli. « Sono stata una stupida. Ma ora devo raccontarti un milione di cose. »

Lo fece nell'ora successiva, dopo aver bevuto un caffè bollente che Simon le preparò con la macchinetta che aveva nell'ufficio. Gli confermò che Timmy Jackson era il mostro di Unic, in qualche maniera si scusò ancora con lui per non avergli dato retta e non essere andata via subito da quella casa – anche se in cuor suo sapeva che Lisca avrebbe trovato lo stesso il modo per aggredirla.

« Non riesco a capire la ratio di tutto questo » affermò l'ex collega. « Perché Enigma ti coinvolge tatuandosi addosso il tuo nome e invece i suoi seguaci provano più volte a ucciderti? E non ha senso nemmeno che qualcuno abbia rapito Alice: se il bersaglio eri tu, perché non eliminarti subito nella casa al lago? »

In effetti, Berish non aveva torto. C'era un'evidente contraddizione fra le varie cose. « Potrebbe essere il mio gioco » azzardò lei.

Infine gli disse di Pascal, della sua deduzione che in realtà fosse un criminologo e del fatto che lui non l'avesse smentita al riguardo.

« Dovremmo cercare di risalire all'identità di Pascal » propose Berish, pur consapevole che l'uomo aveva cancellato ogni traccia di sé. « Come sai bene, è impossibile sparire del tutto. »

Era vero, Mila lo aveva sperimentato negli anni trascorsi al Limbo, a dare la caccia agli scomparsi. Potevi modificare l'aspetto, le abitudini, ripulire le tue impronte e ogni traccia organica che potesse svelare il tuo DNA, ma c'era sempre qualcosa di te – magari qualcosa d'insospettabile – che non cambiava mai. Ricordava ancora il caso di una donna con marito e figli, scomparsa per vent'anni. Mila l'aveva identificata solo perché aveva conservato il gesto inconsapevole di staccarsi le sopracciglia quando era sovrappensiero.

« Per il momento, non abbiamo nessun indizio da cui partire » affermò l'ex poliziotta, che pure era attenta a simili dettagli. « È molto accorto. »

Berish non era convinto, però decise di soprassedere. « Cos'hai portato indietro dal tuo nuovo viaggio nell'Altrove? »

« Il souvenir stavolta è un serpente color smeraldo. »

Mila tralasciò volutamente la descrizione della sua lugubre riunione familiare e si dedicò a inserire il dato nel database dell'ufficio persone scomparse.

« In Due mi sono stati mostrati dei tarocchi » spiegò intanto a Simon. « Contenevano foto di scomparsi, come quelle che ci sono qui nella sala dei passi perduti. »

« Ma se il serpente è collegato a una sparizione, perché allora non mostrarti direttamente il volto della persona? » osservò l'ex collega. « Qualcosa mi dice che non è la pista giusta. »

Nonostante lo scetticismo di Berish, Mila era sicura. Tuttavia, la ricerca con il rettile come parola chiave non produsse alcun risultato.

« Forse dovremmo cominciare da un altro elemento della scena » propose Simon.

Mila ci pensò, ma le venne in mente un'unica opzione. « Potremmo andare a verificare se il bar sul porto in cui sono stata esiste veramente. »

*

Il locale era un posto senza nome in fondo al molo, di fronte ai cantieri navali e in mezzo a basse costruzioni adibite al rimessaggio delle barche. Non aveva insegna perché ci si andava soltanto a bere e chi doveva conoscerlo, lo conosceva.

« Gli alcolisti non hanno bisogno di tanti fronzoli » commentò subito Berish. « Gli basta sapere che troveranno una bottiglia. »

Il porto fluviale era situato proprio sulla foce, il che faceva del bar uno strano crocevia fra gente di fiume e di mare.

Quando entrarono, furono accolti dal suono leggero di un campanello eolico che a Mila ricordò subito quello sentito nell'Altrove. Era tutto così fedele che si sentì a disagio.

Il jukebox, davanti al quale nell'incubo stazionava il padre di sua figlia che intagliava un osso, era nell'angolo ma sopra c'era attaccato con lo scotch un cartello con scritto GUASTO. Chissà da quanto tempo era spento. Aveva ragione Berish, la musica non serviva in un posto del genere.

Infatti, alle nove e un quarto del mattino, i pochi e silenziosi avventori seduti davanti al lungo bancone erano perlopiù intenti ad anestetizzare i propri demoni. Non avevano la necessità di chiacchiere o di socializzare, tutto ciò di cui avevano bisogno veniva versato a turno nei loro bicchieri da una giovane barista.

Aveva capelli lunghi e castani, indossava una camicia a scacchi di flanella sopra un paio di jeans. Poteva avere poco più di vent'anni, ma siccome la pelle del viso era sciupata, ne dimostrava almeno dieci di più.

« Buongiorno » disse Mila, presentandosi. Ma ebbe subito l'impressione che la loro visita fosse attesa, perché la ragazza impallidì.

« L'avete trovata? » chiese quella, con voce tremante.

La domanda confermò che erano nel posto giusto.

« Possiamo parlare un momento? » le propose Berish, facendole intendere che forse era meglio proseguire la conversazione in un luogo più appartato.

« Siete sbirri, non è vero? » domandò l'altra, colta dal dubbio d'essersi sbagliata.

« Sì » confermò il poliziotto.

« Mi dica solo se è ancora viva » lo supplicò.

Mila si intromise e azzardò: « È sua sorella? »

La ragazza scosse il capo. « No, è mia madre. »

Si chiamava Laura Ortis e, in meno di cinque minuti, mise alla porta i clienti del locale per rimanere sola con i nuovi ospiti. Poi li condusse nella saletta interna, dove c'erano i séparé. Mila scelse lo stesso in cui aveva incontrato la madre nera.

« Non abbiamo notizie » mise subito in chiaro Berish per non crearle false aspettative. « Ma forse potrebbe aiutarci a capire cosa le è accaduto. »

Dopo essersi seduta, la ragazza ripose davanti a sé un pacchetto di Marlboro e uno Zippo arrugginito. « Rose è sempre stata una donna incasinata » disse quasi sbattendo l'accendino sul tavolo. « E di solito tocca a me rimediare ai suoi casini. »

Dal tono e dai gesti, era evidente il rapporto tormentato fra madre e figlia. Anche il fatto che la chiamasse per nome era indicativo, pensò Mila.

« Rose non è capace di badare a se stessa » ribadì la barista, aspirando la fiamma dello Zippo con la punta di una sigaretta. « Le piace sparire e riapparire nella mia vita come e quando vuole. Però non era mai successo che non mi facesse avere sue notizie per tre mesi. »

« Potrebbe parlarci di lei? » chiese Berish, estraendo dalla tasca dell'impermeabile gli occhialini e un notes.

La ragazza espirò una nuvola di fumo. « Rose ha cinquantasei anni anche se dice a tutti di averne trentasei e si comporta come se ne avesse sedici. Un tempo questo posto era suo, me l'ha lasciato ma praticamente torna da me ogni volta che ha bisogno di soldi. Non è mai stata sposata, sostiene di avermi tirata su da sola anche se sono io che ho sempre badato a lei. »

Il ritratto non era benevolo, pensò Mila. Ma forse, al di là di quello, Laura sembrava sinceramente in pena per la madre.

« Nell'ultimo anno aveva scoperto un nuovo modo per rovinarsi l'esistenza perché le era presa la fissa dei social network. »

Ancora una volta la rete, si disse Mila. Ma non credeva che Rose fosse finita nelle grinfie di Due: una donna sola di mezz'età non era tipo da videogiochi. « Cosa cercava sua madre su quei siti? »

« Se ci pensate, è il luogo perfetto per un'egocentrica esibizionista. Lei postava roba in continuazione, comprese foto e dettagli personali: tutta la sua cazzo di vita finiva lì dentro. Ho provato a dirglielo in tutti i modi che non andava bene. Rose crede di piacere a tutti, ma non saprebbe distinguere un complimento da una presa in giro. E gli altri ne hanno sempre approfittato. »

« Se le nominassi un serpente color smeraldo, saprebbe associarlo in qualche modo a sua madre? » chiese Berish.

La ragazza non ebbe nemmeno bisogno di pensarci su, si sbottonò la camicia e tirò fuori un ciondolo appeso a una collana. Un'iguana smaltata di verde. « Tipo questo? »

Simon guardò Mila che annuì. Era molto simile al rettile che aveva visto nell'Altrove.

« Da un po' di tempo fabbricava bigiotteria che vendeva on line, inutile dirvi che a malapena si ripagava le spese. Il serpente di cui ha parlato è il primo pezzo in assoluto: un anello da cui non si separa mai. »

Mila ricordò la morsa dell'animale in Due, ma scacciò subito l'immagine. « Lei pensa che Rose sia scomparsa, giusto? »

« Sì » confermò la ragazza.

« Allora perché non ha sporto denuncia alla polizia? »

« L'ho fatto » esclamò Laura, indignata. « Ma nessuno si è mai fatto vivo fino a oggi. »

Mila scambiò uno sguardo con Berish. « Come è possibile che non ci sia traccia della denuncia al Limbo? » gli domandò.

Simon scosse il capo, non aveva una risposta.

« Forse è per via dell'email » asserì la giovane.

« Che email? »

« È arrivata prima che facessi la denuncia. In sintesi c'è scritto che qui in città Rose aveva conosciuto un uomo, che era innamorata e che avevano deciso di andare a vivere a Guadalupa. »

Mila capì ciò che era accaduto: per via della lettera, l'agente che aveva raccolto la denuncia aveva pensato a un allontanamento volontario, perciò non valeva la pena di passare la segnalazione al Limbo.

« È sicura che l'email sia di sua madre? » chiese l'ex poliziotta.

« La decisione di andare a vivere all'estero con uno appena conosciuto è tipica di lei. E poi l'indirizzo mail è il suo » confermò la ragazza. « Ma se mi sta chiedendo se sono certa che le parole scritte sono di Rose, allora le rispondo di no. »

« In che senso? » s'intromise Berish.

« Mia madre era una testa matta, ma aveva una memoria di ferro. E in quella lettera ci sono cose che non quadrano. »

La ragazza si allontanò qualche minuto, poi tornò da loro con una stampata dell'email che conservava da chissà quanto. Dall'intestazione, risaliva ai primi di dicembre dell'anno prima.

« '*Cara Laura, raggio di sole*' » iniziò a leggere. « '*Mi è capitata una cosa straordinaria: ho conosciuto un uomo magnifico, si chiama Tom e mi sono innamorata subito di lui. So che cosa pensi, che è il solito colpo di testa della tua mamma stramba. Ma stavolta ti sbagli perché anche lui mi ama alla follia e io gli credo. Non ti arrabbiare, ma abbiamo deciso di andare a vivere insieme a Guadalupa. Sai quanto mi piace il sole e che ho sempre desiderato trascorrere la mia vecchiaia in un'isola dei Caraibi, ora questo sogno si avvera. Appena mi sarò sistemata sull'isola ti scriverò di nuovo (non ti telefono perché so che mi insulteresti e non voglio farmi rovinare questa cosa da te). Ho parlato con Tom e lui pensa che sarebbe bello se potessi venirci a trovare per il tuo prossimo compleanno, il 26 giugno. Non vede l'ora di conoscere la sua figliastra. Spero sarai felice per me, ti voglio bene. Rose.*' » La ragazza posò il foglio sul tavolo e li guardò. « Allora, che ne dite? »

« Cosa non quadra? » domandò Berish.

« Rose non ha mai fatto riferimento alla propria 'vecchiaia', nemmeno da ubriaca. E poi è vera la fissazione per i Caraibi, ma aveva paura di volare e, pur avendo gestito un bar sul porto, anche solo la vista di una nave le faceva venire il mal di mare. »

« Mi sembra un po' poco per escludere un allontanamento volontario » obiettò il poliziotto.

« Ma non è finita, perché la cosa più strana è legata alla data del mio compleanno. »

« Lei non è nata il 26 giugno? »

« Così c'è scritto sui documenti, perché Rose per una settimana si è dimenticata di registrare la mia nascita. In realtà mi ha partorito il 19 e, da quando ero bambina, abbiamo festeggiato sempre quel giorno. »

Mila comprese ciò che stava cercando di dirgli Laura. « Lei pensa che sua madre fosse in pericolo e che stesse cercando di inviarle un messaggio che poteva capire solo lei. »

La ragazza glielo confermò. « Qualcuno l'ha costretta a scrivere l'email perché così non mi sarei preoccupata di cercarla o di avvertire la polizia, ma Rose ha trovato il modo per inserire quelle cose che solo io potevo sapere. In quella lettera c'è una richiesta d'aiuto.»

Dopo aver cercato invano per tre mesi qualcuno che ascoltasse la sua teoria, Laura Ortis era stata felice di collaborare con loro e gli aveva anche consegnato la chiave per accedere all'appartamento della madre. Lei aveva già svolto un sopralluogo, ma gli occhi allenati di due sbirri erano certamente meglio per individuare eventuali anomalie.

«Che ne pensi?» domandò Berish mentre guidava verso il vecchio quartiere olandese in cui abitava la donna scomparsa.

Mila ci pensò un momento. «Vorrei poterti dire che ci sono elementi per credere alla versione della figlia. Ma se non avessi ricevuto l'indizio del serpente nel gioco, non ci vedrei i presupposti per giustificare un'indagine.»

In anni di servizio al Limbo l'aveva visto accadere varie volte. Scomparse che si rivelavano fughe d'amore, rapimenti che avvenivano col consenso della presunta vittima. Addirittura, c'era chi si spingeva a inscenare la propria morte per non dover svelare ai propri cari una scomoda verità – una bancarotta, un tradimento o il non aver mai sostenuto un solo esame all'università.

A detta della figlia, Rose era una donna eccentrica. Tuttavia la sua scelta di trasferirsi all'estero all'improvviso con un uomo appena conosciuto non era così assurda come poteva sembrare e, anzi, era piuttosto frequente.

Rose abitava in un condominio degli anni Sessanta, un complesso di tre piani con al centro una piscina. L'edificio sembrava essere stato costruito praticamente intorno alla vasca, ma adesso era vuota e veniva usata come pista dagli skateboarder.

Mila e Berish arrivarono verso le undici, dopo essere ripassati dal Limbo per prendere una borsa con un « kit sangue-impronte ». Per motivi di budget, il dipartimento inviava una squadra della Scientifica solo in presenza di crimini acclarati. Perciò nel tempo avevano imparato ad arrangiarsi.

La donna scomparsa occupava un piccolo appartamento situato al secondo piano. Mila e Berish lo individuarono dal numero sulla porta. Quando aprirono l'uscio, trovarono ai propri piedi un mucchio di dépliant pubblicitari e vecchie bollette.

« Assurdo, la figlia continua a pagare l'affitto pur non vivendoci » commentò Berish, passando a Mila un paio di guanti. « Forse pensa che la madre tornerà indietro da un giorno all'altro. »

« O forse aspettava solo che qualcuno si decidesse a prenderla sul serio » replicò l'ex poliziotta mentre calzava le protezioni in lattice.

Si guardarono intorno per decidere da dove cominciare.

L'appartamento era modesto: soggiorno con cucina a vista, camera da letto con un piccolo armadio e un bagno cieco. L'arredamento era un'accozzaglia di stili, l'insieme risultava alquanto kitsch. Un divano e una poltrona coperti da foulard in stile hippy, tappeti orientali, un letto a baldacchino, bruciatori per incensi, Buddha di diverse misure e tutta una serie di cineserie.

Sul tavolo da pranzo c'era un PC.

« Io do un'occhiata in giro, tu dedicati al computer » propose Berish.

Per fortuna la corrente elettrica non era stata ancora staccata, così Mila poté entrare nel mondo di Rose. A quanto pareva, aveva collezionato profili su tutti i social network. Per accedere non c'erano password o protezioni particolari, per cui fu facile esplorare l'esistenza virtuale della donna.

La prima cosa che saltò all'occhio dell'ex poliziotta fu che gli ultimi aggiornamenti delle pagine personali erano vecchi di almeno tre mesi, cioè risalivano a poco prima della scomparsa. Per un soggetto con la fissa dei social era sicuramente inusuale. Perché Laura Ortis aveva ragione: la madre condivideva con la rete ogni dettaglio delle sue giornate. Mila considerò che molte persone non avevano una vita appagante e cercavano un riscatto nei *like* e nei *follower*. Ma, al di là dell'aspetto illusorio di quel genere di approvazione e di quanto potesse essere pericoloso rendersi vulnerabili alla curiosità altrui, c'era da chiedersi quanto tempo avrebbe saputo vivere lontano da internet gente che soffriva di una vera e propria dipendenza.

Fra le tante, Mila si soffermò su una foto postata da Rose.

La donna appariva sorridente con alle spalle un panorama naturale – una pianura in mezzo alle montagne in cui pascolava una mandria di cavalli. Aveva capelli ossigenati e un trucco vistoso, specie sugli occhi. Al dito portava l'anello col serpente color smeraldo da cui, secondo Laura, non si separava mai.

Intanto Berish continuava ad aprire ante e cassetti. « Trovato qualcosa d'interessante? » le chiese dalla camera da letto.

« C'è un sacco di roba sui profili, ma non ho trovato tracce del misterioso Tom che avrebbe convinto Rose a trasferirsi a Guadalupa. »

« Mancano dei vestiti » asserì invece il poliziotto.

Nell'armadio oscillavano delle grucce vuote. Tutto faceva pensare che la donna avesse effettivamente fatto i bagagli per partire.

La ricerca in internet si stava rivelando infruttuosa. D'altronde Mila pensò che, se qualcuno aveva escogitato un piano per far passare la scomparsa di Rose Ortis per un allontanamento volontario, di certo non avrebbe avuto difficoltà a cancellare segni della propria presenza sui social della donna.

Forse era meglio affidarsi alle prove materiali. Così l'ex poliziotta si unì a Berish.

Per prima cosa, si avvicinò a una toeletta con uno specchio, simile a quella che si portava sempre dietro Pascal. Ma in quanto a trucchi, cosmetici e creme di bellezza, Rose Ortis era imbattibile. C'era di tutto, dalle ciglia finte alle lenti a contatto, a rossetti di mille sfumature, fino ad arnesi che non aveva mai visto prima.

La colpì soprattutto l'esposizione di boccette di cristallo blu, messe in fila su una mensola. Erano vuote ma un tempo dovevano contenere il profumo di Rose. Mila capì che, quando l'essenza terminava, invece di gettarle via, la donna le collezionava.

« Qui non c'è niente di sospetto » disse Berish dal cucinotto.

Di solito, il frigo era un elemento rivelatore. Chi inscenava una fuga volontaria degli abitanti di una casa per occultare un crimine – come un assassino o un rapitore – era bravo a fare i bagagli ma dimenticava di buttare il cibo avanzato. Dal deterioramento dello stesso era possibile ipotizzare che fosse accaduto qualcosa e risalire anche al periodo in cui ciò era avvenuto.

Mila si spostò nel piccolo bagno cieco. Aprì il water, controllò gli scarichi per vedere se qualcuno avesse gettato via qualcosa per sbarazzarsene. Esaminò i rubinetti e la ceramica degli arredi. Mancava lo spazzolino da denti e ciò avvalorava la tesi della partenza per un viaggio, ma poi l'occhio le cadde su un piccolo asciugamano bianco.

In un angolo era visibile una macchiolina bruna.

« Vieni a vedere » disse, convocando Berish. « Potrebbe essere sangue. »

Simon esaminò il reperto. Certo non era raro trovare tracce ematiche su un comune asciugamano. E, a un occhio inesperto, la quantità rinvenuta non avrebbe suggerito niente di preoccupante. Ma Berish e Mila avevano ragione di allarmarsi.

« La forma non mi piace » disse subito il poliziotto.

Secondo il metodo BPA – *Bloodstain Pattern Analysis* – si potevano scoprire molte cose analizzando una o più macchie di sangue. Esistevano diverse classificazioni a seconda della loro conformazione. L'aspetto di quella che avevano di fronte era oblungo, il che suggeriva che il liquido non era colato bensì schizzato. Poteva dipendere da diverse cause: la distanza del punto d'origine, la velocità dell'impatto con l'asciugamano, la forza impressa all'oggetto che aveva cagionato la ferita.

Era evidente a chiunque che le macchie di sangue lasciate in giro da un individuo che si taglia radendosi erano molto diverse da quelle generate da un colpo di pistola.

In particolare, quella che avevano davanti faceva pensare a un trauma violento.

« Vale la pena di controllare » affermò Berish.

Tirarono fuori l'occorrente dalla borsa col kit sangue-impronte che si erano portati appresso.

« Forse è il caso di capire se Rose ha avuto ospiti prima di sparire » propose l'ex poliziotta. « Tu occupati di ripassare tutto col Luminol, io vado a caccia di impronte digitali. »

Oltre ai compiti si divisero l'attrezzatura.

Simon si armò di vaporizzatore e macchina fotografica, quindi si chiuse in bagno in cerca di altro sangue. Anche se era stato lavato via, l'uso di detergenti non impediva di ritrovare successivamente le tracce ematiche perché la sostanza chimica chiamata 3-aminoftalidrazide era in grado di evidenziarle in diluizioni da 1 a 5.000.000. Tuttavia, l'effetto fluorescente tipico di quella tecnica di rilevazione era temporaneo e, per fissare la prova, bisognava fotografare il risultato prima che svanisse.

Il compito di Mila era meno complesso ma sicuramente più proficuo dal punto di vista dei risultati. Tutti lasciamo impronte digitali, le avevano insegnato in accademia. Spesso senza neanche accorgercene. Ed era possibile farle emergere dalla superficie di un oggetto anche a distanza di molto tempo. Certo, l'esito dipendeva dalla conformazione del materiale su cui si era chiamati a operare, ma nel caso dell'ex poliziotta c'era solo da scegliere, visto che aveva a disposizione una casa piena di cianfrusaglie.

Mila aveva dimenticato quanto potesse essere esaltante quel tipo di caccia. Un'impronta latente era il primo indizio per giungere all'identità di uno sconosciuto. Spesso, nella spirale lasciata dalla carezza di un polpastrello, si riusciva a intuire qualcosa di chi l'aveva impressa. Per esempio, se c'era stata forza, urgenza o paura. Era come per certi genetisti che riuscivano a intravedere l'aspetto di qualcuno semplicemente osservando il suo DNA.

Alla stregua di Berish, l'ex poliziotta non aveva a disposizione mezzi sofisticati per compiere quella prima indagine. Doveva accontentarsi dei metodi tradizionali che, però, avrebbero consentito solo un esame superficiale. Ma per ciò che speravano di trovare, poteva anche bastare.

Mila si servì dapprima delle cosiddette « polveri esaltatrici » – di alluminio, magnetiche o fluorescenti – cosparse con un pennellino: venivano assorbite da una componente acquosa o lipidica, rivelando così il disegno papillare.

Passò in rassegna le superfici lisce, ma non emerse alcuna impronta. Significava che qualcuno si era preso la briga di cancellarle. E, se l'aveva fatto, c'era anche qualcosa da nascondere.

Ma quando ripeté l'operazione su altri substrati, il risultato fu identico.

Strano, pensò. Su plastica, vetro e metallo sarebbe stato preferibile usare il cianoacrilato, ma non aveva a disposizione un laboratorio con una camera barica.

La cosa più singolare era che non riusciva a trovare le impronte di un intruso ma nemmeno quelle della padrona di casa. Mila pensò di andarle a cercare fra le boccette blu di profumo che aveva notato poco prima. Ma anche stavolta rimase delusa.

Berish uscì dal bagno sconsolato: anche lui non aveva trovato nulla.

« Nessuna impronta » asserì lei.

« Se qualcuno ha ripulito l'appartamento, allora è accaduto qualcosa » affermò l'ex collega, arrivando alle sue stesse conclusioni di poco prima.

« C'è di più » aggiunse Mila, che era andata anche oltre. « È come se qui non ci avesse vissuto mai nessuno. È come essere su Marte e noi fossimo i primi umani a metterci piede. »

Gli sbirri lo chiamavano « lo zampino del diavolo ». La definizione si addiceva bene a quel genere d'incongruenza che rischiava di compromettere la logica di un'indagine.

« È impossibile » fu infatti il commento di Simon.

Una macchiolina bruna e nessuna impronta latente – era tutto ciò che avevano.

Mila pensò subito a una messinscena molto più accurata rispetto a quella che si erano trovati davanti i colleghi alla fattoria Anderson, quando avevano rinvenuto il sangue delle vittime ma non i corpi.

Un altro inganno di Enigma.

« Ho una brutta sensazione » affermò l'ex poliziotta. « Non solo Rose Ortis non è mai partita per Guadalupa, ma non si è mai mossa da qui. »

« Allora cosa suggerisci? »

« Forse è il caso che tu vada a prendere Hitch. »

Gli hovawart non erano cani da cadavere, ma possedevano un fiuto speciale, tanto da essere usati spesso per individuare le persone disperse nelle calamità naturali. A ogni modo, Hitch costituiva l'unica risorsa che avessero.

Nel tempo in cui Berish andava e tornava da casa sua, Mila approfittò per riflettere sulle implicazioni del caso.

Non aveva idea del ruolo di Rose Ortis nel gioco di Enigma, né di chi potesse essere interessato a fare del male a una donna apparentemente innocua. L'unica certezza dell'ex poliziotta era che per lei non fosse finita bene. Glielo diceva l'istinto, ma anche l'email che aveva mostrato loro la figlia: Laura era convinta che la madre fosse in pericolo ma pensava a un rapimento, invece Mila sapeva che la gestione di un ostaggio era complicata e soltanto i professionisti s'imbarcavano in un crimine tanto rischioso, ma solo perché di solito c'era un tornaconto di natura economica, altrimenti l'impresa non valeva l'azzardo.

Però Rose Ortis non era ricca. Perciò l'unica possibilità era che fosse morta.

Una donna sola e libertina era la preda perfetta per un sadico. Purtroppo, con gli scarsi elementi a disposizione, non era possibile ricostruire un modus operandi o risalire a una firma dell'omicida. Però tutti gli assassini, perfino i più organizzati, commettevano *consapevolmente* degli errori. Faceva parte della loro natura.

In proposito, le venne in mente ciò che diceva sempre il padre di Alice citando il paradosso dell'« asino di Buridano ».

Giovanni Buridano era stato un filosofo del XIV secolo e aveva raccontato la storia di un asino che si trovava di fronte a due mucchi di fieno: non riuscendo a decidersi su quale fosse preferibile mangiare, era morto d'inedia. I criminologi – ma anche alcuni economisti – si servivano dell'esempio per spiegare *il comportamento economico nell'essere umano razionale* per cui, a differenza di un animale, una persona sa sempre cosa scegliere e la sua decisione sarà determinata dall'utilità.

Tuttavia, gli unici individui incapaci di effettuare appieno il calcolo opportunistico erano proprio i sadici. Spesso a guidarli era un bisogno irrazionale.

Mila ricordava che molti di loro dopo aver ucciso avvertivano la necessità di sottrarre un oggetto alla vittima – « un feticcio », come si diceva in gergo. Anche se ciò li esponeva al rischio di essere collegati al crimine commesso, costituiva un'esigenza insopprimibile.

Gli permetteva di rivivere l'impresa in segreto con la fantasia.

Mila rammentava il caso di un assassino che aveva tolto la camicetta al cadavere di una donna appena sgozzata e, dopo averla lavata dal sangue, l'aveva regalata alla fidanzata. Quella, inconsapevolmente, indossava davanti agli occhi ignari di amici e parenti un trofeo di caccia e ciò aumentava l'autostima del killer.

Guardando l'appartamento di Rose Ortis, non si poteva escludere che chi l'aveva presa avesse portato via anche un souvenir. Ma il fatto che fossero stati asportati degli oggetti per inscenare una fuga rendeva la ricerca pressoché impossibile.

In quel momento, Berish bussò alla porta dell'appartamento e Mila gli andò ad aprire. Hitch entrò e cominciò a muoversi pigramente per la stanza.

« Lasciamo che si ambienti » disse il poliziotto. « È da un po' che non fa più cose del genere. »

Mentre osservavano il cane che prendeva confidenza con gli oggetti, Mila considerò di aver riposto troppe speranze in quel tentativo. Hitchcock forse era troppo vecchio per un compito simile.

« Dovremmo dargli una pista da annusare » propose Simon.

« Che ne dici del profumo di Rose? Deve esserne rimasto per forza un po' in una delle boccettine di cristallo blu. »

All'altro sfuggì un mormorio di disapprovazione che smontò subito il suo entusiasmo. « Abbiamo il sangue, no? Allora perché non sfruttarlo... »

« Dici che basterà una traccia così piccola? »

Berish la guardò. « Fidati di lui. »

Chiamarono Hitch e gli diedero da annusare l'asciugamano che avevano rinvenuto in bagno. Il cane ci passò sopra il muso, poi si allontanò ma solo per tornare indietro a dare un'altra sniffatina. Ripeté l'operazione quattro volte, quindi si diresse verso l'ingresso dell'appartamento e cominciò a grattare la porta con la zampa.

« Vuole che andiamo fuori » affermò Mila, finalmente speranzosa.

Berish non disse nulla e si limitò ad aprire l'uscio.

Hitch, muso a terra, li condusse verso la scala interna del condominio. Non era certo della direzione e cambiò percorso un paio di volte.

« Secondo me ci sta portando fuori strada » si lasciò scappare il padrone, scettico.

« Cosa te lo fa pensare? »

« Lo conosco. E comunque, qualsiasi pista stia seguendo, ormai dopo tanto tempo è contaminata. »

Mila si domandava perché, se l'ex collega era così diffidente, aveva acconsentito a coinvolgere il cane.

Scesero fino al piano terra e giunsero davanti alla porta di ferro che, probabilmente, immetteva nel locale caldaie.

Berish si assicurò che non ci fosse nessuno in giro e la forzò. Hitch s'infilò subito nell'apertura, come se avesse trovato la conferma che cercava.

Lo seguirono. Non si trattava del locale caldaie ma di quello che ospitava l'impianto di depurazione della piscina, ormai in disuso da anni.

« Sì, ha sentito qualcosa » confermò Simon, notando l'improvvisa agitazione del cane.

Mila sperava che non si sbagliasse.

Intanto, Hitch puntò una porta di legno che sotto aveva una fessura bella larga. Berish intuì le sue intenzioni, tentò di fermarlo ma l'animale, nonostante la stazza, fu più lesto a infilarsi nel varco sparendo alla vista.

« Maledizione » commentò il poliziotto. Poi prese una breve rincorsa e diede un calcio alla maniglia.

Davanti a loro si spalancò una specie di sgabuzzino, con tubi che passavano sul soffitto e fili elettrici che spuntavano dai muri di mattoni.

Il cane si muoveva inquieto in quello spazio vuoto.

Berish gli si avvicinò e, per tranquillizzarlo, gli diede anche qualcosa da mangiare. « Bravo, bello. » Poi si rivolse a Mila: « Qui non c'è niente ».

Ma lei non si era mossa dalla soglia e guardava la parete alla sua destra.

« Che succede? » domandò Simon.

Mila allungò il braccio. C'erano tre numeri incisi sui mattoni.

« Stavolta abbiamo solo la latitudine » commentò. Dov'era l'altro pezzo delle coordinate? « Penso che dovremmo vedere cosa c'è dietro la scritta. »

Simon non sembrava molto convinto, ma uscì lo stesso dalla stanzetta.

Poco dopo, tornò indietro risoluto e con in mano una spranga.

« Trattienilo » disse riferendosi al cane.

Lei lo afferrò per il guinzaglio mentre il padrone iniziò a colpire il muro di mattoni con la spranga. Ogni volta che il ferro si abbatteva sulla superficie, si produceva un rumore assordante che rimbombava nel sottosuolo. Venivano via porzioni sempre più consistenti della parete, finché, finalmente, dietro la barriera iniziò a intravedersi qualcosa.

Era un trolley nero, molto capiente, chiuso con un lucchetto.

Quando il buco fu abbastanza largo, Berish smise di percuotere e afferrò la maniglia per tirarla fuori: la valigia ricadde per terra con un tonfo sordo.

Il poliziotto guardò Mila, come se attendesse da lei l'ultimo consenso. Quando annuì, Simon sferrò un altro colpo con la spranga facendo saltare il lucchetto.

Sollevò il coperchio e si prepararono al peggio.

All'interno, però, c'erano i vestiti e gli effetti personali di Rose Ortis. Erano stati stipati ordinatamente.

È stata lei a prepararla, pensò Mila. *Qualcuno l'ha ingannata. Qualcuno le ha fatto credere che la storia del viaggio era vera, ma solo per tenerla buona.*

Rovistando fra gli abiti e gli oggetti, Berish trovò l'anello col serpente color smeraldo ma anche un martello sporco di sangue secco e piccoli frammenti che sembravano corteccia cerebrale. Alla punta dell'attrezzo erano appiccicati dei capelli biondi ossigenati.

Hitch cominciò ad abbaiare e Mila faticava a trattenerlo. Avevano la prova che cercavano, ma la caccia al colpevole era appena all'inizio.

L'ultimo ritrovamento fu il più angosciante.

Una rivista pornografica che di sicuro non aveva nulla a che fare con la povera vittima. Nelle pagine interne, qualcuno si era divertito a ritagliare parti del volto delle donne nelle foto.

Occhi, naso, labbra, orecchie erano stati asportati con chirurgica precisione. E perversione.

21

Erano passate da poco le sedici e avevano deciso nuovamente di dividersi.

Berish aveva preso la metropolitana insieme a Hitch per tornare al dipartimento con l'intenzione di cercare nel database se c'erano riscontri all'elemento della rivista pornografica ritagliata dall'assassino e se il comportamento ricorreva in qualche altro crimine.

Era tipico dei sadici alimentare la propria fantasia con passatempi come quello, considerò Mila. Di solito preludevano all'atteggiamento che avrebbero tenuto con le vittime. Chissà quali atroci torture aveva dovuto subire Rose Ortis prima di morire.

L'ex poliziotta si era fatta prestare l'auto di servizio dal collega per andare al porto a incontrare nuovamente Laura. Sul sedile posteriore c'era il trolley della madre.

Quando entrò nel bar, la trovò che stava pulendo il bancone con uno straccio. Alla ragazza bastò uno sguardo per riconoscere la valigia.

Ancora una volta si sedettero nel séparé. Oltre alle sigarette, Laura si portò appresso una bottiglia e si versò subito un bicchiere.

« Avrei dovuto immaginarlo » disse dopo aver mandato giù il primo sorso. « Rose era troppo stupida per non cacciarsi in qualche guaio. »

«Ancora non abbiamo alcuna certezza» affermò l'ex poliziotta, anche se non nutriva speranze.

La ragazza, però, era già disillusa. «Crede sul serio che dopo tre mesi Rose sia ancora viva?» chiese fissandola.

No, non ci credeva. Ma Mila non era lì per consolarla. «Il misterioso Tom di cui parla sua madre nell'email sicuramente non si chiama così ma, altrettanto certamente, è un individuo molto astuto. Se le ha fatto scrivere la lettera allo scopo di depistare la polizia, sapeva anche bene che, grazie a quell'espediente, un'eventuale denuncia non sarebbe mai stata trasmessa all'Ufficio persone scomparse.»

«A quanto pare, per una volta Rose è riuscita a trovarsi un uomo col cervello» commentò l'altra, sprezzante.

«Lui l'ha convinta a preparare la valigia.»

«Perché mai?»

Per mantenere il controllo della situazione, si disse Mila. Se le vittime si facevano prendere dal panico, poi era quasi impossibile gestirle. Molti stupratori assassini facevano rivestire le proprie vittime ma solo per illuderle che poi le avrebbero lasciate andare. La bugia aveva l'effetto di calmarle.

«Non lo sappiamo» disse invece. «Ora vorrei farle vedere qualcosa, ma avrò bisogno della sua attenzione.»

«Va bene» acconsentì la ragazza.

Mila si alzò dal proprio posto e sollevò il trolley sul tavolo. Quindi lo aprì, rivelando il contenuto. Berish aveva tolto il martello che, verosimilmente, era l'arma del delitto per riporlo in una busta per reperti che aveva portato con sé. Perciò all'interno c'erano solo abiti ed effetti personali.

« Le chiedo di rovistare fra questa roba e di dirmi se, secondo lei, manca qualcosa. »

« In che senso? » chiese Laura.

« Immagino conoscesse bene le abitudini di Rose, perciò saprà dirmi se non c'è un vestito o un oggetto che sua madre non avrebbe mai dimenticato di mettere in valigia. »

Mila confidava ancora nella teoria dell'asino di Buridano e quindi nella possibilità che l'assassino avesse voluto prendere un « souvenir » per rivivere l'omicidio in privato, anche a costo di essere scoperto.

La ragazza cominciò timidamente a frugare, era evidente che le costasse molta fatica, ma Mila non poteva rinunciare al suo aiuto. Laura iniziò a togliere vestiti e oggetti e a riporli sul tavolo, componendo una specie di inventario. Quando finì, aveva anche una risposta.

« Non c'è il suo profumo » disse. « Rose lo usava da tutta una vita. »

Mila pensò alla collezione di boccette vuote di cristallo blu che si trovavano su una mensola del suo appartamento. « È sicura? »

« Sicurissima, per lei era essenziale. Diceva sempre: 'Quando passo per strada o entro in una stanza, tutti devono saperlo'. » Poi ci pensò: « Portava sempre un flacone in borsa, ne ha lasciato perfino uno qui nel bagno privato – glielo vado a prendere ».

« Non ce n'è bisogno » provò a dire Mila, ma Laura si era già avviata.

La vide tornare con la boccetta di cristallo fra le mani, piangeva. « Non posso, non ce la faccio » disse fra i singhiozzi.

Mila avrebbe voluto dirle che le dispiaceva, che le era vicina, ma non sarebbe stata la verità. L'unica cosa che riuscì a dire fu: « Nessuno la obbliga a farcela, Laura. Tutti abbiamo diritto a provare dolore ».

Avrebbe voluto che fosse vero, specie per sé.

Non aveva altro da fare lì, perciò cominciò a rimettere a posto il contenuto della valigia con l'intenzione di andarsene. L'operazione inoltre le permetteva di ignorare il pianto della ragazza.

In quel momento, un forte rumore la fece sobbalzare. Mila si voltò e vide che Laura, in un moto improvviso di isteria, aveva scagliato la boccetta di cristallo sul pavimento.

« Mi scusi » disse la ragazza. « Non volevo... »

I piccoli frammenti blu si erano sparsi un po' ovunque. Mila stava per dirle qualcosa, ma appena sentì l'odore che esalava da quei vetri, rimase pietrificata.

Mughetto e gelsomino.

Sì, qualcuno aveva preso un souvenir e lo sfoggiava come un trofeo addosso alla sua nuova conquista. Qualcuno che conosceva tutti i trucchi per far scomparire una persona senza destare sospetti. Qualcuno che come lavoro avrebbe dovuto trovare chi spariva.

22

Abbiamo tutti un avatar nel mondo reale. Pascal non si sbagliava.

Mentre guidava accelerando al massimo verso il dipartimento, Mila cominciava a capire il senso delle parole dell'uomo col passamontagna rosso. Non c'era bisogno di avere un alter ego in un maledetto mondo virtuale. Conduciamo una doppia esistenza anche senza internet. Perché una parte di noi – la più profonda e irraggiungibile – vive di vita propria. Con lei odiamo in segreto, invidiamo di nascosto gli altri augurando loro ogni male, manipoliamo, mentiamo. La usiamo per sopraffare i deboli. La nutriamo con le peggiori perversioni, permettendole di fare tutto ciò che vuole dentro di noi. E infine le diamo la colpa per ciò che siamo.

Simon Berish era un discepolo di Enigma. Simon Berish era un omicida.

Era possibile? Sì, lo era.

Il suggeritore ha il potere di cambiare le persone, lui trasforma innocui individui in sadici assassini.

Berish aveva costretto Rose Ortis a scrivere un'email per vanificare una possibile denuncia di scomparsa. Chissà quando era maturata in lui l'idea di ucciderla.

Rose era la vittima perfetta – così ingenua, così naïf. Mila non riusciva a togliersi dalla testa il volto della donna nella foto che aveva visto sui social – in posa in una pianura davanti alle montagne, una mandria di cavalli sullo sfondo.

Lei stessa si era lasciata ingannare da Berish. Andando a ritroso nelle ultime ore, l'ex poliziotta risalì a tutte le volte che l'aveva depistata. Per esempio quando gli aveva proposto di far annusare a Hitch il profumo della donna scomparsa.

«Abbiamo il sangue, no? Allora perché non sfruttarlo?» era stata la sua obiezione, e lei non aveva insistito.

Già, il sangue. Berish aveva analizzato il bagno dell'appartamento dopo che lei aveva rinvenuto la macchiolina sull'asciugamano. Mila era convinta che in realtà si fosse servito del Luminol per individuare altre tracce ematiche che potevano essergli sfuggite quando aveva ripulito tutto dopo l'omicidio.

E poi si era portato via il martello che avevano trovato nella valigia nascosta nel muro. Probabilmente se n'era già disfatto. Stessa sorte doveva essere capitata alla rivista pornografica, ne era sicura.

Se non fosse stato per il moto di rabbia di Laura, Mila non avrebbe mai sospettato nulla. Doveva ringraziare un evento casuale, così com'era stato accidentale che lei sentisse lo stesso profumo nell'auto e sulla camicia di Simon.

Abbiamo tutti un avatar nel mondo reale. Forse anche Simon Berish aveva imparato a essere un'altra persona nell'Altrove.

I numeri sui mattoni li aveva lasciati lui o un altro accolito? Era ciò che doveva scoprire.

Mila arrivò a destinazione dopo aver bruciato una serie di semafori. Con la berlina del dipartimento, scese direttamente nel garage interrato sperando che nessuno le chiedesse spiegazioni. Usò nuovamente un ingresso secondario per introdursi nella parte più remota e quindi meno controllata dell'edificio. Aveva con sé la pistola, se l'avessero sorpresa con un'arma non autorizzata in un ufficio governativo sarebbe stata sbattuta in galera senza nemmeno passare da un processo. Ma doveva rischiare.

Mentre camminava verso il Limbo, pensava a cosa avrebbe detto all'uomo con cui aveva condiviso anni di lavoro e amicizia. L'unica persona a cui aveva permesso di starle vicino.

Berish era nella sala dei passi perduti, davanti al computer della scrivania. Hitch era accucciato ai suoi piedi.

« Nessun riscontro al martello e alla pubblicazione pornografica » disse, vedendola. « Però sono riuscito a procurarmi un numero identico della rivista e voglio confrontare le parti mancanti. »

I reperti erano entrambi ancora sul tavolo. Forse Mila aveva fatto davvero in tempo ad arrivare, o forse Simon era così sicuro della propria recita da rimandarne la distruzione.

Confrontare le parti mancanti della rivista porno, si ripeté l'ex poliziotta. Certo che era proprio bravo a mentire.

« Ho pensato a un'altra cosa » asserì l'altro. « Lo 'zampino del diavolo': nessuno è in grado di cancellare *tutte* le impronte da un appartamento. È un'impresa quasi impossibile. »

A quanto pare, tu sai come si fa, si disse Mila.

« Deve esserci sfuggito qualcosa e, secondo me, la risposta è proprio nella rivista» insisté il poliziotto. «A te come è andata con la ragazza?»

Mila cercava di apparire tranquilla, ma intanto lo studiava. «È andata bene» asserì soltanto. Si avvicinò a lui tenendo la mano pronta a estrarre la pistola.

«Vuoi parlarmene oppure tiro a indovinare?»

Quando fu a un paio di metri, lo fissò. «Simon, cosa ti è successo in quest'anno che non ci siamo visti?»

L'uomo si sistemò sulla sedia, sembrava spiazzato. «Perché, cosa sarebbe dovuto accadere?»

«Qualcosa è cambiato, tu sei cambiato.»

«Mila, che ti prende?»

«Dov'è Alice, Simon? Ora puoi dirmelo.»

Berish la osservava come se si domandasse sul serio da dove spuntava fuori quell'accusa – che ipocrita.

Si sfilò con calma gli occhialini da lettura e li appoggiò sulla scrivania. «Mila, non so di che parli. Vuoi spiegarmi, per favore?»

L'ex poliziotta estrasse la pistola dallo spolverino, ma non gliela puntò contro. Tenne il braccio lungo il fianco, in modo da fargli comunque intendere che faceva sul serio.

«È successo qualcosa al bar? Perché non ne parliamo? Forse posso spiegarti.»

«Dimmi dov'è mia figlia. Oppure mettimi in contatto con loro.»

«Loro chi?»

«I discepoli di Enigma, gli altri giocatori, chiamali come vuoi, ma dimmi chi sono.»

« È evidente che non sei in te » commentò il poliziotto, scuotendo il capo e distogliendo lo sguardo da lei.

« Guardami » gli intimò Mila ad alta voce.

Berish tornò a guardarla, ma con occhi increduli. « Chi pensi che io sia? »

« Non lo so più » rispose Mila sollevando l'arma su di lui.

L'uomo si portò una mano alle labbra, non sapeva cosa dire. E aveva gli occhi lucidi.

« Le coordinate mancanti » disse Mila, riferendosi alla sequenza parziale che avevano ritrovato sul muro di mattoni nel sotterraneo del palazzo di Rose Ortis. « Voglio la longitudine... Stavolta verrai con me nel gioco e mi porterai da Alice. »

Doveva tornare nell'Altrove prima che il mondo virtuale finisse di autodistruggersi a causa del virus. Sentiva che non rimaneva molto tempo.

Sempre tenendolo sotto tiro, l'ex poliziotta si avvicinò a quella che una volta era la sua scrivania: aprì il primo cassetto e prese un paio di manette che gli lanciò perché le indossasse.

« Stai commettendo un errore: io non ho nessuna longitudine. »

« E io non ho nessuna voglia di sentire questa cazzata. »

Il poliziotto infilò la prima manetta intorno al polso sinistro, la strinse. Stava per ripetere l'operazione anche col destro, ma scattò in avanti, lanciandosi contro di lei. Mila avrebbe potuto spararGli ma non lo fece perché vedeva ancora nell'uomo il vecchio amico, la persona che le voleva bene. La breve esitazione, però, le costò cara. Berish riuscì a spingerla e a farla cadere per terra, per poi impadronirsi dell'arma.

Hitch abbaiò, il suo latrato risuonò nell'eco della sala dei passi perduti. Migliaia di sguardi muti dalle fotografie si posarono sulla scena e su Mila. Migliaia di occhi e di volti sorridenti.

« Bastardo » lo insultò dal pavimento l'ex poliziotta.

Berish non fiatò. Se ne stava in piedi davanti a lei con in mano la pistola e un'espressione indecifrabile.

Nel momento in cui le sembrò che stesse per puntarle contro l'arma, Mila sentì una voce alle proprie spalle.

« Fermo » gli ingiunse Delacroix sulla soglia, impugnando una semiautomatica. « Getta la pistola. »

La portarono in una stanza senza finestre. Oltre a Delacroix, c'era anche Bauer. Stavano aspettando la Shutton, ma il Giudice tardava.

« Che succederà a Berish? » domandò Mila.

« Per adesso è in stato di fermo per aver condotto un'indagine non autorizzata » rispose Delacroix.

« Quindi lo sono anch'io » replicò lei.

Nessuno le rispose.

« Allora fatemi parlare con lui » propose, voleva metterlo alle strette per fargli sputare fuori cosa sapeva del rapimento di Alice.

« Credi che sarà facile far confessare un esperto d'interrogatori? » Delacroix scosse il capo. « Sei proprio ingenua, Vasquez. »

« Lo incriminerete per l'omicidio di Rose Ortis? » azzardò per capire se erano a conoscenza di ciò che sapeva lei.

« Dipende solo da te » affermò Bauer.

Mila aveva l'impressione che l'agente biondo stesse bluffando e che in realtà non gli servisse alcuna ammissione da parte sua, perché erano già al corrente di ogni cosa. « Da quanto tempo ci state appresso? »

Bauer si lasciò scappare una risatina divertita. « Vi abbiamo persi di vista un paio di volte, ma vi seguiamo da quando sei uscita dal dipartimento per tornartene al lago. »

« Perciò sapete anche cosa è successo a mia figlia. Chi l'ha presa? E perché non siete intervenuti per fermarli? » Era furibonda.

« Ti sorvegliavamo a distanza » intervenne Delacroix. « Non avremmo mai potuto prevedere ciò che sarebbe accaduto, né impedirlo. »

« E cosa cercavate da me? Che vi aspettavate che facessi? »

« Non ci interessi tu » dichiarò la Shutton facendo il suo ingresso con al seguito Corradini. « Ci interessa un altro uomo. »

Il Giudice era elegante come al solito. Gonna color crema e camicetta di seta bianca, un paio di Louboutin leopardate e al collo un filo di perle. Mila si accorse che il consigliere dietro di lei portava con sé una valigetta nera. L'appoggiò sul tavolo e l'aprì, ma il coperchio le impediva di vedere cosa contenesse.

La Shutton pescò una foto nella ventiquattrore e la fece scivolare davanti a lei.

Pascal.

L'immagine era stata scattata con un teleobiettivo mentre era con lui al belvedere sul lago: la scena era quella del loro primo incontro e l'uomo col passamontagna rosso teneva le mani alzate davanti alla sua pistola spianata.

« Cosa volete che vi dica? » chiese Mila, consapevole di avere un potere su di loro.

« Tutto » rispose la Shutton. « L'abbiamo conosciuto insieme a te. Ma quest'uomo è stato troppo abile a seminarci quel giorno, e anche la seconda volta mentre scappavate insieme dalla villa di Norman Luth dopo aver ammazzato Timmy Jackson alias Lisca. »

A quanto pareva, il suo amico incappucciato era più bravo di lei a sfuggire ai pedinamenti.

« Chi è? Che rapporti hai con lui? L'hai mai visto in faccia? » la incalzò Bauer.

« Non lo so. Mi ha solo aiutato. No, non l'ho mai visto in faccia » asserì lei senza esitazione, fissandolo con aria di sfida. « Perché vi interessa tanto quell'uomo? »

« Perché, oltre a girare mascherato, indossa guanti di lattice per non lasciare impronte e guida solo auto che abbiano almeno vent'anni » ribatté la Shutton. « Ma soprattutto perché, nonostante questo, nessuno l'ha mai notato e non appare nei filmati di una sola telecamera di sicurezza in città. »

« Ti ricorda qualcuno, Vasquez? » intervenne ironicamente Bauer.

«Enigma» disse. Se avessero visto la toeletta con i trucchi e le parrucche di Pascal e la sua collezione di travestimenti, forse avrebbero capito che la risposta alle loro domande alla fine era piuttosto elementare.

Abilità cosmetica e disciplina.

Corradini si appoggiò al tavolo. «Quella mattina al lago siete stati intercettati a distanza con un microfono direzionale, abbiamo sentito ciò che vi dicevate.»

Mila cercò di tornare con la memoria al primo dialogo avuto con Pascal. Ma rammentò che in quella circostanza l'uomo aveva fatto un generico riferimento al gioco, rimandando il resto a quando fossero stati al sicuro.

«Ti conviene dirci tutto» la minacciò la Shutton. «Poi valuteremo se la tua versione combacia o meno con le nostre informazioni.»

Ma in quel frangente Mila capì che il Giudice e gli altri sapevano molto meno di quanto volevano farle credere. In fondo, non potevano certo averla seguita fin nei suoi viaggi nell'Altrove. «E se non collaboro?»

Corradini prese una seconda fotografia dalla valigetta e la sovrappose a quella di Pascal. Era una vecchia foto segnaletica di padre Roy, il falso sacerdote. «Il suo nome era Marcel Turquoise, era un hacker specializzato in siti di scambio per pedofili. Ha passato gran parte della vita entrando e uscendo di galera. Sappiamo che l'hai ammazzato e che Berish ha occultato il cadavere. Possiamo incriminarti per omicidio.»

«E perché allora non lo fate?» li provocò.

«Per via della telefonata» fu la pronta risposta della

Shutton. Poi scambiò uno sguardo con Bauer e Delacroix perché proseguissero per lei.

« Come certamente ricorderai, Enigma è stato trovato in seguito a una segnalazione anonima » asserì l'agente di colore.

Qualcuno aveva detto agli sbirri che l'auto che stavano cercando, una station-wagon verde, si trovava nella zona del vecchio mattatoio, parcheggiata all'interno di un magazzino in disuso. Gli agenti inviati sul posto avevano trovato del sangue nella macchina. Poi, i cani avevano fiutato una presenza nell'edificio. Infine, un blitz aveva portato all'arresto dell'uomo tatuato, che era in possesso dell'arma della strage alla fattoria degli Anderson.

Mila intuì dove volessero arrivare. « Avete comparato la voce della telefonata anonima con quella intercettata al lago col microfono direzionale ed è venuto fuori che a chiamarvi era stato l'uomo col passamontagna. »

« Esatto » confermò Delacroix.

« E cosa c'entra questo con me? Perché una simile notizia dovrebbe spingermi a collaborare? »

La Shutton fece un cenno a Corradini che prese dalla ventiquattrore il pezzo forte dello spettacolo che avevano imbastito per lei.

Un piccolo registratore.

Il consigliere lo azionò. Dopo un breve fruscio e un paio di squilli, si udì la voce di un'operatrice.

« *Polizia, qual è l'emergenza?* »

« *Chiamo per l'uomo a cui state dando la caccia: so dove si trova* » disse Pascal.

« *Mi dia pure l'indirizzo, nel caso manderemo qualcuno a controllare.* »

« *Cercate al vecchio mattatoio, in uno dei magazzini abbandonati. Troverete una Passat verde e anche lui. Ha segnato tutto?* »

« *Sì, signore: ho segnato... Signore, vuole lasciare le sue generalità?* »

« *No* » rispose l'altro. « *State attenti, perché quell'uomo è un suggeritore.* »

La registrazione terminò, Mila era ancora sotto shock. « Lo sapevate » affermò, incredula. « Sapevate che era un maledetto suggeritore... »

« Sì » confermò la Shutton, senza fare una piega.

Mila la fissò. « Allora quando sei venuta da me al lago, stavi mentendo. La foto che mi hai mostrato era fasulla: Enigma non si è mai tatuato il mio nome addosso. »

Avrebbe dovuto essere sollevata, perché quel particolare l'aveva angosciata fin dall'inizio. Ma adesso riusciva a pensare soltanto che il Giudice l'aveva ingannata per tirarla dentro all'indagine, perché Mila era l'unica che avesse avuto a che fare in passato con un suggeritore.

« Altrimenti, non avresti mai accettato di collaborare con noi » affermò la donna, senza alcuno scrupolo.

Non riusciva a crederci. Ma tutto tornava. Enigma non l'aveva scelta. Anzi, non sapeva nemmeno chi aveva davanti quando era andata a trovarlo alla fossa. Il fatto che le avesse dato le prime coordinate per accedere a Due non significava nulla, lei o un altro sbirro non avrebbe fatto differenza. Il suggeritore voleva combattere la battaglia nell'Altrove, il *suo* territorio. I seguaci che le davano la caccia, cercando di ucciderla, stavano semplicemente giocando la partita.

Ma rimaneva aperto un interrogativo: perché Alice era stata rapita?

La colpa, in ogni caso, era della Shutton.

Mila si scagliò rabbiosa contro il Giudice e Delacroix fece appena in tempo a trattenerla, cingendole la vita con un braccio.

« Puttana » le urlò contro.

La Shutton non si scompose. « Tua figlia è in pericolo e noi ti aiuteremo a trovarla. Ma tu dovrai dirci ogni cosa. »

L'ex poliziotta continuava a scalciare e a inveire contro di lei. Il telefono di Corradini squillò. Il consigliere rispose, poi passò subito l'apparecchio al proprio capo. Il Giudice ascoltò cosa aveva da dirle l'interlocutore, Mila si accorse di un cedimento nella sua espressione.

Joanna Shutton era improvvisamente preoccupata.

Cercando di non far trasparire altro, la donna riattaccò e si rivolse a Bauer e Delacroix. « Assicuratevi che si decida a collaborare » ordinò prima di uscire in fretta dalla stanza.

Dopo un po' la riportarono nel Limbo. Mila non chiese il motivo dello spostamento, ma mentre attraversavano gli uffici notò che in giro c'era molta agitazione. I telefoni squillavano senza sosta e gli agenti andavano e venivano, molti indossavano giubbetti antiproiettile e si preparavano a entrare in azione.

« Che succede? » chiese l'ex poliziotta.

« Niente che ti riguardi » rispose Bauer col solito disprezzo.

Invece qualcosa stava accadendo eccome, anche se lei non aveva la minima idea di quale potesse essere l'emergenza.

Arrivati nella sala dei passi perduti, ritrovò Hitch. Si era infilato sotto la scrivania di Berish, era triste. Sollevò il muso e la guardò come se volesse notizie del padrone. Mila si sentiva assurdamente in colpa con il povero animale.

« Resta qui » le intimò Delacroix. « Torniamo a prenderti fra poco. »

Uscirono chiudendosi la porta alle spalle. Rimasta sola, Mila non trovò di meglio da fare che andare in bagno a sciacquarsi il viso.

Si osservò nello specchio sopra al lavandino. Era lunedì sera e quella storia andava avanti da appena novantasei ore, da quando la Shutton era entrata in casa sua al lago. Eppure sul suo volto sembravano passati mesi. Improvvisamente, provò l'insensata paura di aver dimenticato Alice. Come se nella sua memoria stesse agendo un virus capace di distruggere tutto esattamente come stava accadendo nell'Altrove. Allora si sforzò di ripensare alla sua voce.

« Nell'albero c'è una tana di scoiattoli » aveva annunciato la bambina rientrando infreddolita dalla ricerca di Finz in giardino, poco prima che la loro vita fosse stravolta dall'arrivo del Giudice.

Mila non immaginava che, invece di una gatta, sarebbe stata costretta a cercare la figlia.

Tornò da Hitch con una ciotola d'acqua. Poi aprì i cassetti della scrivania di Berish in cerca di carne secca, perché sapeva che ce n'era sempre una scorta per il cane. La trovò e gliene diede un po', accarezzandogli la testa.

« Non avercela con me, d'accordo? » Ma forse anche l'animale si sentiva in colpa, in fondo aveva contribuito a incastrare il suo padrone ritrovando la valigia di Rose Ortis dietro un muro di mattoni.

No, siamo tutti responsabili. Anch'io, si disse Mila. Per essermi fatta raggirare.

Le tornarono in mente i discorsi di Simon su internet e l'insensata violenza che si scatenava in rete senza che nessuno intervenisse. Si domandò dove fosse iniziata invece la discesa nell'abisso di Berish. Aveva incontrato Enigma in Due? Era davvero stato il suggeritore a manipolarlo e a convincerlo a uccidere un'innocente?

Lo sguardo le cadde sul tavolo.

Delacroix o Bauer avevano portato via la busta dei reperti contenente il martello sporco di sangue e materia cerebrale con cui verosimilmente era stata ammazzata Rose. Però avevano lasciato lì la rivista pornografica. Forse non sapevano che era collegata al caso.

Mila si sedette e cominciò a sfogliarla. Andò in cerca delle foto in cui alle donne erano state ritagliate parti del volto. Occhi, naso, bocca, orecchie... Che razza di perversione era? Era così che Berish torturava le donne nella sua fantasia malata? Aveva fatto lo stesso con Rose?

Le tornò in mente il sorriso innocente della cinquantaseienne nella fotografia della gita nella vallata coi cavalli. Dov'era il suo cadavere? Un giorno, forse fra mille anni, qualcuno avrebbe scavato in un luogo isolato e avrebbe rinvenuto i resti di una vittima senza nome, uccisa a martellate e poi barbaramente sfigurata. O forse non sarebbe mai successo.

Mila sentì di avere bisogno di un caffè. Richiuse la pubblicazione per adulti perché non aveva più voglia di pensarci. Sotto di essa, però, scorse una copia identica e rammentò che Berish voleva confrontare le parti mancanti.

Un altro trucco per depistarla?

Aprì la rivista intonsa e si imbatté in una donna in una posa scabrosa, la stessa a cui nella foto gemella erano stati asportati gli occhi.

Improvvisamente, quello sguardo le sembrò familiare.

Andò in cerca di un paio di forbici e le trovò in un portapenne. Prima di usarle, si domandò se avesse senso ciò che stava per fare.

Sì, ce l'ha, sentenziò.

Quindi iniziò a ritagliare l'immagine, poi passò oltre. Stavolta toccò al naso di un'altra pornostar. Quindi alle orecchie di una terza. In tutto, alla fine aveva accumulato almeno una decina di parti.

Non sapeva cosa stava facendo, oppure lo sapeva bene ma aveva paura di ammetterlo. Spostò la rivista, prese un foglio bianco e vi appoggiò sopra i frammenti, cominciando a comporli come fossero pezzi di un puzzle. Quando terminò di assemblarli, emerse un volto.

Guardandolo, Mila provò una stretta allo stomaco.

Il risultato assomigliava a una cinquantaseienne sorridente in una foto che, in realtà, non era mai stata scattata.

Qualcuno aveva creato dal nulla il volto di Rose Ortis, per poi sovrapporlo a un paesaggio naturale. Non era difficile, bastava avere un buon programma nel computer.

I profili sui social erano un elaborato *fake*.

Per questo non c'erano impronte a casa sua, si disse l'ex poliziotta ripensando allo zampino del diavolo.

La rivista era la soluzione del mistero e gliel'avevano lasciata beffardamente davanti agli occhi.

Quella donna non era mai esistita.

Ciò implicava due cose. Berish era innocente e la ragazza che si era presentata come la figlia di Rose era una discepola di Enigma.

23

La profezia di Pascal si stava avverando.

Nonostante la porta del Limbo fosse chiusa dall'esterno, Mila possedeva una chiave di riserva che teneva in una tazza colorata sopra la vecchia scrivania. La usò per darsi alla fuga. Hitch la fissò per un istante con occhioni malinconici e lei capì che non avrebbe potuto lasciarlo solo, così lo portò con sé.

Appena varcarono la soglia, si ritrovarono nel mezzo del caos in cui era piombato il dipartimento.

Gli agenti erano in crisi perché non riuscivano a essere simultaneamente presenti nelle varie parti della città. Dai discorsi che facevano, sembrava che improvvisamente i criminali fossero fuoriusciti dall'ombra in cui si erano rifugiati negli ultimi anni per mettere a ferro e fuoco strade e quartieri.

Mila si rese conto di stare assistendo alla fine drammatica del « metodo Shutton ». Pascal aveva ragione, prima o poi il male sarebbe venuto fuori dall'Altrove per invadere il mondo reale.

Attraversò il viavai insieme al cane senza che nessuno badasse a loro. Avrebbe voluto sapere in quale stanza dell'edificio Berish era in stato di fermo, ma non aveva tempo per liberarlo e poi era troppo rischioso. Avrebbe pensato in seguito a come scagionare l'amico. Inoltre gli doveva ancora una volta delle scuse.

Presero un ascensore e scesero al secondo piano interrato. Aveva deciso che sarebbero usciti dal dipartimento attraversando la zona del poligono. Di solito era molto frequentato dagli agenti che andavano a esercitarsi. Però al momento, vista la situazione, era deserto.

Una volta all'esterno, Mila cercò subito un'auto. Ci volle un po' a individuare un vecchio modello da rubare: stavolta la scelta ricadde su una Volvo rosso amaranto degli anni Ottanta, praticamente un pezzo di antiquariato. Apparteneva a un ingegnere o un architetto, perché all'interno c'erano tubi con progetti e campionari di materiali edili.

Mentre guidava nella notte con Hitch accucciato sul sedile posteriore, notò che in giro non c'era un'anima. Si sentivano le sirene delle auto della polizia che sfrecciavano nelle strade. Ferma a un incrocio, ne contò almeno sei passare a tutta velocità.

Mila accese la radio. Le notizie raccontavano di una bomba esplosa in un supermercato notturno, di una sparatoria ancora in corso in un locale in centro e di una rapina nella gioielleria di un grande albergo.

Allora l'ex poliziotta fu colta anche da una consapevolezza: quegli eventi simultanei non erano un caso, tutto era iniziato da quando lei era stata trattenuta al dipartimento. Qualcosa le diceva che i discepoli di Enigma la volevano fuori da lì per ricominciare a darle la caccia.

Non avrebbero dovuto attendere oltre, perché era diretta proprio nel posto in cui la stavano aspettando.

*

Nella zona del porto fluviale il vento forte spostava nel cielo nuvole arancioni, simili a legioni di anime scappate dall'inferno. Mila parcheggiò davanti a un passo carrabile all'inizio dei moli. Disse a Hitch che sarebbe tornata presto ma scrisse anche un biglietto che piazzò sotto un tergicristallo: quando fossero venuti a rimuovere l'auto con il cane, avrebbero trovato anche i recapiti dell'agente Simon Berish.

L'ex poliziotta s'incamminò lungo il pontile delle barche. Non c'era nessuno. Alle due del mattino poteva anche essere normale. Ma non quella notte, si disse. Perciò era meglio essere prudenti e raggiungere da un'altra direzione il bar di Laura Ortis.

La ragazza era stata abile nel recitare la parte della figlia in ansia per la madre irresponsabile. La scena con lei che scagliava la boccetta blu di cristallo sul pavimento in un moto isterico si era rivelata un perfetto colpo di teatro. Berish era stato incastrato per bene. Il piano non si fondava sull'astuzia, ma sull'affetto: sfruttava l'intimità che c'era tra lui e Mila. Gli accoliti del suggeritore sapevano che a lei non sarebbe sfuggito un dettaglio che rivelava la presenza di un'altra donna nella vita dell'amico. Ma se erano arrivati a scoprire in poco tempo un particolare così intimo come il profumo della compagna di Simon, allora Mila doveva aspettarsi qualunque sorpresa.

Però, per una ragione che non avrebbe saputo spiegare, era convinta che non l'avrebbero ammazzata nel mondo reale. Come aveva già avuto modo di sperimentare, la sua morte sarebbe avvenuta nell'Altrove.

Giunse nei pressi del locale e, come era prevedibile, all'interno era tutto spento. Per entrare, forzò la serratura della porta sul retro. Fu subito investita da un forte odore di alcol. Si avventurò nell'oscurità di un deposito di liquori. Camminando, avvertiva sotto i piedi il crepitio di vetri rotti: chi l'aveva preceduta aveva distrutto le bottiglie sugli scaffali. Stessa sorte era toccata a quelle sul bancone della sala. Mila si guardò intorno: anche gli arredi del bar erano stati buttati all'aria.

Nella zona dei séparé, sull'unico tavolo rimasto al proprio posto, c'era una busta bianca. A distanza, l'ex poliziotta notò che sopra c'era anche una pillola di Lacrima d'angelo. Immaginò che il contenuto della missiva fosse il premio per aver risolto l'inganno di Rose Ortis.

La longitudine che le mancava per tornare in Due.

Pur attanagliata dal timore di un agguato, mosse i primi passi per avvicinarsi al séparé. La puzza di superalcolici scadenti era insopportabile e avrebbe dovuto metterla in guardia. Ma si accorse del pericolo solo quando urtò qualcosa di sottile col ginocchio. Sentì anche uno scatto, piegò lo sguardo e vide il filo di nylon che si riavvolgeva rapidamente al mulinello di una canna da pesca attaccato al muro alla sua sinistra, mentre a destra la lenza era collegata allo Zippo arrugginito di Laura Ortis assicurato alla gamba di una sedia e che accese uno stoppino imbevuto di alcol.

Mila si rese conto di aver inavvertitamente innescato una trappola incendiaria.

Provò a fermare il meccanismo colpendo con un calcio la sedia ma non fece in tempo perché le fiammelle colarono sul pavimento bagnato di liquidi infiammabili, divampando.

Un muro di fuoco si levò davanti a lei. Avrebbe potuto trovare una facile via di fuga alle proprie spalle, invece per raggiungere il tavolo con la lettera doveva gettarsi in quell'inferno.

Imprecò, maledisse Enigma. Ma non rimaneva molto tempo per decidere. Prese una rincorsa e un profondo respiro, poi si lanciò nell'incendio. Fu subito aggredita da lingue incandescenti che l'avvolsero dal basso, mangiandosi la stoffa dei pantaloni e parte dello spolverino. Mila teneva le braccia davanti alla faccia per ripararsi dalle vampate di calore, ma dovette fermarsi una prima volta dopo appena un paio di metri. Riprese fiato e coraggio e ritentò, ma avanzando di pochissimo.

Guardò davanti a sé: oltre la danza beffarda delle fiamme, la lettera era stata raggiunta prima di lei dal fuoco e iniziava ad accartocciarsi. La sua parte razionale le diceva che ormai era troppo tardi, ma un insospettato istinto materno la spingeva a proseguire. Fino ad allora l'aveva scambiato per senso di colpa nei confronti di Alice perché non l'amava, ma adesso sapeva che si trattava di qualcosa di diverso: non si rischia di bruciare vivi per qualcuno senza volergli veramente bene, si disse.

Ciononostante, fu costretta a desistere perché la lettera si tramutò rapidamente in cenere.

Tornò indietro in una coltre di fumo che l'accecava e la faceva soffocare. Per uscire, tirò un calcio allo stipite della porta e il suono tragicomico del campanello eolico le annunciò la salvezza.

Una volta fuori, cadde in ginocchio e appoggiò entrambe le mani sul selciato. Tossì forte ed ebbe dei conati, la colse la paura di svenire. Poi, lentamente, ricominciò a respirare.

Quando ne fu capace, guardò alle proprie spalle. Tutto era perso, tutto era finito. *Game over.* Non c'era modo di tornare nell'Altrove.

24

Guidò senza una meta fino alle quattro del mattino, con Hitch che dormiva sul sedile posteriore. Mila lo invidiava.

Nell'ultima mezz'ora un'idea si era intrufolata tra i suoi pensieri e non l'abbandonava. Alla fine, si decise ad assecondarla.

La busta nel séparé del bar le aveva ricordato un'altra lettera. Quella che arrivava ogni anno per chiederle di prendere una decisione.

Mila giunse di fronte alla clinica, fermò la macchina e rimase a osservare le finestre accese dell'edificio circondato da un grande parco.

Il luogo poteva essere paragonato a una cittadella in cui le regole del mondo esterno contavano poco o non contavano affatto. Una specie di Altrove, ma più quieto. Lì il tempo dell'esistenza veniva calcolato diversamente: non c'era differenza fra il giorno e la notte, e la vita e la morte si equivalevano.

Fra quelle mura, nel letto di una stanza al quarto piano, viveva e moriva da dieci anni il padre di sua figlia.

Mila era già stata lì altre volte, anche in orari strani come quello, perciò le bastò farsi riconoscere alla reception dell'ingresso per poter accedere. Proprio perché sapevano chi fosse, le infermiere di guardia decisero di soprassedere sul suo aspetto e sul fatto che i suoi abiti emanassero un intenso odore di fumo. Mila avrebbe voluto spiegare loro che non aveva nessun altro posto dove andare.

Prese l'ascensore per raggiungere il reparto dei degenti in coma.

Gli ambienti erano immersi in una luce azzurrognola, lieve. Come a indicare che il riposo permanente non doveva essere turbato. Le pareti e il pavimento di linoleum erano di colore verde. Il personale del turno di notte si muoveva in un silenzio ovattato e con discrezione.

La stanza che interessava a Mila era l'ultima in fondo, quella con la vista peggiore: su un atrio interno in cui non batteva mai il sole. Tanto, per l'uomo che giaceva collegato alle macchine e al respiratore non avrebbe fatto alcuna differenza.

Era stata lei a ricoverarlo lì e mese dopo mese versava una somma considerevole perché lo tenessero in vita. Ogni anno respingeva l'appello dei medici che avrebbero voluto mettere fine alle sofferenze del paziente. Ma, visto che l'unica parente era la figlia e Mila aveva la tutela di Alice fino a quando non fosse diventata maggiorenne, toccava solo a lei decidere se e quando staccargli la spina. Non l'avrebbe fatto perché non credeva nella pena di morte. L'ergastolo era ciò che meritava quel bastardo.

« Ti sarà certamente capitato di pensare a cosa faresti se potessi tornare indietro nel tempo » aveva detto Pascal.

E Mila aveva pensato che, se ne avesse avuta l'occasione, non avrebbe messo al mondo Alice. Perché ogni volta che guardava la figlia, vedeva anche suo padre – l'uomo che l'aveva ingannata, usata, tradita.

«La mattina in cui Alice è scomparsa c'era un grosso cervo nella mia cucina» affermò, senza sapere perché.

In quel momento, avrebbe voluto dirgli che un altro suggeritore era entrato nella sua vita, simile a quello che li aveva fatti incontrare molto tempo prima. L'uomo che era su quel letto sarebbe stato l'unico, insieme a lei, a comprendere la gravità della situazione. Perché il fatto che Enigma fosse detenuto in un carcere di massima sicurezza non cambiava nulla. Costituiva comunque una minaccia.

Se solo Mila avesse potuto mostrargli la foto rielaborata del suo aspetto senza i tatuaggi che aveva in tasca, forse lui sarebbe stato in grado di risolvere il mistero che si celava dietro *la faccia di un uomo normale*.

Perché anche lui in passato aveva assunto le sembianze bugiarde di una persona gentile.

Mila avrebbe voluto descrivergli la scena nel bar nell'Altrove, quando l'aveva rivisto cosciente, ma trasfigurato e intento a intagliare in silenzio un osso umano.

Avrebbe voluto confidargli che la figlia chiedeva continuamente di suo padre. E nonostante le avesse detto che non si sarebbe risvegliato mai più, Alice lo aspettava. Forse dovrò davvero far staccare quella spina, si disse. Così almeno metterò fine una volta per tutte a questo equivoco e a questa farsa.

Ma non era lì, come le altre volte, per parlargli immaginando o illudendosi che, ovunque fosse, avesse modo di ascoltarla. Era venuta per merito di Pascal. Ricordò ancora una volta lo scambio fra loro due nel corso dell'ultima notte trascorsa insieme nella casa bruciata.

« Chi a causa di un incidente non poteva più camminare, tornava a farlo nell'Altrove. Chi usciva dal coma, imparava di nuovo a vivere o a fare le cose essenziali. Al principio, Due veniva usato nei centri di riabilitazione per restituire la speranza ai pazienti. »

Allora, Mila si era fatta distrarre dal pensiero che Pascal potesse aver vissuto un'esperienza tremenda e irreparabile nel proprio passato e che ne sopportasse ancora il peso. Le implicazioni di ciò che aveva detto le erano venute in mente soltanto dopo, mentre era alla guida della Volvo non sapendo come tornare nell'Altrove senza le nuove coordinate.

Ogni tanto qualcuno al confine si svegliava dal coma. Perciò era necessario rieducarlo per restituirgli, anche solo in parte, un'esistenza normale.

Mila mise fine alla breve visita, voltò le spalle all'unico uomo della sua vita e si allontanò. Prese un ascensore di servizio per raggiungere i sotterranei della clinica.

Come immaginava, lì sotto c'era un deposito in cui venivano stipati vecchi computer e attrezzature per la riabilitazione. C'erano visori e joystick e questo faceva ben sperare. Prese un monitor, un'unità centrale e assemblò un PC all'interno di uno sgabuzzino.

Quando accese il computer, attese trepidante di scoprire se sul desktop avrebbe trovato l'icona circolare di Due. Era lì. Ma non poteva ancora esultare, perché aveva compiuto appena una parte dell'impresa.

Aprì il programma, sullo schermo apparve il portale con il globo e la casella che ormai le erano familiari. Tramite le opzioni del gioco riuscì a fabbricarsi un avatar che le fosse molto somigliante. Non sapeva se avrebbe funzionato, ma il piano nella sua testa aveva un senso.

Adesso veniva la parte complicata. Introdurre latitudine e longitudine. Senza indicazioni precise, doveva scegliere a caso. Allora immise le coordinate del luogo in cui chi doveva trovarla l'avrebbe sicuramente trovata.

Il Limbo.

Si frugò in tasca e prese un'altra delle pillole di Lacrima d'angelo di Lisca. Se l'appoggiò sulla lingua sapendo che se si fosse presentato qualche pericolo, tipo un'ombra strozzatrice o un serpente immobilizzante, stavolta non ci sarebbe stato Pascal a salvarla. Avrebbe dovuto salvarsi da sola. Oppure soccombere, così com'era sicura avesse previsto Enigma per chi osava entrare indebitamente nel suo regno di tenebra.

Ancora una volta ripeté: « Sono pronta ». Quindi indossò il visore e si immerse nell'oblio dell'Altrove.

Fu accolta da una serie di boati che le rammentarono che il mondo apocalittico era in dissoluzione.

Nella sala dei passi perduti, i sorrisi nelle foto sulle pareti apparivano sinistri. Gli sguardi degli scomparsi erano carichi di odio e di rancore. Donne, uomini e bambini sembravano chiederle, muti, perché avesse smesso di cercarli fuggendo al lago con Alice.

Avrebbe voluto liberarli da quelle immagini ingannevoli, restituirli alle ombre che, in un giorno qualsiasi della loro vita, se li erano presi per portarli via per sempre.

C'era Beatrice, svanita nel nulla a trentasette anni, incinta di sei mesi del secondo figlio. Michael, padre di famiglia che un giorno come tanti era andato al lavoro in ufficio ed era stato avvistato l'ultima volta, in giacca e cravatta, da due escursionisti su un sentiero di montagna. Larissa, dodici anni, la cui mamma riceveva ancora strane telefonate notturne in cui si udiva solo un respiro.

Mila non li aveva mai conosciuti, ma erano come di famiglia.

Ogni volta che al Limbo arrivava la foto di un nuovo scomparso, lei scartava una lametta e si praticava un piccolo segno sulla pelle. Il dolore serviva per sancire un patto, creare un legame, imprimere il ricordo.

Mentre formulava quei pensieri, sentì un fruscio: qualcosa si muoveva nella stanza. Mila provò a guardare, ma la figura sfuggiva.

« Chi sei? » disse allora.

« Non posso dirti il mio nome » rispose una voce di bambino.

Pascal le aveva detto di stare lontana dallo spettro, ma Mila non aveva altre risorse a cui appellarsi. Ed era contenta che lui l'avesse trovata. « Perché non puoi dirmi il tuo nome? »

« Non mi è permesso parlare con gli estranei. »

« Ma hai già parlato con me, e anche adesso lo stai facendo » replicò lei, sottolineando la contraddizione. « Allora forse non sono un'estranea... Forse tu sai chi sono. »

« Sei sua madre » affermò il bambino.

Ebbe un sussulto. Lo spettro conosceva Alice? « Dove si trova? Sta qui nell'Altrove? Puoi portarmi da lei? »

L'altro non rispose. Mila non insistette e cambiò domanda.

« Sta bene? » chiese soltanto.

« È al sicuro. »

In quel momento, la figura iniziò ad assumere una consistenza più definita. Il bambino di dieci anni con la maglietta rossa comparve davanti a lei. Aveva capelli biondi, corti e ordinati. E occhi chiari.

Mila comprese subito una cosa di lui. « Tu non sei un avatar, vero? »

« Come l'hai capito? »

« Perché ogni volta che sono stata nel gioco, tu c'eri sempre. »

« Io vivo qui » le confermò il bambino.

Un fragore seguito da una scossa fece tremare ogni cosa intorno a loro. Mila si spaventò, l'altro rimase imperturbabile.

« Perché mi stai aiutando? » chiese l'ex poliziotta, ricordando tutte le volte che era intervenuto per avvertirla dei pericoli che correva.

« Perché tu non sei come gli altri, tu sei diversa. » Poi aggiunse: « Loro non devono sapere che sono qui. Per questo devo sempre nascondermi ».

Un altro boato, ancora un terremoto.

« Che sta succedendo al gioco? » chiese Mila.

« Fra poco sarà tutto finito » assicurò il bambino.

« Sei tu che stai facendo tutto questo? »

« Loro però non lo sanno. »

Era come pensava: lo spettro era il virus di cui parlava Pascal. « Devi fermarti. »

Il piccolo la guardò, curioso. « Perché dovrei? Nemmeno a te piace questo posto. »

« Ma se non ti fermi, non potrò trovare Alice. »

Il bambino sollevò le spalle, come a dire che non poteva farci niente.

« Almeno dimmi quanto mi rimane... »

« C'è ancora tempo » le assicurò. « Ma devi sbrigarti. »

« Cosa devo fare per far finire il mio gioco? »

Anche stavolta, lo spettro non rispose e si voltò. « Ora devo andare. »

« No, aspetta » provò a fermarlo. « Devo chiederti ancora delle cose. »

« È stato bello parlare con te » disse lui, avviandosi.

« Un momento, ti prego... »

« Lei ti vuole bene ed è vicina. »

Pronunciò la frase mentre si allontanava. Mila era sicura che si riferisse ad Alice. « Che significa vicina? Quanto vicina? »

Lo spettro stava quasi svanendo. « La mente vede ciò che la mente vuole vedere » furono le sue ultime parole.

25

Quattro grammi di Niacina per uscire dal trip.

Mila rubò la sostanza dalla farmacia della clinica, ma alcuni effetti della Lacrima d'angelo erano persistenti. Come ad esempio il freddo, i tremori e i capogiri che le impedivano di camminare correttamente. Perciò, prima di andarsene, doveva riprendersi.

Mancava poco alle sei e presto quel posto si sarebbe riempito di gente, ma nel frattempo se ne tornò nello sgabuzzino col PC, portandosi dietro un paio di bottigliette d'acqua per reidratarsi. Mentre beveva, le venne in mente di effettuare una ricerca su internet immettendo l'ultima frase pronunciata dallo spettro – la stessa che aveva sentito da Pascal.

La mente vede ciò che la mente vuole vedere.

La coincidenza non poteva essere priva di significato. Mila era convinta che le parole fossero state estrapolate da un contesto: forse un libro, un articolo o un altro tipo di pubblicazione. Ci era andata vicino: si trattava del motto usato da un non meglio specificato « Istituto Neuroscientifico della Foresta Rossa ».

Il sito internet non veniva aggiornato da anni. A una prima occhiata, sembrava più un vetusto organismo pubblico che una moderna impresa privata.

Nella homepage appariva solo il logo: un occhio umano stilizzato con all'interno due alberi rossi e un edificio risalente al secolo prima. C'erano poche sezioni composte soprattutto da foto. Alcune mostravano proprio il fabbricato in mezzo a un bosco di faggi maestosi. In altre apparivano gli interni che erano un misto fra ambulatori medici e laboratori informatici e in cui si aggiravano individui in camice bianco.

A parte qualche scarna didascalia, c'era una pagina che conteneva una descrizione generica delle attività.

« *La Fondazione si occupa di ricerca e innovazione nell'ambito delle neuroscienze. Ha come scopo sociale l'attuazione di una proficua sinergia fra mente umana e intelligenza artificiale, la divulgazione delle scoperte in questi ambiti e la condivisione dei progressi ottenuti per il benessere dell'umanità.* »

Mila annotò l'indirizzo e decise di dare un'occhiata di persona.

Tornò da Hitch e lo ricompensò per averla attesa con alcune merendine che aveva preso da una macchinetta nell'atrio. Berish non lo viziava mai così, ma il cane se l'era meritato. Lo fece uscire dall'auto per scorrazzare un po' in giro mentre lei beveva l'ennesima bottiglietta d'acqua appoggiata alla Volvo.

L'alba iniziò a rischiarare l'orizzonte. Mila sentiva di essere molto vicina a scoprire qualcosa d'importante.

Si rimise in macchina, avrebbe dovuto percorrere molti chilometri per giungere a destinazione. Non fu per niente facile trovare il posto. Dovette lasciare l'autostrada, salire lungo i tornanti di una montagna, attraversare un paio di paesini e prendere una stretta via che si inerpicava fra i boschi di faggi.

Finalmente, dopo un paio d'ore, da dietro una collina emerse la facciata di pietra bruna butterata dell'edificio del secolo prima che Mila aveva visto nelle foto sul sito internet.

Parcheggiò a poca distanza dall'entrata e si diresse verso l'ingresso principale insieme a Hitch. Si aspettava un centro avveniristico, ma ebbe l'impressione di un luogo in disarmo. Poster dai colori sbiaditi adornavano l'atrio, vi erano raffigurati tecnici informatici che lavoravano in équipe con i dottori. Ma dagli abiti che indossavano e dalla tecnologia che maneggiavano, sembravano figure di un'epoca lontana e ormai superata.

C'era anche una strana desolazione. Poco dopo, intercettò un inserviente e gli chiese dove potesse trovare il responsabile dell'istituto.

« Il dottor Stormark è nel suo studio » le disse, indicandole la direzione.

Percorse un corridoio con un alto soffitto che faceva riecheggiare i suoi passi. Arrivata davanti alla porta di Stormark, bussò. Una voce cavernosa la invitò a entrare. Mila aprì l'uscio e si ritrovò in una stanza stranamente buia. S'intravedeva appena una scrivania con un uomo che fumava.

« È accesa o spenta? » domandò quello.

Mila, però, non capiva.

« La luce » precisò allora l'altro.

« È spenta. »

«Allora mi scusi, può accenderla se vuole.»

Quando lo fece, comprese anche il motivo di quello strano scambio di battute. Il dottor Stormark era cieco. Nello studio c'era molto disordine, ma pile di libri in braille e vecchie apparecchiature elettroniche sul pavimento erano disposte in modo da permettere il transito dell'uomo. L'aria era permeata da un forte odore di sigaro.

«Mi chiamo Mila Vasquez» si presentò, accomodandosi davanti a lui mentre Hitch si accucciò sotto di lei.

Stormark indossava un pullover giallo sporco di cenere. Era obeso e la poltrona su cui era seduto lo conteneva a malapena. Il volto e le mani erano striati di capillari rossi e aveva una strana capigliatura crespa. A differenza di molti ciechi, non portava occhiali scuri e il suo sguardo ballerino spaziava nella stanza. «È venuta a vendermi un cane guida?» affermò ridendo per il proprio umorismo. «Se invece cerca un lavoro, è nel posto sbagliato: siamo appena a febbraio e abbiamo già terminato i fondi di quest'anno.»

«No» rispose lei con gentilezza. «Sono qui per farle alcune domande, se non le dispiace.»

«A che titolo?»

«Sto conducendo un'indagine privata.»

Lo scienziato brontolò qualcosa. «Se è per via dell'incidente della settimana scorsa, i ragazzi hanno esagerato ma l'assicurazione dovrebbe ripagare tutto.»

«Non c'entra con ciò che ho da dirle» lo tranquillizzò.

«Allora sono tutt'orecchi» affermò l'altro, dando una boccata al sigaro.

«Sto cercando una persona. Un uomo, per l'esattezza.

Ho l'impressione che abbia avuto un legame con questo posto in passato. Credo fosse un criminologo. »

« Ce ne sono stati parecchi, è per via delle nostre ricerche. »

« Infatti, non so bene di cosa vi occupiate... »

« Lei non ci crederà, ma l'Istituto della Foresta Rossa è stato fra le avanguardie di internet » affermò l'uomo, grattandosi una guancia ispida. « Molte delle innovazioni che si trovano in rete sono nate fra queste mura. Fino a pochi anni fa, qui si progettava il futuro. »

Mila, però, continuava a non capire. « Potrebbe essere più specifico, per favore? »

Stormark sorrise. « Certo, mi scusi. Il centro è sorto per insegnare all'intelligenza artificiale a distinguere il bene dal male. »

L'ex poliziotta rimase basita. « E si può fare? »

« È la sfida di questo secolo, mi creda... Prima di affidare la nostra sicurezza a una macchina, dobbiamo essere certi che sia in grado di interpretare bene i dati: va da sé che un bambino con una pistola ad acqua è cosa ben diversa da un rapinatore con un'automatica, ma un computer non sa ancora discernere fra le due cose. Esattamente come io in questo momento non sono in grado di capire se sul suo volto c'è un'espressione stupita o spaventata. »

« Entrambe » disse Mila. « Allora un giorno internet sarà intelligente? »

« Solo se sapremo insegnargli il significato di un tramonto » spiegò lo scienziato. « Ma fino a quando un computer non si commuoverà davanti al sole che cala dietro un orizzonte, ciò non sarà possibile. »

Mila pensò alla propria alessitimia: forse anche lei era una macchina di carne. « Gli esseri umani a volte vedono tramonti dove non ci sono » obiettò. « La mente vede ciò che la mente vuole vedere. »

« Il *cuore* vede ciò che il cuore vuole vedere » la corresse l'uomo.

La frase la colpì.

« A volte inganniamo la nostra intelligenza con le emozioni perché non vogliamo accettare la realtà » proseguì l'altro. « La madre di un assassino reo confesso non sarà mai completamente persuasa della colpevolezza del figlio, per farlo dovrebbe ammettere di essere stata una cattiva genitrice. È un meccanismo di autoconservazione. »

L'ex poliziotta comprese di essere entrata abbastanza in confidenza con l'uomo, perciò decise di affondare il colpo. « Tempo fa mi sono imbattuta in una realtà virtuale chiamata Due. »

Stormark si rabbuiò.

« Mi domandavo se ne ha mai sentito parlare... »

« Il gioco » disse soltanto lo scienziato.

« Entrando qui e ascoltando adesso le sue parole, ho immaginato che questo potesse essere il posto giusto per far nascere una cosa del genere. Mi sbaglio? »

« Due non è nato qui, però in passato abbiamo svolto una ricerca al riguardo. »

Dal tono sbrigativo della risposta, Mila intuì che Stormark non aveva molta voglia di parlarne. Però lei doveva sapere. « Immagino che lei conosca la storia. »

« Il mondo utopico che si trasforma in un inferno? Sì,

la conosco. Ma data la mia condizione, non ho mai potuto indossare un visore e visitarlo.»

«Ho incontrato una specie di intelligenza artificiale là sotto: un bambino. Non ha voluto dirmi il suo nome ma mi ha rivelato che vive lì...»

«Oh, mio Dio» si lasciò scappare l'uomo. «Biondo, occhi azzurri?»

«Sì» confermò Mila.

«Joshua» disse a bassa voce. C'era qualcosa di compassionevole nel modo in cui aveva pronunciato il nome.

«L'avete creato voi?»

«No, signorina Vasquez... È esistito veramente.»

«Vuol dire che...»

«Vuol dire che è morto.» Fece una pausa. «Lasci pure qui il cane e venga con me, voglio mostrarle una cosa.»

La scoperta che il bambino con la maglietta rossa era realmente uno spettro fu sconvolgente.

Stormark prese un bastone per ciechi con una pallina bianca in punta che gli serviva per sentire meglio il percorso e gli oggetti. Con quello, la guidò lungo i corridoi dell'istituto, fino a un laboratorio.

Al centro della sala buia c'era una pedana. Era circondata da proiettori, ce n'erano perfino sul soffitto.

«La qualità non sarà delle migliori» si scusò preventivamente lo scienziato. «Con i moderni microprocessori l'effetto sarebbe diverso, ma è una tecnologia che non ci possiamo permettere.»

« Cosa sta per accadere? » chiese Mila, che non aveva la minima idea di dove fossero.

« Si fidi di me, fra poco capirà » rispose l'altro. Quindi si avvicinò a un tecnico per dargli istruzioni.

Quest'ultimo si piazzò dietro una consolle, azionò dei comandi e, poco dopo, la pedana iniziò a ruotare e i proiettori si accesero generando dei raggi laser. I fasci si composero al centro della sala dando vita a un'immagine olografica.

Seduto per terra, c'era un bambino di un anno che giocava coi lacci delle proprie scarpe. Aveva capelli biondi e occhi celesti, sorrideva. E indossava una maglietta rossa.

« Joshua » lo presentò Stormark.

« Il bambino che ho visto aveva almeno dieci anni, però gli somiglia. »

L'uomo scosse il capo, contrariato. « Non doveva accadere... Ma è colpa mia. »

« Cosa è colpa sua? » Mila ne aveva abbastanza di misteri, voleva conoscere la verità.

« Il padre di Joshua lavorava qui. »

L'ex poliziotta capì che stava parlando di Pascal. « Era un criminologo? »

« Antropologo criminale » specificò lo scienziato. « Il suo nome è Raul Morgan. »

Allora era così che si chiamava l'uomo incappucciato.

« Raul era a capo della ricerca sul gioco. »

Pascal aveva parlato del tentativo di attirare soggetti borderline nel mondo virtuale ormai spopolato. Lo scopo era verificare se i germi di violenza e crudeltà che avevano in sé sarebbero evoluti in modo sadico. Ma l'esperimento era degenerato dando origine all'attuale versione dell'Altrove.

« Abbiamo perso il controllo della situazione » ammise Stormark. « Ma quando me ne sono reso conto, era già troppo tardi. Avrei dovuto fermare tutto, perciò la responsabilità è mia. »

Pascal si era definito un « sorvegliante ». Aveva detto che ce n'erano parecchi come lui: il loro compito era vigilare sulle anomalie dell'Altrove, perché ogni tanto qualche giocatore faceva *il salto*, portando le proprie fantasie violente nella realtà. Poi l'uomo col passamontagna rosso era rimasto da solo a svolgere quel compito, senza sapere cosa ne fosse stato degli altri.

Ma prima di quel momento, doveva essere successo qualcosa nella vita dell'antropologo criminale.

« Cosa è accaduto a Raul Morgan? »

« Era troppo coinvolto, stava diventando paranoico: vedeva nemici ovunque e non si fidava di nessuno. »

La descrizione combaciava con Pascal.

« Sosteneva di aver incontrato qualcuno nel gioco: 'una pericolosa presenza', furono le parole precise che usò. »

Mila pensò subito a Enigma, il suggeritore.

« Ho sottovalutato il problema fino alla disgrazia... »

« Quale disgrazia? » domandò l'ex poliziotta, curiosa.

Stormark divenne triste. « Raul Morgan era un brav'uomo, aveva famiglia: una moglie e un bel bambino di un anno e mezzo... Non doveva finire così. »

« Quale incidente? » lo sollecitò Mila.

« Ormai Raul viveva in quel mondo parallelo: non era

semplicemente distratto, era totalmente dissociato dalla realtà... Ogni giorno, prima di venire al lavoro, accompagnava Joshua al nido mentre la madre andava a riprenderlo il pomeriggio. Un mattino di settembre, Raul arrivò come al solito alle nove ed entrò puntuale nel suo laboratorio. Otto ore dopo, la moglie chiamò per chiedergli perché non avesse lasciato il figlio all'asilo. Solo allora, Raul si rese conto di ciò che era accaduto. Si precipitò nel parcheggio e lo trovò dove lo aveva lasciato: nel seggiolino sul sedile posteriore.»

Mila non riusciva a proferire parola.

«Probabilmente il bambino si era addormentato nel tragitto da casa e poi Raul non si era accorto di aver saltato la tappa al nido. Ma anche davanti al corpicino, continuava a ripetere che l'aveva lasciato all'asilo, che c'era sicuramente un'altra spiegazione. Rimuoveva l'evidenza, pur avendola di fronte.»

Il cuore vede ciò che il cuore vuole vedere, si disse Mila ripensando alle parole di Stormark di poco prima. L'ex poliziotta non riusciva a comprendere un simile dolore per un genitore. Ma stavolta non c'entrava la mancanza di empatia. Certe sofferenze erano impossibili anche solo da immaginare.

«Tre mesi dopo, Raul diede le dimissioni. Da allora non ho più saputo nulla di lui.»

Mila guardò l'ologramma del bambino con la maglietta rossa che giocava spensierato. «Perché questo?» chiese riferendosi allo spettro.

«Dopo che se ne andò, trovammo casualmente il programma sul suo computer. Non abbiamo mai saputo il motivo che lo ha spinto a realizzarlo, ma potevamo dedurlo facilmente.»

Lo scienziato sollevò il bastone con cui si muoveva nelle tenebre della cecità, staccò la palla bianca sulla punta e la lanciò davanti a sé, indovinando la traiettoria verso il bambino.

Joshua sollevò un braccio come se volesse afferrarla al volo. Non era semplicemente un ologramma, si disse Mila.

«Joshua interagisce» le confermò Stormark. «Ma soprattutto, impara.»

«Se adesso ha dieci anni, allora vuol dire che Raul l'ha portato in Due perché crescesse nel gioco come un normale bambino.»

«*Io vivo qui*» aveva detto lo spettro.

«Come ha potuto vedere, signorina Vasquez, Joshua era capace di rispondere agli stimoli esterni già da piccolissimo, anche se in maniera elementare. Se lei gli ha parlato, vuol dire che in questi anni si è evoluto parecchio. Non mi stupisce, Raul Morgan era proprio bravo nel suo lavoro.»

«Ma ha detto che era un antropologo criminale, non un programmatore.»

«È vero: lui insegnava alle macchine cos'è il male.»

26

« Pensavo a Due: qualunque cosa irreversibile avessi fatto o ti fosse capitata nella vita reale, nel gioco potevi avere l'occasione di rimediare. »

Raul Morgan, alias Pascal, aveva pronunciato proprio quella frase l'ultima volta che si erano visti. Ecco perché aveva creato un clone digitale del figlio. Ma era solo un inganno, una pericolosa illusione.

Uscita dall'istituto, Mila si rimise subito in viaggio a bordo della Volvo. Aveva una nuova pista.

Il legame fra Pascal e lo spettro era ormai un dato di fatto, anche se l'uomo col passamontagna rosso le aveva consigliato di stare lontano dal bambino. Nel loro ultimo incontro, Joshua aveva detto a Mila che Alice era al sicuro, perciò sapeva dove fosse. E se lo sapeva lui, allora anche Raul Morgan doveva esserne a conoscenza.

L'unico modo per accertarsene era trovare Pascal.

Stormark era stato molto collaborativo, aveva dato disposizioni perché fossero fornite a Mila le informazioni di cui necessitava. Non le aveva nemmeno chiesto a cosa le servissero. Doveva aver intuito che la sua visita era legata a risvolti recenti della tragica vicenda di molti anni prima. E proprio perché lo scienziato si sentiva in parte responsabile per ciò che era accaduto, aveva messo da parte ogni remora.

Tuttavia, Mila non era riuscita a trovare granché nel fascicolo personale di Raul Morgan. Tanto per cominciare, non c'era una fotografia. Perfino quella sul badge che usava per accedere ai laboratori era sparita. L'ex poliziotta pensò che ci fosse lo zampino dello stesso Pascal, per via dell'ossessione di cancellare ogni traccia di sé.

L'unica notizia che riuscì a ricavare era il nome della moglie dell'antropologo criminale. Si chiamava Mary.

Sulla strada del ritorno pioveva a dirotto ed era difficile orientarsi in montagna. Mila riuscì a individuare una tavola calda con un telefono pubblico.

Entrò nel locale rustico insieme a Hitch. Con quel tempaccio, non c'era nessuno a parte il personale. Un bel fuoco era acceso in un camino di pietra, vecchi sci di legno ornavano le pareti e c'erano anche un paio di teste di cervo imbalsamate. A parte il macabro dettaglio, l'atmosfera era accogliente e Mila aveva bisogno di rifocillarsi. Ordinò un panino da dividere col cane, una coca e una ciotola d'acqua fresca. Chiese alla cassiera di darle il resto in monete. Con quelle entrò nella cabina telefonica.

Fece una serie di chiamate a ex colleghi del dipartimento che erano in debito con lei per indagini passate e ai quali, perciò, poteva chiedere un favore. Intanto la cameriera le portò l'ordinazione, ma ci volle almeno un'ora per risalire all'ultimo indirizzo noto di Mary Morgan.

Però, telefonata dopo telefonata, Mila riuscì a ricostruire gli ultimi dieci anni dell'esistenza della donna.

Dopo la morte del figlio, Mary era stata ricoverata a lungo in una clinica a causa di una grave depressione. Nel frattempo aveva ottenuto il divorzio dal marito. Negli anni, aveva provato a ricominciare a vivere. Aveva abitato in vari posti, svolto diversi lavori, ma alla fine non si era adattata a nessuno di quei cambiamenti.

Negli ultimi tre anni, però, aveva conquistato una certa stabilità ritirandosi in una comunità buddista sulle colline, in una regione remota distante parecchi chilometri da lì.

Mila considerò che il viaggio le avrebbe portato via troppe ore – un tempo che Alice e l'Altrove non avevano.

Doveva parlare con quella donna.

La comunità non aveva il telefono, così trovò il numero della stazione di polizia del paese più vicino.

« Anche se vado fin lassù, non credo che qualcuno di loro vorrà parlare con lei » affermò un poliziotto locale quando Mila chiese se gli era possibile metterla in contatto con Mary portandole un cellulare. « Quella è gente strana: sono vegetariani » le confidò come se fosse davvero incredibile.

« È un'emergenza » insistette lei, senza aggiungere altri dettagli. « La prego, sono un'ex collega: mi chiamo Maria Eléna Vasquez. Può controllare se vuole. » Faceva leva sulla solidarietà fra sbirri, sperando che bastasse.

L'agente ci pensò un momento. « Ok, ma l'avverto: ci vorranno almeno quaranta minuti per arrivare lì, e non è detto che poi il telefono prenda in mezzo al nulla. »

Mila lo ringraziò e gli dettò il numero della tavola calda. Quindi si mise in attesa. Il tempo sembrava non passare mai e i quaranta minuti trascorsero senza notizie. Poteva essere accaduto di tutto e lei ne era ignara. Il cellulare non aveva campo oppure Mary Morgan si era rifiutata di parlarle o il poliziotto aveva mentito e magari si era già dimenticato della loro conversazione e in quel momento si dedicava ad altro.

Dopo un'ora e un quarto, l'apparecchio del locale squillò. Mila si precipitò a rispondere. La linea era disturbata.

« Sono Mary » disse una voce con tono infastidito. « Chi parla? »

« Mi chiamo Mila Vasquez, grazie per avermi richiamato. »

« Cosa vuole da me? L'agente dice che è un'emergenza ma l'avverto subito che, qualunque cosa sia, non mi interessa. »

« Lo comprendo, Mary, e mi scuso per questa invasione della sua privacy ma non avevo scelta: mia figlia è scomparsa tre notti fa. »

« Perché la cosa dovrebbe riguardarmi? » rispose l'altra, bruscamente.

« Io credo che lei possa aiutarmi a ritrovarla. »

« Non vedo come, visto che vivo fuori dal mondo da tanto tempo. »

« So che può capirmi » disse a questo punto Mila. Alludendo al fatto che anche Mary era stata una madre, stava correndo un grosso rischio: la donna poteva decidersi a collaborare oppure ergere un muro e rifiutarsi di continuare la telefonata. Ma l'ex poliziotta sperava che la franchezza pagasse.

Mary Morgan tacque, forse era un buon segno: stava finalmente vacillando.

« Immagino sia stato faticoso andare avanti » la incalzò l'ex poliziotta, lasciandole intendere che conosceva la sua storia. « Certe ferite non si rimarginano, lo so. È come convivere con un buco nella pancia: suppura e torna a sanguinare quando meno te lo aspetti... Per questo io non voglio finire come lei, signora Morgan. »

Le ultime parole erano dure da accettare, ma Mila non sapeva fingere la compassione.

« Se perdi un figlio, vivi il resto della vita come un appestato » affermò la donna, dandole ragione. « Gli altri ti evitano pensando che la sfortuna che ti è caduta addosso possa capitare a loro. Dicono di provare pena, ma sono solo sollevati di non essere al tuo posto. »

Mila approfittò subito della sua disponibilità, col timore che cambiasse idea. « Vorrei parlare di suo marito Raul. »

« Cosa vuole sapere? »

« Sa dove posso trovarlo? »

« Non ho più notizie di lui dal divorzio » asserì l'altra.

« Io credo, però, che lui sia rimasto in qualche modo legato al passato. Ho l'impressione che in questi anni non sia riuscito a staccarsi dai ricordi, nonostante si tratti di memorie tristi. »

« All'inizio non è andata così: sembrava che fosse deciso a cancellare ogni cosa. È stato lui a insistere perché divorziassimo. »

Mila rimase colpita dalla rivelazione. Pensava che fosse stata lei a volerlo. In fondo, Pascal era responsabile della disgrazia in cui era morto il loro unico figlio.

« Ho provato a perdonarlo » affermò la donna. « Dio, se ci ho provato! Ma non mi ha più permesso di avvicinarmi a lui. »

« Non l'ha più permesso a nessuno » asserì Mila. « Credo che da allora abbia vissuto isolato dal mondo. »

« Ci siamo innamorati molto giovani e il matrimonio è stata una scelta quasi scontata per entrambi. Avevamo comprato casa e lui era entusiasta del lavoro all'istituto, diceva che per la prima volta stava svolgendo una ricerca che lo coinvolgeva parecchio. Quando è arrivato nostro figlio, Raul dedicava a noi tutto il suo tempo libero: pensi che gli aveva costruito un lettino a forma di astronave. »

« Poi che cosa è accaduto? » domandò Mila, anche se in parte lo sapeva già.

« Mi sarei dovuta accorgere che qualcosa non andava... » le confidò la donna. « Erano piccoli segnali, ma non è per questo che li ho sottovalutati. Il fatto è che Raul è sempre stato un uomo estremamente affidabile, non avrei mai potuto immaginare che stesse per crollare. »

« Si riferisce alla paranoia? »

« Sì, ma non soltanto a quella: diceva che qualcuno stava cercando di entrargli nella testa. »

« Gli *suggeriva* i pensieri » disse Mila, che aveva capito di cosa stesse parlando.

« Proprio così » confermò Mary. « Forse lei adesso mi prenderà per pazza, ma mi parlò di un uomo tatuato che lo perseguitava in internet... »

Mila non pensava affatto che fosse matta, ma al momento non poteva dirglielo.

« Raul lo descriveva come ricoperto di numeri dalla testa ai piedi. »

La descrizione combaciava e le mise un'angoscia insopportabile. « E lei non ha mai avuto il sospetto che suo marito stesse perdendo la ragione? »

« Ci fu un episodio, qualche mese prima della disgrazia » ammise la donna. « Ero andata col bambino a trovare i miei, e quando tornammo la nostra casa era bruciata. »

A Mila venne in mente il fatto che Pascal l'avesse portata in due case che erano andate a fuoco.

« I pompieri e l'assicurazione dissero che si era trattato di un cortocircuito, ma appresi la verità dopo la morte di nostro figlio quando Raul mi confessò che era stato lui ad appiccare l'incendio per sfuggire all'uomo tatuato. »

Mila si sentì ghiacciare. Ma era venuto il momento di congedare la donna. « Grazie, Mary, mi ha detto più di quanto mi occorresse. »

« Spero che riesca a ritrovare sua figlia » le augurò l'altra, con immensa malinconia nella voce. « Sa, Joshua sarebbe diventato un uomo meraviglioso. »

Aveva pronunciato per la prima volta il nome del figlio, notò Mila. « Lo so » concordò, ma senza poterle dire che in qualche modo l'aveva conosciuto e gli doveva essere grata per averla protetta nell'Altrove.

« Non potrò mai dimenticare quella mattina » proseguì Mary che adesso sembrava non voler smettere di parlare. « Lo vestii nella cameretta. Gli misi i pantaloni di felpa, le calzine a pallini colorati che a lui piacevano tanto, il suo primo paio di All Star bianche e un cardigan perché era settembre e cominciava a fare freddo. Sotto portava una maglietta rossa... Come potevo immaginare che quelli erano gli ultimi minuti che trascorrevamo insieme? »

Mila sentì che all'altro capo della linea la donna iniziava a piangere. Fu inevitabile fare il paragone con gli ultimi momenti passati con Alice. Se l'avesse lasciata a dormire a casa dell'amichetta di scuola invece di riportarla al lago con sé, forse non sarebbe successo niente. Ma mentre andava in macchina a casa di Jane, dopo essere stata inseguita dagli uomini di Enigma, pensava di rifugiarsi egoisticamente nell'abbraccio della figlia. Anche se poi quell'abbraccio non c'era mai stato, perché come sempre era stata troppo vigliacca e si era trincerata nella propria alessitimia – la scusa perfetta per non provare nulla.

« Se mi chiedessero di esprimere un desiderio impossibile, chiederei di rivedere Joshua – anche solo per poco. Vorrei salutarlo, dirgli almeno addio. »

Mila non sapeva se sarebbe mai stata in grado di provare lo strazio di quella donna, né voleva scoprirlo. Per questo, avrebbe dovuto fare di tutto per riavere Alice. Perché il tempo è un inganno e mentre scorre dimentica di avvertirci che sta passando.

« Grazie ancora » disse e stava per chiudere.

« Aspetti » la frenò Mary Morgan. « Se le cose non dovessero andare come vuole, non se ne faccia una colpa: mi creda, non serve a niente... Raul ha provato a scaricarmi addosso parte del suo peso, mi ha fatto credere di essere una cattiva madre perché non davo abbastanza credito alle sue teorie persecutorie. Pensi che ho scoperto che voleva rapire Joshua per portarlo lontano e, quando gli ho chiesto il motivo, ha detto che voleva salvarlo dall'uomo tatuato. »

Le ultime parole di Mary Morgan ebbero l'effetto di un'epifania. Finalmente Mila sapeva chi aveva preso Alice.

ALICE

27

Lui insegnava alle macchine cos'è il male.

Le parole con cui il dottor Stormark aveva descritto il lavoro di Raul Morgan erano chiare: forse Pascal non riusciva a non farsi ossessionare dallo stesso male che si illudeva di conoscere così bene.

« *Sono un sorvegliante... Quando il gioco si è trasformato, eravamo ancora in parecchi. Il nostro compito era vigilare sulle anomalie dell'Altrove: ovviamente, era stato previsto che qualcosa tracimasse anche da questa parte... Ogni tanto qualcuno faceva il salto, era inevitabile.* »

Dopo essere tornata in città, Mila si recò in biblioteca per consultare internet. Sui siti dei giornali locali, andò in cerca di articoli che parlassero di abitazioni andate a fuoco negli ultimi mesi. Stilò una breve lista escludendo gli indirizzi delle due in cui era già stata insieme all'uomo col passamontagna rosso.

Si rimise in auto per andare a visitarle.

La pioggia si abbatteva come una piaga biblica sulla città. Nel tardo pomeriggio, l'ex poliziotta giunse davanti alla villetta di un quartiere popolare. Il fuoco l'aveva divorata per un'esatta metà. Una parte era integra, con le tendine alle finestre e le piante su un balconcino. L'altra era annerita dal fumo, e c'era un'inquietante voragine al posto della facciata.

Quella casa rappresentava l'emblema perfetto del bene e del male, pensò Mila.

Era il suo terzo tentativo, dopo un paio andati a vuoto. Ma forse era nel posto giusto perché, in fondo al vialetto, intravide una Škoda verde petrolio risalente agli anni Novanta.

Non aveva armi con sé, ma era comunque sicura che Pascal non si sarebbe lasciato intimidire. Decise che si sarebbe portata appresso Hitch.

« Dovrai aiutarmi, va bene? » si raccomandò, accarezzandolo. « Cercala. »

Uscirono dalla macchina, attraversarono la coltre d'acqua scrosciante e si diressero insieme verso il cortile della casa. Mila intendeva trovare Pascal prima che lui si accorgesse della loro presenza. E mentre lo distraeva, sperava che Hitch trovasse Alice.

L'ex poliziotta controllò se c'era qualcuno all'interno attraverso le finestre del piano terra. Era tutto buio, tranne una luce accesa. Mila intravide una figura in cucina, non sapeva dire se si trattava di Raul Morgan. Però capì che, a causa della devastazione dell'incendio, la porta principale era l'unica via per accedere all'abitazione.

Si spostò sotto il portico. Coperta dal rumore della pioggia, scassinò la serratura e s'introdusse seguita da Hitch.

Avvertì subito l'odore di plastica bruciata. Si guardò intorno: nella penombra la fissavano mostri deformi, ma erano solo i mobili fusi dal calore delle fiamme.

Fece cenno all'animale di starle accanto, intanto avanzava verso la luce della cucina. In effetti, da lì provenivano dei suoni – un rubinetto aperto, rumori di stoviglie –

perciò c'era per forza qualcuno. Quando scorse un uomo di spalle intento a lavare i piatti, lasciò libero il cane perché esplorasse gli ambienti.

Superata la soglia del tinello, riconobbe la fisionomia di Pascal. Non portava il passamontagna rosso, ma al momento gli poteva solo vedere la nuca coi capelli nerissimi. Vestiva sempre con l'abito marrone ma si era tolto la giacca. Al posto dei soliti guanti di lattice ne indossava un paio di gomma gialli, di quelli che si usano per sbrigare le faccende domestiche.

« Dov'è? » chiese Mila.

L'uomo non si impaurì, né si voltò. « È di sopra che dorme » disse. « Sta' tranquilla, Alice sta bene. »

« Voglio guardarti in faccia » gli intimò.

Pascal finì di sciacquare l'ultimo piatto e lo ripose nello sgocciolatoio insieme agli altri. Quindi richiuse con calma il rubinetto. Solo allora si girò verso di lei.

Aveva una pettinatura con la riga di lato e un paio di baffetti. Gli occhi erano verdi e l'incarnato chiaro. Guance rubiconde e labbra sottili.

Adesso Mila sapeva com'era fatta la sua faccia.

« Tua figlia è una ragazzina interessante » affermò Raul Morgan. « Abbiamo chiacchierato a lungo in questi giorni e ho avuto modo di apprezzare l'ottimo lavoro che hai fatto con lei, brava. »

Non aveva voglia di sentirselo dire da quell'uomo, le suonava fasullo, quasi una presa in giro. « Hai fatto la chiamata anonima per incastrare Enigma, ma sapevi che, dicendo che è un suggeritore, loro mi avrebbero coinvolta. »

« Intendi dire la polizia? » la provocò l'altro. « Sì, lo sapevo. »

« Mentre venivo qui, ho pensato a lungo a quale fosse il motivo per cui hai preso Alice. E ora non dire che è stato solo per proteggerla da Enigma, come avresti voluto fare con tuo figlio. Non sono stupida. »

« Hai ragione, forse non è stato solo per quello... Ho deciso che era fondamentale portarti via Alice, perché altrimenti non avresti imparato la lezione. »

Imparare, il verbo la gelò. *Lui insegnava alle macchine cos'è il male...*

« Vedi, Mila, era importante che tu capissi bene con quale nemico abbiamo a che fare... Ma solo la pena della privazione, la sensazione di pericolo imminente e l'impellente necessità di trovare una soluzione al peggio avrebbero potuto motivarti. » Pascal inclinò il capo, riservandole uno sguardo compassionevole. « Dimmi, mia cara amica: in questi giorni il tuo cuore ha continuato a tacerti i propri sentimenti, oppure hai iniziato a liberarti della maledizione che ti perseguita fin da bambina? »

« Spiacente, Pascal, la mia alessitimia è irreversibile. »

« Balle » replicò lui aspramente. « Hai sentito qualcosa dentro di te, ne sono sicuro. Ed è stato quel qualcosa a condurti fin qui. » Fece una pausa. « La mente vede ciò che la mente vuole vedere, ma anche il cuore fa la stessa cosa... Perciò smettila di essere cieca e guarda ciò che cerca di mostrarti. »

Avrebbe voluto che quell'uomo si sbagliasse, ma solo perché odiava l'idea di dargli ragione. Invece ce l'aveva. In un altro tempo, un'altra Mila avrebbe cercato di rimediare con una lametta all'assenza di angoscia per la scomparsa della figlia. Se non l'aveva fatto, era perché le emozioni che aveva provato erano state sufficienti.

« Pensavi che ritirandoti su un lago, il buio non sarebbe riuscito a scovarti? Credevi davvero che bastasse? » Si mise a ridere. « Noi non siamo come gli altri, Mila Vasquez. Noi ci portiamo addosso l'odore marcio della tenebra che abbiamo visitato... Il buio riesce a fiutarlo anche a chilometri di distanza. Sfuggirgli è improponibile. »

È dal buio che vengo...

« Tu ed Enigma vi facevate la guerra e io ci sono finita in mezzo. Sei stato tu a creare il mio gioco, non è vero? »

« Hai ricevuto il tuo addestramento » fu il solo commento di Pascal.

« Mi sono domandata perché il suggeritore avesse preso Alice e contemporaneamente cercasse di uccidermi: entrambi stavate giocando con me... »

« Con scopi differenti, però » ci tenne a precisare l'altro.

« Non c'è nessun altro sorvegliante, vero? La storia che vi hanno decimati è falsa: sei sempre stato il solo, brutto pazzo paranoico. »

« Tu non capisci: questa guerra durerà finché esisterà internet. L'uomo solitario può fare del male solo a se stesso. Solo quando sono insieme gli esseri umani diventano malvagi. Allora mi domando: cosa c'era da aspettarsi dalla più grande interconnessione della storia? »

« Lo stesso vale per il bene » ribatté Mila.

« Se fosse vero, la rete sarebbe il posto più felice della terra » affermò l'altro, sarcastico.

Mila avrebbe voluto ribattere che non era così, che si

trattava solo della visione di un uomo disilluso che viveva da eremita e che, quando non indossava un passamontagna, modificava costantemente il proprio aspetto con trucchi e parrucche per non dover sembrare umano. Non lo disse, invece chiese: « E cosa dovrei fare adesso? »

« Sarai un'ottima sorvegliante... Ti ho insegnato la strada, ora sai dove cercare. »

« Però l'Altrove sta morendo. »

« Anche quello è servito a metterti fretta... Ma fermerò Joshua, so come fare. »

Mila ripensò al bambino, alla sua malinconia. « Dovresti liberarlo, invece. Lasciarlo andare... »

In quel momento, Hitch emerse dall'oscurità alle sue spalle: sulla soglia apparve anche Alice.

La bambina sbadigliò, stropicciandosi gli occhi. « Che succede? » domandò, tranquilla. « Perché Hitch cerca di portarmi fuori? »

Era vestita con gli abiti del giorno in cui era sparita. Sembrava sempre la stessa, e a Mila parve una specie di miracolo perché lei sapeva bene quali fossero gli effetti del buio sugli scomparsi, anche quando la sparizione durava appena poche ore.

Andò dalla figlia e l'abbracciò.

All'inizio la bambina si scostò, sorpresa da una simile accoglienza da parte della madre.

« Come stai? » domandò Mila, togliendole i capelli dalla fronte. Era incurante della sua reazione così fredda, l'importante era che stesse bene.

« Ok » rispose soltanto Alice, attingendo al gergo pratico dei teenager.

Mila tornò a guardare Pascal per capire quali fossero adesso le sue intenzioni.

L'uomo colse l'interrogativo nel suo sguardo. « Non ho più ragione di trattenervi qui » assicurò.

Allora Mila prese per mano Alice. Stava per incamminarsi nel corridoio diretta all'uscita, poi invece tornò a voltarsi verso di lui. « Non hai risposto alla mia domanda: cosa ti aspetti che faccia ora? Perché è giusto che tu sappia che non finirò così » disse indicandolo, con tono di biasimo. « Non passerò la vita a cancellare ogni traccia di me, a convivere con la paura e la paranoia. »

Pascal le sorrise. « Il cuore vede ciò che il cuore vuole vedere » le rammentò. « Ora prendi tua figlia e tornatene a casa, Mila Vasquez. Puoi sfuggire al buio. Ma non puoi impedire al buio di cercarti. »

28

I tigli in fiore davanti alla casa emanavano un profumo dolciastro che si sposava alla perfezione con l'aria frizzante di giugno. Però l'effetto non era costante, altrimenti sarebbe stato stucchevole, notava Mila. Era piacevole essere sorpresi in qualunque parte della casa da una folata improvvisa entrata da una delle finestre aperte, inseguire l'odore prima che il vento se lo portasse via.

Era una delle primissime mattine d'estate. Il lago era tranquillo e tutt'intorno era un tripudio di colori distribuiti dalla natura con equanime armonia. Da quando la scuola era finita, Alice dormiva fino a tardi. Invece Mila si era alzata presto e stava infornando le torte per il piccolo rinfresco di quel pomeriggio.

Sarebbero venute alcune amiche della figlia, ma l'invito era esteso anche alle loro mamme.

Mila si sentiva strana, non aveva mai fatto una cosa del genere. Le altre madri la guardavano sempre con sospetto quando la incontravano a scuola per i colloqui con gli insegnanti, in occasione dei consigli di classe o alle recite di Natale e fine anno. Prima non le dava fastidio: per loro era «l'ex poliziotta di città», un buon argomento per spezzare la lunga noia di mogli e casalinghe, perciò glielo lasciava fare. Ma da un po' di tempo si era resa conto che per Alice forse non andava bene essere la figlia di una mamma scostante e fiera del proprio pessimo carattere. Col tempo l'avrebbe pagato con l'isolamento da parte delle compagne.

La dottoressa Lorn aveva subito approvato l'idea della festicciola. Il consiglio della psicologa era stato d'introdurre piccoli cambiamenti nella routine quotidiana. Alice andava da lei due volte a settimana. Stranamente, la bambina non aveva riportato alcun trauma dal pur breve rapimento. Mila avrebbe dovuto ringraziare il cielo, invece era preoccupata per questa specie di apatia e voleva che la dottoressa Lorn scandagliasse la figlia in cerca dei motivi. Ma era anche ansiosa di sapere da dove venisse l'ossessione di Alice per un padre che non aveva mai veramente conosciuto.

Non è facile essere la figlia di un mostro, si disse. Prima o poi, Alice si sarebbe chiesta se e quanta parte di lui fosse confluita in lei. Anche Mila aveva paura di scoprirlo, ma forse era soltanto un inutile problema.

Chissà perché, ogni volta che pensava al padre di Alice, le tornava in mente Raul Morgan. Anche lui era responsabile di qualcosa di tremendo e irreversibile. L'unica differenza era che per Pascal si era trattato di un errore dovuto a un'imperdonabile distrazione che era costata la vita al suo unico figlio, al suo bambino. Mila non riusciva nemmeno più a disprezzarlo per ciò che aveva fatto a lei, perché tanto quell'uomo avrebbe scontato per sempre una condanna pesantissima inflitta dal peggiore dei giudici, la propria coscienza.

Dopo i fatti di febbraio, l'ex poliziotta avrebbe voluto poter affermare che ogni cosa era tornata rapidamente alla normalità. Ma non era andata così. Una terribile insonnia si era presa le sue notti mentre una nuova emicrania la aspettava al risveglio.

« È quasi impossibile trovare un giornale da queste parti » si lamentò Berish entrando in cucina e sbattendo un quotidiano sul tavolo. « Ho dovuto girare per un'ora in macchina prima di trovare un'edicola. »

Indossava un bermuda color cachi, mocassini e camicia azzurra: anche quando era casual, riusciva a essere impeccabile. Al suo cospetto Mila si sentiva sempre inadeguata, con le tute acetate e le scarpe da ginnastica.

« Siete rimasti in pochi ad apprezzare il valore della carta » lo canzonò, versandogli una tazza di caffè appena fatto.

« La gente pensa che così salveremo gli alberi, perché è ciò che le ha messo in testa l'industria informatica. Ma qualcuno dovrebbe dirle che si continuano a piantare alberi proprio per questo. Senza libri o giornali vedremo i boschi solo sugli screensaver dei computer. »

Mila scosse il capo e le scappò un sorriso.

« Sì, ridi pure: appena si sveglia, porterò Alice a pescare. »

« Non vuoi proprio accettare il fatto che siamo vegetariane? »

« Ti rendi conto di quanti insetti sono stati macinati insieme al grano della farina delle tue torte? » disse, indicando il forno. « Buon appetito, vegetariana. »

« Non ti ha mai sfiorato l'idea che potrebbe anche essere una scelta etica? »

« Quelli che non vogliono demolire l'opinione altrui

con la dittatura, cercano di sterilizzarla col 'politicamente corretto'.» E con quella frase, Berish mise fine a ogni contraddittorio e uscì all'esterno, intenzionato a sedersi sotto uno dei tigli e gustarsi in pace caffè e giornale.

Simon si era trasferito per stare con loro qualche giorno, Mila era contenta di averlo lì. Il poliziotto era stato sospeso dal servizio a tempo indeterminato. Insieme avevano condotto un'indagine illegale in merito alla quale si sarebbero potuti ipotizzare i reati di omicidio, occultamento di cadavere e intralcio alla giustizia. Ma, nonostante fossero passati quasi quattro mesi, ancora non era stata formulata alcuna accusa dalla commissione disciplinare.

L'unica conseguenza del loro comportamento era che il Limbo sarebbe stato chiuso, le competenze dell'ufficio distribuite fra le altre unità investigative. Le foto degli scomparsi sarebbero state staccate dalle pareti della sala dei passi perduti, così sarebbe stato più facile scordarsi di loro. In fondo, non c'era alcuna gloria nell'andare a caccia di ombre.

Era la vendetta del Giudice.

L'aumento improvviso e inspiegabile dei crimini aveva determinato la fine del «metodo Shutton». Ecco perché Mila e Berish erano convinti che la donna avrebbe evitato di infierire su di loro. Il rischio era compromettere l'esito del solo caso che ancora le consentiva di conservare il posto di capo della polizia: Enigma.

L'unica accusa formulata nei confronti del suggeritore era di aver istigato Karl Anderson a compiere una strage. Era piuttosto fragile per giustificare una condanna a vita nella fossa. Un'inchiesta disciplinare sull'accaduto avrebbe fatto emergere la verità ma anche tutte le mancanze del dipartimento.

Le poche volte che riusciva a addormentarsi, nei sogni Mila tornava sempre nell'Altrove. Per l'esattezza, nell'appartamento di città degli Anderson, prima che si trasferissero alla fattoria. Lì aveva assistito alla carneficina di Frida e delle piccole Eugenia e Carla. Non poteva dimenticare che Karl andava in Due per realizzare la fantasia di sterminare la propria famiglia. E non poteva nemmeno rimuovere dalla memoria ciò che aveva visto nel riflesso della specchiera rosa cipria della cameretta delle gemelle, quando, su consiglio dello spettro, si era girata per vedere la faccia del proprio avatar e aveva scoperto che il colpevole era il padre.

Guardati...

Mila si era chiesta tante volte se Frida si fosse accorta che qualcosa non andava nel marito. Forse avrebbe dovuto, visto che aveva assecondato la sua decisione di rinunciare alla tecnologia per trasferirsi in una sperduta landa di campagna. Ma, in fondo, non se la sentiva di rimproverare quella donna: anche lei, dieci anni prima, aveva ignorato i segnali che arrivavano dal padre della figlia.

Il cuore vede ciò che il cuore vuole vedere.

Proprio per questo, Mila scacciò i pensieri tossici e tornò a guardare Simon Berish fuori dalla finestra. Hitch gli corse incontro per prendersi qualche carezza. Provò un moto di gratitudine per averli entrambi nella loro vita. Alice era molto affezionata al cane e sembrava aver dimenticato del tutto la gatta Finz, scappata di casa mesi prima.

Meglio così, pensò Mila. In questo la figlia era migliore di lei. Bisogna sempre lasciarsi alle spalle chi ottiene le nostre cure e poi ci abbandona, si disse.

Il picnic sul lago iniziò sotto i migliori auspici. Mila aveva apparecchiato una lunga tavolata sotto i tigli. C'erano torte dolci e salate, pasticcini e colorati canapè con verdure e crema di formaggio. I cubetti di ghiaccio scintillavano nelle brocche con la limonata e il tè freddo, la tovaglia di lino svolazzava alla brezza che scendeva dalle montagne.

Hitch faceva la guardia al cibo con la segreta speranza che qualcosa cadesse dalla tavola.

Mila era riuscita a convincere Alice a indossare una gonna. Negli ultimi tempi aveva preso qualche chilo e le era venuto l'assurdo complesso di essere grassa. Forse quelle diatribe fra loro due erano il preludio di ciò che le aspettava nell'imminente adolescenza. Ma l'insicurezza della figlia poteva anche dipendere da qualcos'altro: Mila aveva scoperto che a scuola i compagni la definivano « quella strana » e pensava che dipendesse dal fatto che Alice era abituata a non sorprendersi di nulla, e che guardava il mondo con una curiosità che di solito spaventava gli altri.

Le amiche arrivarono verso le sedici, nessuna esclusa. Fu di grande sollievo per la bambina che temeva di essere impopolare. Ricevette molti regali e li scartò con gli occhi che brillavano di contentezza.

Intanto, le madri delle amichette facevano a gara per socializzare con « l'ex poliziotta di città », sperando che

Mila le sconvolgesse con qualche dettaglio raccapricciante del precedente lavoro.

La festa si stava rivelando un successo. Mangiarono con le canzoni di Elvis in sottofondo e il tempo passava fra chiacchiere innocue e risate.

Simon aveva organizzato dei giochi di gruppo con cui far divertire le ragazzine e si era inaspettatamente rivelato un ottimo animatore. Il pomeriggio scorreva tranquillo. Finché non arrivò il momento della caccia al tesoro.

Successe tutto rapidamente ma, negli anni a venire, Mila avrebbe ripensato spesso alla dinamica degli eventi.

Le bambine andavano in cerca del terzo indizio nascosto da Berish. Il rompicapo che dovevano risolvere rimandava chiaramente a un nascondiglio vicino all'acqua. Una delle ragazzine si staccò dal gruppo e, senza che nessuno se ne accorgesse, si diresse verso la riva del lago, lì dove c'era una vecchia rimessa per le barche ormai abbandonata.

La madre conversava con le amiche, ma si distrasse per un momento perché aveva notato l'assenza della figlia. Mila stava preparando dell'altra limonata, ma dalla finestra della cucina colse lo sguardo preoccupato della donna e avvertì un solletico alla base del collo. Si precipitò subito fuori.

Non trovando la bambina, la madre si mise a chiamarla per nome. Man mano che aumentava la sua ansia, la voce si faceva sempre più acuta.

L'allegria svanì in un istante. Tutti tacquero improvvisamente.

Berish scambiò un rapido sguardo con Mila e sguinzagliò Hitch. In poco tempo, i presenti iniziarono a cercare in giro e a scandire il nome della piccola.

Finché uno strillo cristallino – prolungato e distante – non fece calare di nuovo il silenzio. Veniva dalla rimessa delle barche. Accorsero tutti verso il richiamo.

Berish fu il primo a varcare la soglia insieme al cane, Mila subito dietro di loro. Constatarono immediatamente che la bambina stava bene: non le era accaduto nulla di grave, era soltanto scossa. Ma la cosa non li sollevò, perché ciò che c'era alle sue spalle li paralizzò entrambi. Purtroppo lo videro anche quelli che arrivarono dopo, specie le madri delle altre ragazzine e ciò sarebbe pesato molto sui futuri rapporti fra Alice e le amichette. Rimasero tutti interdetti per qualche secondo davanti alla scena incomprensibile. Ma ciò che non riuscivano a spiegarsi razionalmente era comunque evidente ai loro sensi.

C'era un grande cuore rosso dipinto sulla parete di assi, avvolto da uno sciame di mosconi. Dal coltello sporco sul pavimento, si poteva dedurre che era fatto di sangue rappreso.

Mentre tutti osservavano il macabro murale, Mila si guardava intorno. Fu allora che notò Alice, e ciò che vide la spaventò a morte.

La figlia era l'unica ad avere un'espressione imperturbabile.

Il coltello non veniva da lontano, ma dalla casa. Mila non si era nemmeno accorta che fosse sparito dal cassetto della cucina.

« Puoi sfuggire al buio. Ma non puoi impedire al buio di cercarti » aveva detto il pazzo coi baffetti e i capelli nerissimi che si nascondeva sotto un passamontagna rosso e si faceva chiamare Pascal.

Ma fino a quel momento Mila non aveva mai considerato la possibilità che Raul Morgan potesse avere ragione.

Nel silenzio della sera, quando gli ospiti se n'erano andati e Alice e Berish dormivano, l'ex poliziotta del Limbo se ne stava seduta sul letto a osservare l'armadio chiuso davanti a sé, chiedendosi cosa doveva fare.

Per la prima volta, non aveva alcuna risposta in merito, nessuna teoria del padre della figlia che potesse venirle in soccorso. Il dubbio la divorava ed era forte il richiamo di una lametta. L'angoscia cercava solo un modo per uscire da lei. Una dolorosa ferita era l'ideale.

Dopo qualche secondo passato a torturarsi con inutili pensieri, si diresse finalmente verso l'armadio. Lo aprì e andò in cerca dello scatolone coi vestiti della vita di prima. Trovò lo spolverino che aveva indossato durante il caso di Enigma. In tasca c'era ancora una cosa che la riguardava, Mila non se n'era scordata. Avrebbe potuto sbarazzarsene, ma in fondo temeva un momento come quello.

La foto del suggeritore con il volto rielaborato al computer e privato dei tatuaggi. *La faccia di un uomo normale.*

La osservò nell'oscurità domandandosi per l'ennesima volta chi fosse quell'uomo. Ogni tanto dimentichiamo che i mostri non sono affatto mostruosi, si disse. Per questo aveva voluto riguardare quell'immagine.

Il cuore vede ciò che il cuore vuole vedere. E forse anche

Mila si era lasciata ingannare. Ma era venuto il momento di rimediare.

Scese di sotto e trovò Hitch accucciato sul divano accanto al camino spento. Lo chiamò, quindi uscirono insieme dal retro. Mila accese la torcia che si era portata appresso. Aveva con sé anche il coltello con le tracce di sangue secco. Lo fece annusare al cane.

« Cerca » disse.

Hitch fiutò il terreno, poi lo vide dirigersi verso il bosco. Lo seguì ma sparì subito fra gli alberi. Nell'intrico della selva, Mila non riusciva più a capire dove fosse finito. Lo chiamò, senza risultato. Poi sentì dei rumori di foglie e terra smossa provenire da una decina di metri alla sua destra. Si fece guidare fino a che non ritrovò il cane.

Hitch si era infilato in un cespuglio ed era intento a scavare una buca. Mila spostò il raggio della torcia su di lui e vide che qualcosa spuntava dal terreno.

Non fu difficile riconoscere la pelliccia di Finz. La carcassa dell'animale presentava profonde ferite inferte con un'arma da taglio.

Il cuore *non* vede ciò che il cuore *non* vuole vedere. Adesso ne aveva la conferma.

Dando ormai per scontato che era stata la figlia, una domanda tremenda s'insinuò fra i pensieri di Mila. Da quanto tempo la gatta era lì? Era successo prima o dopo il rapimento di Alice? Perché c'era una bella differenza. Nel primo caso, l'origine della violenza poteva essere genetica – l'eredità maligna di un uomo in coma. Nel secondo, era sicuramente accaduto qualcosa nel periodo in cui la figlia le era stata portata via.

Mila non sapeva quale delle due ipotesi preferire. Erano entrambe difficili da accettare.

Ma lei *doveva* sapere. Non poteva convivere per il resto della vita con quell'interrogativo.

E c'era qualcuno che poteva darle una risposta e scioglierla da quell'incantesimo di morte.

29

La Hyundai si arrampicava a fatica sulle colline, mentre il tramonto macchiava l'orizzonte.

Aveva fatto un lungo viaggio, ma la meta era vicina. Guidando, Mila pensava a ciò che avrebbe detto una volta giunta a destinazione. Tutto ciò che le occorreva era riposto in una borsa nera che stava sul sedile posteriore.

Il poliziotto locale che mesi prima era andato fin lassù a portare un cellulare per consentirle di parlare con Mary Morgan aveva ragione: il luogo era sperduto nel nulla.

La natura rigogliosa e i boschi assediavano la striscia d'asfalto dando l'impressione che presto avrebbero riconquistato anche lo spazio che gli era stato sottratto con la forza. Il sole sparì e la comunità buddista apparve nel parabrezza come una cattedrale di candele in mezzo al buio.

Arrivata al cancello di legno che delimitava la proprietà, Mila fu accolta da alcuni membri che la scortarono gentilmente fino a una sala interna. Le offrirono da bere e anche della frutta. Di lì a poco, si presentò una donna esile con indosso una tunica di lino gialla, i capelli bianchi erano raccolti in una lunga treccia e aveva gli occhi azzurri come quelli di suo figlio.

« Immaginavo che non ti avrei mai conosciuta di persona » affermò Mary, dandole del tu.

Mila capì che il senso della frase non era che volesse essere lasciata in pace, ma che la donna si aspettava che tutto fosse ormai risolto. « Al telefono, mi hai detto che se ti avessero chiesto di desiderare qualcosa d'impossibile, avresti voluto rivedere Joshua, anche solo per poco. Per salutarlo e dirgli almeno addio. »

L'espressione della donna svelò un turbamento, forse temeva che il suo desiderio si potesse avverare. « Diciamo molte cose per alleggerirci il cuore, ma poi non è detto che le vogliamo veramente. »

« Non è reale, ma sarà come se lo fosse » affermò Mila, indicando la borsa nera che si era portata appresso. « Raul ha riversato i propri ricordi di Joshua in un clone digitale » le rivelò. « Ha approfittato di un gioco di realtà virtuale per far rivivere vostro figlio. »

Gli occhi di Mary furono attraversati da un lampo di spavento. « Non si può rivivere nella stessa forma dopo la morte » balbettò attingendo alla filosofia che aveva abbracciato. « L'anima di Joshua è emigrata per reincarnarsi in altre sembianze, non certo per rimanere prigioniera dei circuiti di un computer. »

Stava ripetendo quelle frasi ma era evidente che voleva anche non doverci credere per forza. Per questo Mila decise di essere franca e le diede un'ulteriore motivazione. « Devo fare una domanda a Joshua, ma temo che non mi direbbe nulla. Sono sicura che a sua madre invece risponderebbe... »

La donna si prese del tempo per pensare, ma poi capì che Mila non era venuta per usarla o per approfittare del suo dolore. « Cosa devo fare? »

Per risponderle, l'ex poliziotta estrasse dalla borsa un vecchio notebook, due visori e altrettanti joystick. Prima di recarsi lì, aveva fatto tappa da uno spacciatore di acidi alla stazione.

« Che cosa sono? » chiese Mary Morgan guardando le pillole blu nella sua mano.

« Lacrima d'angelo. Una per me, l'altra per te. Fidati. »

La donna ingoiò la droga ma poi le afferrò subito il braccio, fissandola in ansia. « E se poi non avessi il coraggio di lasciarlo? E se poi volessi portarlo via con me? »

Mila non aveva una risposta a quegli interrogativi. Si limitò a passarle il joystick e il visore. Sullo schermo del computer apparve l'icona di Due e l'ex poliziotta creò due avatar molto somiglianti. Si connesse a internet con un modem portatile. Quindi inserì le coordinate della casa d'infanzia di Joshua, perché era sicura di trovarlo lì.

Attraversarono il corridoio psichedelico e si ritrovarono nella cameretta di un bambino. C'erano giochi e un lettino a forma di astronave. Pascal ne aveva costruito uno uguale per il figlio nella realtà, era stata Mary a parlarne. Mila si accorse che la donna ebbe un sussulto: era già stata lì, erano nel posto giusto.

« Non è possibile » disse la madre di Joshua, incredula. « È tutto così... reale. »

Fuori dalla finestra era in agguato il buio gelido dell'Altrove, invece fra quelle mura si provava una sensazione di calore e sicurezza.

Udirono un suono: la canzone di un carillon che si era attivato da solo. Una giostra di cavalli. Contemporaneamente, il bambino con la maglietta rossa affiorò dal nulla davanti a loro.

Mary lo riconobbe subito, nonostante il clone fosse dieci anni più vecchio del bimbo che aveva perso.

Joshua aveva il solito sguardo inespressivo, ma sul suo volto si registrava un cambiamento. Curiosità. « Mamma? » domandò senza tradire alcuna emozione.

Invece Mary iniziò a piangere. « Sì, piccolo mio... »

Il bambino era smarrito, come se all'improvviso non fosse in grado di elaborare quella presenza. « Non dovresti essere qui » la rimproverò bonariamente.

« Era tanto tempo che avevo voglia di vederti » confessò lei, tirando su col naso. Quindi provò ad allungare un braccio verso di lui.

Dapprincipio Joshua indietreggiò, ma poi si lasciò accarezzare i capelli biondi. Mila non riusciva a credere che stesse avvenendo veramente.

« Come stai? » gli chiese Mary, perché era la domanda che ogni madre rivolgeva sempre ai propri figli. Il quesito contemplava innumerevoli possibilità di replica, ma una mamma avrebbe saputo scorgere sempre la verità in una bugia.

« Papà non me lo chiede mai » rispose l'altro, sincero. « Forse ha paura di saperlo. »

« Non avrebbe dovuto portarti qui » riuscì a dire la donna, delusa e arrabbiata. « Non avrebbe dovuto farlo. »

« Ho tentato di distruggere questo mondo, ma non ci sono riuscito. Però sono bravo lo stesso, vero? » Joshua si aspettava la sua approvazione. « Sono un bambino buono. »

« Certo che lo sei, amore mio. »

Il piccolo si guardò intorno. « Sono stanco di stare qui, non voglio più stare solo » ammise, infelice.

La donna allora guardò Mila, non sapeva come aiutarlo.

« Vorrei morire, mamma » disse Joshua, spiazzandole entrambe. « Puoi aiutarmi a morire, mamma? »

Era una richiesta straziante da rivolgere a chi gli aveva donato la vita. Ma in fondo, pensò Mila, solo una madre poteva avere la compassione di uccidere il figlio che glielo chiedeva. Tuttavia, Mary Morgan non aveva le conoscenze tecnologiche per accontentarlo.

« Non posso farlo, amore mio. »

« Ti prego. »

« Mi dispiace... » disse scoppiando in un pianto sommesso.

Mila odiò Pascal che aveva condannato il bambino a una prigione di paura e violenza, solo per avere l'illusione che non fosse mai avvenuta la distrazione fatale che aveva portato alla sua morte.

Joshua, però, non si scompose per la risposta della madre: ne prese semplicemente atto. « Allora sei venuta solo a dirmi addio... »

« No, volevo che sapessi che ti voglio bene. Te ne ho sempre voluto e te ne vorrò ancora. »

« Per sempre? » domandò, quasi stupito.

« Per sempre » gli assicurò lei.

« Adesso che lo so va molto meglio, grazie. »

« Ma ho bisogno anche di un favore... Vorrei che aiutassi questa donna. »

Il bambino con la maglietta rossa rivolse la propria attenzione a Mila. « Va bene, ma dovrai prima portarla via: non voglio che la mamma veda. »

L'ex poliziotta si voltò verso Mary Morgan e le spiegò come uscire dal gioco. « Ti toglierai il visore e andrai a stenderti subito per far cessare l'effetto della droga, dopo prenderai la Niacina. »

« Vorrei dargli un bacio... Posso? »

Anche se non era sicura che avrebbe provato qualcosa, Mila non se la sentiva di consigliarle di non farlo.

Mary si avvicinò al figlio. Si protese con le labbra verso la sua fronte e chiuse gli occhi. Joshua fece altrettanto, quando li riaprì la madre era svanita.

Trascorsero alcuni secondi di assoluto silenzio. Poi il bambino con la maglietta rossa tornò a guardare Mila.

« Devo sapere cos'è successo ad Alice » disse lei.

« Lui ha il potere di cambiare le persone » asserì Joshua, riferendosi al suggeritore. « Sei sicura? »

Ma lei ormai non poteva più tirarsi indietro.

In un istante lo scenario cambiò.

Mila perse il controllo del joystick e si ritrovò a impersonare un altro avatar. Poteva solo vedere ciò che vedeva lui, senza poterlo orientare.

Era un giorno di fine estate e c'era il sole. Si trovava alla guida di un'utilitaria, una Ford. Aveva davanti una strada circondata da faggi rossi. L'autoradio trasmetteva una musica allegra: uno swing dal sapore antico – i musicisti sembravano essersi divertiti parecchio nel suonarlo.

La macchina superò un dosso e si trovò di fronte un edificio risalente al secolo prima. La facciata di pietra bruna butterata era quella dell'Istituto Neuroscientifico della Foresta Rossa.

Mila capì improvvisamente chi impersonava: in quel momento, lei era Raul Morgan alla guida della propria auto la mattina in cui aveva dimenticato il figlioletto sul seggiolino posteriore.

Non voleva essere lui, per nessuna ragione al mondo voleva assistere alla scena. Scorse soltanto i propri occhi nello specchietto retrovisore della Ford – gli occhi di Pascal – e provò a spostare il joystick in modo che inquadrassero il bambino di un anno e mezzo sul sedile di dietro. Si illudeva che forse così il padre se ne sarebbe accorto. Forse poteva ancora rendere reversibile il destino.

La Ford si arrestò nel parcheggio. L'avatar di Pascal spense il motore e con esso si fermò anche la musica. Nel silenzio dell'abitacolo non si sentiva altro. Se solo avesse percepito il respiro del suo bambino che dormiva... Invece, aprì lo sportello e scese. Sollevò un braccio col telecomando e, dopo un breve cicalino, si azionarono le quattro chiusure centralizzate.

Mila udiva i propri passi sfrigolare sull'asfalto mentre si allontanava dalla vettura, ma accadde qualcosa che non si aspettava. Invece di dirigersi verso l'entrata del centro, Pascal aggirò la macchina. Perché? Dove stava andando?

L'avatar si fermò proprio all'altezza del finestrino posteriore.

Dall'altra parte del vetro, Mila poteva vedere chiaramente Joshua con indosso la maglietta rossa. Dormiva beatamente.

E come lo vedeva lei, dieci anni prima l'aveva visto anche Raul Morgan, suo padre.

Quando l'uomo iniziò ad allontanarsi, Mila ebbe la conferma di ciò che era accaduto veramente. Non era stato un incidente, non si era distratto. L'aveva lasciato lì di proposito a morire.

Fu scossa da un conato, aveva visto abbastanza ed era sconvolta. Voleva strapparsi il visore, stava per farlo ma si bloccò. Perché, mentre avanzava verso l'edificio, il suo avatar si specchiava nei vetri delle altre auto parcheggiate.

Fu così che Mila ebbe modo di distinguere il volto dell'uomo che stava impersonando. Non era Pascal, però l'aveva già visto. Esattamente nella rielaborazione di un computer, privato dei tatuaggi che lo ricoprivano.

La faccia di un uomo normale.

Ma se Raul Morgan era Enigma, chi era davvero l'uomo che aveva conosciuto come Pascal?

Il prigioniero nella fossa che tutti chiamavano Enigma era Raul Morgan. Ma non era lui il suggeritore.

Il suggeritore era Pascal, ed era ancora là fuori.

L'individuo tatuato che Mila aveva incontrato nel carcere di massima sicurezza, in realtà, era un suo fedele discepolo. Altrimenti perché avrebbe dovuto accettare di farsi catturare al suo posto?

Raul Morgan – l'uomo con la faccia normale – aveva frequentato l'Altrove in qualità di antropologo criminale, ma non si era mai ribellato alla volontà del serial killer subliminale. Anzi, aveva ceduto alla sua seduzione. Come Karl Anderson, in nome di quel patto scellerato aveva sterminato il sangue del suo sangue.

Dopo la strage alla fattoria, Pascal aveva denunciato Morgan con la chiamata anonima per evitare che la polizia arrivasse fino a lui.

Mila guidava la Hyundai nella notte cercando disperatamente di trovare un senso a tutto quanto. Ci ha ingannato. Mi ha ingannato.

Pioveva a dirotto e la droga le obnubilava i sensi, ma ancora una volta lei *doveva* capire.

Un cervo spuntò dalla foresta e attraversò la strada, tutto rallentò improvvisamente. Mila perse il controllo della macchina e per un attimo scambiò uno sguardo con il nobile animale: era lo stesso che stava nella sua cucina il giorno della scomparsa di Alice oppure si trattava di un'allucinazione dovuta alla Lacrima d'angelo?

Non fece in tempo a trovare una risposta perché la Hyundai si cappottò finendo fuori dalla carreggiata, scavalcò un fosso e andò a schiantarsi contro un albero.

Il boato fu assordante, ma poi rimasero solo i ticchettii del motore che si perdevano in quelli della pioggia.

Mila era a testa in giù, incastrata fra le lamiere e faticava a rimanere cosciente. Aveva sbattuto la faccia contro qualcosa di duro. Una sostanza viscida scivolava dalla fronte insieme alle gocce che entravano dal parabrezza andato in frantumi. Sicuramente si era procurata un taglio in testa. Avvertiva anche qualcosa che pulsava poco sotto lo sterno. Sollevò il capo cercando di vedere e le mancò il fiato. Il piantone dello sterzo si era conficcato nella pancia e dal buco sprizzava un liquido nerastro – sangue mischiato alla bile. Con le mani che tremavano, cercò di tamponare la ferita ma era del tutto inutile.

Mila si trovava in mezzo al nulla e non sapeva come chiedere aiuto. Il panico la travolse e si mise a piangere perché capì che presto sarebbe morta. Le lacrime iniziarono a impastarsi col sangue, col muco e con la pioggia. Tante volte negli anni aveva sfiorato l'appuntamento con la fine, ma ora aveva la certezza che sarebbe andata incontro all'oscurità che l'aveva sempre chiamata a sé in segreto.

Pensò ad Alice, al fatto che sarebbe rimasta sola. Piangeva anche per lei. Non aveva saputo prendersi cura dell'unico dono che le aveva fatto la vita. Si maledisse per essere com'era.

Non l'avrebbe vista crescere, non sarebbe stata accanto a lei nei momenti tristi e in quelli felici. Non poteva proteggerla o insegnarle a farlo da sé. Ormai aveva perso tutto quanto. Ora che doveva dirle addio, si rese conto che le emozioni che aveva trattenuto in sé tutta la vita sgorgavano improvvisamente tutte insieme.

Il dolore non era lo stesso che era brava a infliggersi con una lametta. Veniva dall'anima.

Era bellissimo tornare umani.

Stava quasi per accettare il proprio destino, quando vide i fari di un'auto in lontananza. Procedeva proprio nella sua direzione. Mila non riusciva a crederci, era un segno. Sperava che la coltre d'acqua non impedisse agli occupanti di notare la Hyundai nel fosso, sarebbe stata una vera beffa se avessero proseguito oltre.

Per fortuna la macchina rallentò. Era una vecchia Audi 80 nera.

Mila vide lo sportello del lato conducente che si apriva. Strizzò gli occhi e si sforzò di mettere a fuoco il guidatore.

Un'ombra avanzò a passi lenti accanto alla carrozzeria. Lei notò soltanto che indossava dei guanti di pelle neri. Quel dettaglio le fece paura. Era un timore irrazionale, lo sapeva, visto che stava già morendo. Ma non riusciva lo stesso a scacciarlo.

La figura entrò nel fascio luminoso degli abbaglianti e si fermò, immobile. Anche se capovolta, Mila poté vederla bene. Era un uomo. Abito marrone, tarchiato, piedi piatti.

Pascal appariva con le sembianze che aveva sotto il passamontagna, quando finalmente Mila l'aveva visto in volto. Ma l'immagine durò appena pochi secondi. I capelli nerissimi e i baffetti per effetto della pioggia cominciarono a cadere – le ciocche si sparsero nelle pozzanghere sotto di lui. Contemporaneamente, la pelle delle guance iniziò a sciogliersi, colando sul risvolto della camicia e sulla cravatta. Mila ripensò alla toeletta con i cosmetici e le parrucche. Man mano che il trucco svaniva, lavato via dall'acqua scrosciante, emergevano dei disegni sulla pelle.

Numeri.

Allora l'uomo si sfilò anche i guanti. L'ex poliziotta non aveva mai visto le sue mani, ma credeva che fosse un modo per non lasciare impronte. Invece i tatuaggi ricoprivano pure quelle. Adesso l'autentico e unico Enigma era davvero davanti a lei.

Con l'ultimo fiato che le rimaneva nei polmoni, Mila avrebbe voluto domandargli cosa aveva fatto ad Alice quando l'aveva tenuta con sé dopo averla rapita. Quale malvagio sortilegio aveva sussurrato nell'orecchio della figlia? Cosa sarebbe diventata col tempo la sua bambina?

Mila, però, non riuscì a proferire parola.

L'uomo rimase a osservarla a lungo, forse aspettando che spirasse da un momento all'altro.

« Goditi questo regalo » le disse con voce suadente.

Mentre i sensi l'abbandonavano, Mila lo vide voltarsi e tornare verso la macchina. Lo vide salire a bordo e mettere in moto. Lo vide allontanarsi sotto il temporale, nella notte.

Quando fu di nuovo sola, Mila Vasquez chiuse gli occhi e la memoria fece apparire Alice. Finalmente, poteva davvero dirle addio.

Il respiro si consumava nei polmoni e lei si stava lasciando andare nell'oblio che aveva costeggiato mille volte senza mai caderci dentro.

« *La mente vede ciò che la mente vuole vedere.* »

Chi aveva parlato? Non l'aveva immaginato, era davvero la voce dello spettro. Che ci faceva lì nel bosco? Come aveva fatto Joshua a uscire dal gioco?

Un lampo liquido l'abbagliò. Fu come se le avessero strappato entrambi gli occhi, invece le avevano tolto soltanto il visore.

Mila si guardò intorno.

C'erano delle figure chine su di lei. E voci che si rincorrevano nella stanza. « Controlla la pressione... Datele più ossigeno... Quattro grammi di Niacina in vena: è pronta la siringa?... »

Mila riuscì a focalizzarli e capì che si trattava di paramedici. Non aveva avuto alcun incidente – almeno, non nel mondo reale. Il sangue e la ferita erano un'allucinazione. Ma, come sapeva bene, poteva esserle fatale. Ancora una volta, Joshua l'aveva salvata ricordandole la regola più elementare dell'Altrove.

Non riusciva a crederci. Un'improvvisa euforia si impossessò di lei. Aveva un'altra occasione per essere diversa da ciò che era. Per fare la madre, finalmente. Forse era davvero guarita dal male segreto che le impediva di essere come gli altri.

Ma, in mezzo a quella ridda di nuove sensazioni, s'insinuò un pensiero oscuro.

Lo scopo di un suggeritore non era uccidere e, paradossalmente, nemmeno fare del male. Quest'ultima era una conseguenza del tutto secondaria rispetto alla vera ragione che li muoveva.

Il potere di cambiare le persone, di trasformare innocui individui in sadici assassini.

Era da ciò che traevano l'assoluta gratificazione, il loro massimo piacere.

Mila si era chiesta fin dall'inizio perché fosse stata scelta per il gioco e quale fosse lo scopo della sua partita. Ora avvertiva delle emozioni che, a causa dell'alessitimia, non credeva avrebbe provato mai più. Ciò fu illuminante. Comprese che il suggeritore aveva operato anche su di lei. Ma mentre per gli altri il potere era esercitato per renderli malvagi, con lei era stato usato in senso opposto.

Goditi questo regalo.

Doveva essergli grata per la nuova versione di se stessa, per ciò in cui l'aveva trasformata. Invece provò un improvviso disgusto e disprezzo perché capì che, alla fine, aveva vinto lui.

Ma questo non significava che si sarebbe rassegnata.

La cacciatrice di scomparsi ora sapeva che da qualche parte c'era un'ombra che l'aspettava. Là fuori si aggirava un nuovo suggeritore.

È dal buio che vengo, si disse. E se non lo cerco, il buio mi verrà a cercare.

Ringraziamenti

Stefano Mauri, editore – amico. E, insieme a lui, tutti gli editori che mi pubblicano nel mondo.

Fabrizio Cocco, Giuseppe Strazzeri, Raffaella Roncato, Elena Pavanetto, Giuseppe Somenzi, Graziella Cerutti, Alessia Ugolotti, Tommaso Gobbi, Diana Volonté e l'immancabile Cristina Foschini.

Siete la mia squadra.

Andrew Nurnberg, Sarah Nundy, Barbara Barbieri, e le straordinarie collaboratrici dell'agenzia di Londra.

Tiffany Gassouk, Anais Bakobza, Ailah Ahmed.

Vito, Ottavio, Michele. Achille.

Gianni Antonangeli.

Alessandro Usai e Maurizio Totti.

Antonio e Fiettina, i miei genitori. Chiara, mia sorella.

Sara, la mia «eternità presente».

Fotocomposizione Editype S.r.l.
Agrate Brianza (MB)

Finito di stampare
nel mese di novembre 2018
per conto della Longanesi & C.
da Grafica Veneta S.p.A. di Trebaseleghe (PD)
Printed in Italy